AF235351

Auf der Welt mache ich nichts mehr

Norbert Büchler

Auf der Welt mache ich nichts mehr

Roman

Bibliografische Informationen der Deutschen Nationalbibliothek:
Die Deutsche Nationalbibliothek verzeichnet diese Publikation in
der Deutschen Nationalbibliografie; detaillierte bibliografische Daten sind im Internet über www.dnd.de abrufbar.

Umschlaggestaltung: Jürgen Batscheider

Herstellung und Verlag:
BoD- Books on Demand, Norderstedt

ISBN: 978-3-7528-4967-7

Prolog

Anfang der 1970er Jahre hegte mein Onkel Oswald keinerlei Zweifel daran, dass die Londoner Musikszene händeringend auf ihn wartete. Er sah sich berufen für jede bedeutende Rockband, es brauchte dazu nur einen Ausfall unter den ganz Großen, deren Lebenserwartung dank fahrlässiger Drogenexzesse ohnehin erfreulich niedrig war. Wen auch immer es treffen sollte – Oswald würde in dessen Lücke springen und den Briten dann zeigen, wie man Gitarre spielt. Doch trotz seiner Annoncen und etlicher Ausfälle – kein Anruf, kein Flugticket, kein London. Nichts. Die Lücke blieb aus.

An seinen Inseraten konnte es nicht gelegen haben, denn er ahnte schon früh, als *Oswald Guntram Straßburger* nicht weit zu kommen, aus seiner Sicht war das kein Name, sondern ein Verbrechen. Er schaffte Abhilfe, weshalb in den Londoner Annoncen stand:

Ozzy G. Streetburger – Giant Rock Guitar Virtuoso

An ihm, Ozzy, diesem Giganten, der die Zukunft der Rockmusik verkörperte, würde keiner vorbeikommen. Und es kam auch keiner vorbei, vielmehr ignorierte man ihn komplett. Daraufhin begann Oswald, die Londoner Szene als hoffnungslos rückständig zu beschimpfen, sprach den Briten plötzlich jegliche Ahnung von Musik ab und verstieg sich zu der Behauptung, dass man diese Insel mit zivilisatorischen Errungenschaften überhaupt erst in Berührung bringen müsse. In der Art ging es monatelang weiter und es stand zu befürchten, dass er es ernst meinte. Man riet ihm, mitsamt seiner Genialität doch einfach nach London zu ziehen, was er aber ablehnte, denn er gab mittlerweile andere, nämlich interkontinentale Ziele vor.

In Europa mache ich nichts mehr, lautete sein Credo. Doch für einen Aufbruch – egal wohin – fehlte ihm in Wahrheit der Mut, hinzu kam sein dünnhäutiges Wesen und ein fataler Hang zu Fehlentscheidungen, die er zwar hinnahm, Irrtümer aber nie eingestand. Keine Ahnung hatten immer nur die anderen, vorzugsweise die Briten.

Dabei verdankte er ausgerechnet ihnen jene Musik, auf die er alles setzte, auch wenn er später behauptete, diesen Musikstil erfunden zu haben, wofür es aber nicht den geringsten Beweis gab. Sein geliebter *Progressive Rock* bestach durch ellenlange Stücke, die eine ganze Vinylplattenseite und in Konzerten manchmal den halben Abend dauerten, dabei surreale Texte mit endlosen Instrumentalpassagen verband und von den Zuhörern ungeteilte Aufmerksamkeit oder einen total zugekifften Zustand erforderte. Klar, dass dieses Genre dem Untergang geweiht war – zu lang, zu kompliziert, nicht radiotauglich. Spätestens in den Achtzigerjahren wollte das kein Mensch mehr hören. Oswald hatte also einmal mehr auf die falsche Karte gesetzt, keiner irrte so konsequent wie er.

So verschlug es ihn in die tiefste bayerische Ödnis, und zwar in ein Dorf mit dem unsäglichen Namen Trudlhausen, nur achtzig Kilometer von seinem Geburtsort entfernt, wo er das Anwesen seiner Tante Julia erbte. Diese hatte ihren Neffen sehr gemocht, wenngleich sie in weiser Voraussicht verfügte, dass er das Haus dreißig Jahre selbst bewohnen müsse, bevor er es verkaufen dürfe. Der darüber wachende Testamentsvollstrecker war ein wenig umgänglicher Mann, der Oswalds Offerten bezüglich einer flexibleren Handhabung standhaft ignorierte.

So blieb ausgerechnet er, der mit Europa abgeschlossen hatte, inmitten der bayerischen Pampa hängen.

„Hier stirbt der Rock als Erstes, und zwar vollumfänglich."

Diese missverständliche Bemerkung von Oswald über Trudlhausen, gefallen am Tag seines Zuzugs, machte rasch die Runde im Dorf, wo sie als Bekleidungsprognose jedoch auf Ratlosigkeit stieß. Der von Modetrends unberührte Einzelhandel in Trudlhausen beschränkte sich damals auf den Molkereiladen, in dessen Schaufenster lediglich ein vergilbter Preisaushang als Auslage diente.

Interkontinental sah anders aus, doch Onkel Oswald und der Irrtum, sie gehörten untrennbar zusammen. Auch wenn er behauptete, er irre sich stetig nach oben, blieb unklar, was dieses *Oben* für ihn bedeutete. Seine Karriere konnte er damit ebenso wenig meinen wie seine zwei gescheiterten Ehen, denen nur jeweils wenige Monate Glück beschert sein sollte. Zwar war er damals ein ansehnlicher Mann mit seinen knapp zwei Metern und einer verblüffenden Ähnlichkeit zu Mick Jagger. Doch fehlte ihm nicht nur dessen lümmelhafte Verwegenheit, sondern auch dessen Geld, weswegen der Jagger-Effekt schnell verpuffte, was ihm beide Frauen – gutaussehende Brünette vom Typ Uschi Obermaier – übel nahmen und nacheinander wieder verschwanden.

Dank Tante Julia war er mittlerweile zwar vermögend, auch wenn es nicht an die Kontostände eines *Rolling Stone* heranreichte. Mit den Frauen hingegen hatte er nach einem letzten gescheiterten Versuch namens Helene Geiger endgültig abgeschlossen, wie er mir später auf einer Ansichtskarte schrieb: *In Frauen mache ich nichts mehr.*

Doch auch hier sollte er sich irren.

Denn irgendwann tauchte ich, sein Neffe Daniel, bei ihm auf. Als braver Jazztrompeter und zwanzig Jahre jünger verband uns im Grunde wenig, am ehesten noch die Sache mit der Warterei. Denn so, wie in London niemand auf *ihn* gewartet hatte, erging es mir in Straßburg, nur anders herum. Dort wartete nämlich *ich* zwei Wochen lang, und zwar auf Sara, meine neuen Liebe, wegen der ich einer katastrophalen Ehe entflohen war. Doch obwohl sie mir eigentlich folgen sollte: Sara kam nicht, aus welchem Grund auch immer. So versank ich im Trübsinn und haderte mit meinem Leben.

Viele Jahre war ich ein Sorgenkind gewesen, geprägt durch die elterliche Bemerkung: „*Er wird das schon irgendwie schaffen*", was aber so klang, als befürchte man genau das Gegenteil. Der Satz fiel ständig, unabhängig davon, ob es gerade etwas zu schaffen gab oder nicht. Das Irritierende war daher weniger der schwarzseherische Tonfall als vielmehr der ständige Zweifel. Wie etwas schaffen, wenn man nicht mal wusste, was?

Später, als ich es dann ahnte, war es mir – nur als Beispiel – dennoch nie gelungen, nach Konzerten mit meinem Jazzquintett eine Frau abzubekommen, obwohl ich mit meinen Trompetensoli am stürmischsten bejubelt wurde. Doch für Frauen schien ich jenseits der Bühne nicht zu existieren, während meine Musikerfreunde regelmäßig mit ihren Schönheiten davonzogen. Als dann endlich mal eine Frau für mich übrig blieb, machte ich den Fehler, sie sofort zu heiraten, womit ich aber die falscheste aller Frauen abbekam.

Sara hingegen, sie wäre die Richtige gewesen, doch in Straßburg, auf sie wartend, wurde ihr Eintreffen mit jedem Tag unwahrscheinlicher. Inmitten dieses Trübsals kam mir der Gedanke, dass es vielleicht besser gewesen wäre, gar nicht erst auf die Welt zu kommen.

Aber wie wiederum sollte *das* zu schaffen sein?

Man musste sich wohl frühestmöglich darum kümmern. Oswald etwa würde im abrufbereiten Zustand einfach ein Schild an seiner Wolke anbringen, worauf stünde *Auf der*

Welt mache ich nichts mehr und darauf bauen, dass der Zuständige davon erfuhr. Ein Restrisiko jedoch blieb, auch im Himmel konnte einiges schief gehen.

Während ich in Straßburg also weiter vor mich hin verzweifelte, reifte der Entschluss, das Warten auf Sara zu beenden und Oswald aufzusuchen.

Auf dem Weg zu ihm fiel mir auf, dass uns neben der Warterei noch eine zweite Sache verband: unser Desaster mit den Frauen.

Bei Oswald waren es die vermasselten Ehen und Affären, welche ihm das Interesse an Frauen endgültig verhagelte, bei mir Saras unerklärliches Ausbleiben.

Diese Misserfolge würden Oswald und mich zusammenschweißen, auch wenn wir vorerst noch nichts davon ahnten.

So machte ich mich im Herbst 1998 auf den Weg von Straßburg nach Trudlhausen. Ich, der todunglückliche Jazzer, traf auf das zu Tode beleidigte Rockgenie.

Mehr Tod geht kaum. So dachte ich zumindest.

Ankunft in Trudlhausen

„Gäbe es mich nicht, es lebten nur Idioten auf der Welt."

Diesen Spruch, vermutlich der größte seiner Irrtümer, hatte Oswald in eine Edelstahlplatte fräsen und über dem Eingang zu seinem Haus verankern lassen.

Der beauftragte Kunstschmied bestand auf Vorkasse, um gleich nach der Montage den Bürgermeister informieren zu können. Dieser erschien keine halbe Stunde später und forderte Oswald zur Beseitigung des Pamphlets auf, scheiterte jedoch an dessen Starrsinn. Das Objekt blieb hängen und im Dorf, wo man noch über das von ihm angekündigte Sterben der Röcke rätselte, entfaltete der Edelstahlspruch nach wochenlangen Irritationen schließlich die von Oswald erhoffte Wirkung: Man ließ ihn in Ruhe. Eine Ruhe, die ihm mittlerweile unverzichtbar geworden war. Ich, sein einziger Neffe, galt ihm als eine Art Ersatzsohn, allerdings nur, wenn es ihm in den Kram passte.

Im Grunde hatten wir selten Kontakt, doch in unregelmäßigen Abständen schrieb er mir Ansichtskarten, in denen er sich über die bayerische Rückständigkeit mokierte, die jener der Briten nur wenige Jahre voraus sei. Zudem trafen wiederholt Trauerkarten ein, auf denen er meiner Ehe kondolierte, vor der er mich von Beginn an gewarnt hatte. Einer der seltenen Fälle übrigens, in denen er mit seiner Einschätzung richtiggelegen hatte.

Nie fand ich auf diesen Karten eine Andeutung, dass ein Besuch von mir erwünscht sein könnte. Er hatte sich in seiner Einsiedelei eingerichtet, weshalb es mehr als ungewiss war, ob er mich eine Zeit lang bei sich aufnehmen würde.

Bei meiner Ankunft in Trudlhausen herrschte prächtiges Herbstwetter und Oswalds Stahlplatte über dem Hauseingang glänzte wie frisch poliert im Sonnenlicht. Ich läutete und hörte Schritte sowie Oswalds polternde Stimme. Die Tür öffnete sich und eine Frau verließ lachend und ohne mich weiter zu beachten das Haus. Ich sah ihr nach, wie sie mit kräftigen Schritten die Straße hinunter ins Dorf lief. Fast hätte man sie für einen Mann halten können, wären mir zuvor nicht ihr angenehm geschnittenes Gesicht und ihre sich unter dem engen T-Shirt abzeichnenden Brüste aufgefallen. Ich schätzte sie auf Anfang dreißig, also wenige Jahre älter als ich.

„Daniel, *du* hier?"

Oswald wirkte wenig begeistert, wie er plötzlich vor mir stand in seiner stattlichen Größe. Die Haare waren wie üblich nach hinten gebunden, aber auch sonst hatte er sich nicht verändert: das Flanellhemd über der alten Jeans und sein stechender Blick aus tiefschwarzen Augen. Für mich ging er noch immer als der große Bruder von Mick Jagger durch, dessen Mundpartie sich nahezu originalgetreu in Oswalds Gesicht wiederfand und dort Spott und Häme verbreitete, eine gleichsam von Geburt an installierte

Werkseinstellung, die auch nicht verschwand, wenn er – was inzwischen öfters vorkam – in lammfrommer Gemütsverfassung war. Eben darauf hoffte ich nun, zumal ich eine gute Nachricht für ihn hatte:

„Ich habe meine Frau verlassen."

Ein Strahlen glitt über sein Gesicht und er klopfte mir auf die Schulter.

„Hab ich dir's nicht gleich gesagt? Von der ersten Sekunde an? Dass diese Frau dein Ende ist? Aber nein, du wolltest ja nicht auf mich hören."

Das stimmte. Als ich ihn frisch verlobt zusammen mit ihr besuchte, waren noch keine fünf Minuten um, da nutzte er ihr Verschwinden im Bad, um mich aufzufordern, diesen Drachen unverzüglich in die Wüste zu schicken. Ich hätte auf ihn hören sollen, also gönnte ich ihm nun seinen Triumph und erwiderte:

„Du lagst goldrichtig damals, während ich blind war vor Verliebtheit."

„Blind sind wir ohnehin und bei Frauen total immer."

Das hätte auf einer seiner Ansichtskarten stehen können, jedenfalls stimmte ich ihm zu und hoffte, dass er mich endlich ins Haus ließ.

„Gut, dann wäre das ja geklärt", sagte er, „war nett, dich wieder mal zu sehen."

Noch bevor ich reagieren konnte, warf er die Tür zu. Ich klopfte mehrmals und rief seinen Namen, doch es rührte sich nichts. Da hörte ich Schritte, die Frau von eben kam zurück und fragte gut gelaunt:

„Na, lässt er dich nicht rein? Mach dir nichts draus, das geht allen so."

„Aber ich bin sein Neffe."

„Ah, du bist dieser übel verheiratete Trompeter."

„Genau, aber seit Kurzem getrennt."

„Gratulation! Weiß er das schon?"

„Ja, seit einer Minute."

Sie sah mich lächelnd an.

„Klar, dass er sich verdrückt, vermutlich suchst du jetzt ja was zum Wohnen."

Sie zog einen Schlüsselbund aus ihrer Hosentasche und öffnete damit die Tür. Oswald stand regungslos im Flur.

„Er braucht ein Dach über dem Kopf", sagte sie zu ihm.

„Und da kommt er ausgerechnet zu mir?"

„Schaut so aus."

„Aber das kann er nicht machen."

„Er macht's aber. Außerdem ist er dein Neffe! Jetzt stell dich nicht so an, du hast doch genügend Platz."

Kopfschüttelnd stand Oswald da, ratlos über meine Dreistigkeit, ihn einfach zu überfallen. Die Frau nahm meinen Koffer und führte mich in eines der Gästezimmer. Oswald folgte uns und sagte:

„Länger als eine Nacht schläft er hier aber nicht."

„Da irrst du dich, er bleibt, solange er will!", entgegnete sie und zwinkerte mir zu.

„Seit wann bestimmst du, wer hier wohnen darf?", fragte er.

Nun griff ich selbst ein:

„Darf *er* auch mal was sagen?"

Oswald blickte mich an und brummte dann:

„Meinetwegen."

Damit hatte ich vorerst eine Bleibe. Ich bedankte mich bei der Frau und packte die Koffer aus, darunter meine heilige CD-Sammlung samt Discman und Kopfhörer. Dann legte ich mich aufs Bett und schlief ein, bis Oswald an die Tür klopfte und zum Abendessen rief. Benommen sah ich auf die Uhr, ich hatte über drei Stunden geschlafen.

Wir saßen in der Küche, auf dem Tisch stand edler Bordeauxwein, dazu gab es Baguette, Oliven und französischen Käse. Bayerisches Essen war in seinem Haus ebenso verpönt wie das der Briten, die außer *Fish and Chips* aber sowieso nichts Essbares kannten, wie er gerne lästerte.

Während wir unseren Hunger stillten, fragte er nicht viel, mein Auftauchen sowie das Ende meiner Ehe schienen für ihn bereits abgehakt zu sein, auch wenn er wenig von dem ahnen konnte, was die letzten Monate bei mir los gewesen war. Vor allem wusste er nichts von Sara, doch mir fehlte der Mut, ihm davon zu berichten, und so fragte ich ihn nach der Frau von heute Nachmittag.

„Das ist Marion, meine Erntehelferin."

Oswald pflanzte im Garten Cannabis an. Dass er Hilfe benötigte, deutete auf eine Ausweitung der Anbaufläche hin.

„Und sie darf hier so einfach ein- und ausgehen, sogar mit Schlüssel? Woher dieses Privileg?"

„Erpressung."

„Erpressung?"

„Ihr Bruder ist bei der Polizei."

„So ein Mist."

„Ja, das dachte ich zuerst auch."

Unvermittelt stand er auf, brummte vor sich hin und verschwand in Richtung Arbeitszimmer, welches, wie ich von früher her wusste, für Gäste tabu war. Weitere Auskünfte über diese Marion würde ich ihm ein anderes Mal aus der Nase ziehen müssen. Ich räumte die Küche auf, zog mich in mein Zimmer zurück und hörte die halbe Nacht Musik von Chet Baker. Trotz seiner göttlichen Trompetensoli gelang es mir kaum, nicht an Sara zu denken.

Am nächsten Tag erwachte ich früh und ging nach draußen. Ein nebelverhangener Herbstmorgen, die Wege bedeckt mit Laub, deren modriger Duft das Nahen der kalten Jahreszeit ankündigte. Oswald wohnte am Ortsrand, eine von Birken gesäumte Allee führte an seinem Anwesen vorbei ins Dorf. Wild wuchernde Hecken umgaben seinen Garten, der von einem Jägerstand im angrenzenden Wald aus einsehbar war, was Oswald seit jeher störte, da jener Einblick sein kolumbianisches Kulturbeet, wie er sein Drogenanbaugebiet nannte, flächenmäßig stark eingrenzte. Die Hausfassade mit den Fensterläden sowie das neu eingedeckte Dach bildeten einen merkwürdigen Kontrast zu der verwilderten Hecke. Ich lief die Allee entlang ins Dorf hinein, wo die Zeit stehen geblieben zu sein schien, nichts hatte sich verändert seit meinem letzten Besuch.

Oswald wohnte schon etliche Jahre in Trudlhausen. Sein Zuzug hatte dem Dorfklatsch zu einem Höhepunkt seiner an Bosheiten reichen Geschichte verholfen. Befeuert durch den Pfarrer, kursierten die absonderlichsten Gerüchte, bei denen es darum ging, wie Oswald seine Tante Julia beiseitegeschafft hatte, um ihr Anwesen erben zu können.

Die angesehene Witwe war in einem Flugzeug über den peruanischen Anden abgestürzt. Die offizielle Unglücksursache, ein Defekt am Triebwerk, wurde im Dorf angezweifelt und der Pfarrer heizte die Stammtischvermutungen zu Oswalds Erbschleicherei mit dem Hinweis auf die hinlänglich bekannte Korruptheit peruanischer Ermittler weiter an. Schließlich hatte er gute Gründe, Oswald nicht zu mögen.

Tante Julia war wohlhabend gewesen, die reichste Dame der Gemeinde und obendrein tief gläubig. Die Dorfkirche glänzte mit einer hochmodernen Orgel, deren Finanzierung ihr der Pfarrer mit Hilfe etlicher Flaschen Messweins aufgeschwatzt hatte. Den von ihr initiierten Orgelkonzertsommer gab sie nach einer mäßig besuchten ersten und einer desaströsen zweiten Saison wieder auf. Trotz aufwändiger Werbemaßnahmen konnte nur ein einziger Orgelsommer-Abonnent gewonnen werden und dies war ihr Neffe Oswald, der ungeachtet langer Anfahrtswege keines der Konzerte versäumte. Dabei schaffte er es, ihre Enttäuschung über die ausbleibenden Besucher mit seinen Erklärungen über die kulturelle Wüste rund um Trudlhausen, die jener einer Kanalinsel gleiche, aufzuheitern. Er arbeitete damals noch in München und mochte die Orgel allein ihrer Lautstärke wegen. Tante Julia belohnte sein verlässliches Erscheinen durch Änderung ihres Testaments, welches dann so unerwartet bald eröffnet werden musste. Der Pfarrer, damit um große Teile des bislang ihm zugesicherten Erbes gebracht, unterließ nach Oswalds Zuzug nichts, um ihn anzuschwärzen. Zusammen mit der bald darauf montierten Edelstahlbeschimpfung befeuerte dies noch lange die Stammtische im Dorf.

Dank der Erbschaft konnte Oswald die Unzumutbarkeiten geregelter Arbeit hinter sich lassen und mit einundvierzig Jahren als Privatier in den Ruhestand wechseln, wenngleich ein Hausverkauf und damit der Umzug ins Interkontinentale wegen Tante Julias Verfügung nicht möglich war. Nach dem Ende seiner Rockmusikerzeit war er zum Ertragen verschiedener Anstellungen gezwungen gewesen. Dieses Problems nun enthoben, schien ihm ein sorgloses Leben dennoch nicht zu gelingen. Zudem saß die Londoner Schmach noch tief.

Die Sonne stieg höher und ich beendete meinen Gang durch das Dorf. In Oswalds Haus schien die Zeit stehen geblieben zu sein. Meine Großtante Julia liebte den französischen Landhausstil, und Oswald hatte seither nichts daran geändert. Äußerlichkeiten waren ihm gleichgütig.

Von meinem Zimmerfenster aus sah man den angrenzenden Wald samt Jägerstand. Im Garten gab es einen teils mit Schilfrohr eingefassten Teich, in dem ein halb versunkenes, an die Titanic erinnerndes Modellbauschiff lag. Auf dem Rumpf des Schiffes, der halb verwittert aus dem Wasser ragte, konnte ich *Divinity* entziffern, den Namen von Oswalds ehemaliger Rockband. Jenes Schiff war auf dem Cover ihrer ersten Langspielplatte abgebildet, die er mir einst schenkte. Insgesamt glich der Garten einer seltsam maroden Idylle. Jetzt erst fiel mir der neu errichtete Holzschuppen ins Auge, der als Sichtbarriere eine Ausweitung seiner Freiluftbeete erlaubte. Somit war auch klar, warum er Marions Hilfe benötigte. Neben dem Schuppen hatte eine Gartenzwergkolonie ihren Platz, was, wie ich später erfuhr, eine Idee von Marion war: Vom Jägerstand aus sichtbar sollten die Figuren zusätzlich vom dahinter betriebenen Drogenanbau ablenken.

Jene Marion kam fast täglich vorbei. Sie stellte in jeder Beziehung das Gegenteil von Sara dar. Marion war stämmig gebaut, sprach derbes Bayrisch und pflegte eher rohe Umgangsformen. Jedoch schien sie Oswalds Einsiedelei aufzuhellen, und obwohl er Frauen inzwischen als Zumutung betrachtete, schien er sich Marions guter Laune nicht erwehren zu können oder zu wollen. Sie hatte Oswald gut im Griff, ohne ihn dies spüren zu lassen. Wenn sie da war, lachte er viel.

Oswald hörte mich häufig Trompete üben und wusste von meiner Leidenschaft für den Jazz, auch wenn er diese Musik nicht sonderlich mochte. Dennoch schätzte er mein Spiel ebenso wie den Umstand, dass ich seit zwei Jahren an der Jazzakademie studierte, weshalb er mich schon bald in sein im Keller befindliches Heiligtum führte, welches ich bei früheren Besuchen nicht zu sehen bekommen hatte: ein schallisolierter Probenraum mit einem Schlagzeug sowie einer kompletten Musikanlage. Hinter einer Glasscheibe lag ein weiterer Raum, ausgestattet mit einem professionellen Mischpult und zwei Tonbandgeräten. In der Ecke des Probenraumes befand sich eine Glasvitrine, worin seine E-Gitarren, eine Fender Stratocaster und zwei Gibson Les Paul, standen. Daneben hingen eingerahmt die drei Langspielplatten von *Divinity*, darunter auch jene mit dem Schiff, welches nun havariert im Gartenteich vor sich hin rostete. Die restlichen Wände waren mit alten Konzertplakaten seiner Band vollgeklebt, auf denen von seinem einstigen Entschluss, Europa zu ignorieren, nichts zu sehen war. Die Vielzahl der Tournee-Orte, darunter auch haufenweise Großstädte, beeindruckte mich, wobei das Plakat ihrer Europatournee im Jahr 1979, dem Höhepunkt ihrer Karriere, herausstach.

Zudem hatte er auf einer riesigen Wandkarte alle Orte, in denen er jemals konzertiert hatte, mit Fähnchen markiert. Diese waren über ganz Europa verteilt, mit einer Ausnahme: Großbritannien, das auf dieser Karte nicht existierte. Dort, wo es hätte liegen müssen, war nichts als Wasserfläche zu sehen, lieblos überklebt mit einem Stück Pazifik aus irgendeiner anderen Karte, so dass ich in der Londoner Gegend eine winzige Insel mit dem Namen *Isla Robinsón Crusoe* entdeckte. Selbst Irland war Oswalds nachtragendem Wesen zum Opfer gefallen. Ich unterließ es, ihn darauf anzusprechen, und fragte stattdessen, ob Marion von seiner Vergangenheit wisse, worauf er meinte, mit Musik habe sie wenig am Hut, Marions Interesse sei auf das Gartenbeet und seinen Internetanschluss beschränkt. Letzterer war damals, im Herbst 1998, noch der einzige im ganzen Dorf. Wir gingen wieder nach oben und er begann von ihr zu erzählen.

Marion entstammte einer Bauernfamilie, die seit ewigen Zeiten im Dorf wohnte. Ihre fünf Brüder hatten im Umkreis von wenigen Kilometern gebaut und die drei Schwestern im gleichen Radius eingeheiratet. Marion indes war übrig geblieben, als Kollateralschaden eines auf das Dorf beschränkten Heiratsmarktes, in welchem die Bedenken gegen Fremde jene eines möglichen Inzests überwogen. Mit ihren zweiunddreißig Jahren galt sie als nicht mehr vermittelbar, zumal sie früh Interesse an fernöstlichen Selbstverteidigungstechniken zeigte und diese auf ein bedrohliches Niveau gesteigert hatte. Ihr Ruf als militante Jungfer war gefestigt, nicht zuletzt wegen eines T-Shirts mit der Aufschrift *No-Area-for-farmers*, welche unübersehbar ihre mächtigen Brüste umrahmte. Sie trug es bevorzugt auf Dorffesten. Dass sie keine ernstlichen Probleme damit bekam, verdankte sie den dürftigen Englischkenntnissen der Dorfbewohner und ihrem Wing Tsun.

Marion schien zufrieden mit sich und ihrem Leben. Sie verstand sich gut mit Oswald, nicht nur wegen seines Computers und dem Internetanschluss. Oswald machte ihr das Landleben erträglich und dies beruhte durchaus auf Gegenseitigkeit, während über allem die Gefahr schwebte, dass ihr Bruder, ein Landpolizist mit Leib und Seele, das Drogenanbaugebiet mit samt seiner Schwester und Oswald strafrechtlich zur Strecke bringen würde. Doch dessen Behauptung, Marion würde ihn damit erpressen, war gelogen. Den größten Teil der Ernte verkaufte er über Marion an den CSU-Landtagsabgeordneten Kranzlmeier, der die Ware mit einem hochrangigen Beamten in der Münchner Staatskanzlei teilte. Marion und Kranzlmeier kannten sich seit der Grundschule, hatten ihren ersten Sex in einem Heuschober am Dorfrand, was sie bis heute trotz gegensätzlicher politischer Gesinnung zusammenschweißte. Oswalds Auflage, nichts an Jugendliche zu verkaufen, wurde damit eingehalten. Auch beruhigte es ihn, seinen Stoff in CSU-Kreisen zu wissen, da deren Realitätsverlust laut Oswald ohnehin durch nichts mehr zu steigern sei. Schlimmstenfalls würde etwas davon zur Jungen Union gelangen, aber auch denen sei nicht mehr zu helfen. Sollte Marions Bruder eines Tages fündig werden, so würde dessen Anzeige mit einem kurzen Anruf bei Kranzlmeier wieder aus der Welt verschwinden. Die Drogeneinkünfte aus München spendete Oswald an linke Bürgerinitiativen. Marion schätzte seine aufrührerische Seite sehr.

Ich lebte nun seit drei Wochen bei ihm und er nahm meine Anwesenheit weiterhin ohne zu murren hin. Tags-über spazierte ich stundenlang durch die Wälder und trau-erte Sara nach. Oder ich lag in meinem Zimmer, hörte Jazz, übte Trompete oder las mich durch Oswalds Ge-samtausgabe von Karl May. Er wiederum ging, als wäre ich nicht vorhanden, seinem undurchschaubaren Tages-ablauf nach. Mit meinen achtundzwanzig Jahren war voll-kommen unklar, wie es mit mir weitergehen sollte. Mein bisher von den Schwiegereltern finanziertes Studium würde ich abbrechen müssen und das erhoffte Glück mit Sara war gescheitert und ich wusste nicht mal weshalb. Nun saß ich ohne Plan und Ziel in diesem Dorf und es wäre wohl noch ewig so weitergegangen, hätte nicht ein Anruf alles verändert.

Ich hörte das Läuten des Telefons bis in mein Zimmer. Kurz darauf tauchte Oswald auf:

„Deine Frau hat eben angerufen, sie habe eine schlechte Nachricht und wollte wissen, ob du bei mir untergetaucht seist. Ich habe ihr erklärt, du wärst mit den Oberkrainer Musikanten auf Asientournee, woraufhin sie bedauerte, dass du nur auf Jazz stehst und so etwas Vernünftiges nie machen würdest. Ich entgegnete, dass du aber auch nur auf kultivierte Frauen stehst und sie trotzdem geheiratet hättest. Da hat sie aufgelegt."

Ich sah ihn verunsichert an:

„Und die schlechte Nachricht?"

„Keine Ahnung."

Erneut klingelte es. Oswald eilte ins Wohnzimmer, bis er mit ernstem Gesicht zurückkehrte.

„Dein Vater ist gestorben, wir müssen nach Frankreich."

Ich saß da wie betäubt, unfähig, mich zu bewegen.

„Daniel, jetzt müssen wir zusammenhalten, schließlich war er mein Bruder."

Er umarmte mich, so etwas hatte es noch nie gegeben. Dieser Schicksalsschlag überlagerte meine Verzweiflung wegen Sara nicht etwa, im Gegenteil, ich vermisste sie noch mehr, gerade jetzt hätte ich sie gebraucht, ihren Trost, ihre Blicke, mit denen sie mich wortlos verstand.

Mein Vater war über zwanzig Jahre älter als Oswald, der eigentlich sein Halbbruder war. Er lebte in Frankreich, wo er in Tours eine Wohnung besaß und einen Jazzclub betrieb. Er hatte mir alles über seine zwei Leidenschaften, die Jazztrompete und den Wein, beigebracht, über Frauen hingegen hatte ich nichts von ihm gelernt. Laut meiner

Mutter hätte ich darüber auch nur Unsinn gehört, sie lastete das Unglück ihrer Ehe ausschließlich ihm an. Zeit ihres kurzen Lebens hörte ich ihre Vorwürfe ihm gegenüber, was ihn schließlich zur Flucht nach Frankreich veranlasste. All die Jahre trug ich das Bedrückende dieser Ehe mit mir herum. Wahrscheinlich hatte ich gehofft, durch meine frühe Heirat davon loszukommen, doch letztlich sackte ich in genau dasselbe Elend ab. So tat ich es meinem Vater gleich und flüchtete, auch wenn ich erst durch Sara den Mut dafür aufbrachte.

Mein Vater war so umsichtig gewesen, einer seiner zahlreichen Freundinnen in Tours meine Telefonnummer zu geben, die sie im Falle seines Ablebens anrufen sollte. Sie hieß Rosalie und erreichte unter der Nummer meine Frau, die mich dann bei Oswald vermutete. Von meiner Trennung konnte Vater noch nichts erfahren haben, doch es wäre ihm sowieso gleichgültig gewesen. Wirkliches Interesse hatte er immer nur an meinem Trompetenspiel, dessen vielversprechenden Fortschritte die „*Er wird das schon schaffen*"-Bemerkungen irgendwann verstummen ließen.

In bedrückter Stimmung bereiteten Oswald und ich die Fahrt nach Frankreich vor, während Marion anbot, sich derweil um das Haus zu kümmern. Ich bekam wenig mit von der tausend Kilometer langen Reise in Oswalds Auto. Wir machten einen Zwischenstopp in der Nähe von Chablis, wo wir beim Essen sogar den Wein unberührt stehen ließen, weil uns beiden nicht danach war. Oswalds

Erheiterungsversuche schlugen fehl, wenngleich ich mir aus Dankbarkeit ein Lächeln abrang.

„Lass Daniel, so schaust du ja noch trauriger aus."

Er sorgte sich wirklich rührend um mich.

In Tours nahmen wir ein Hotel mit Blick auf die Loire. Ich meldete mich bei jener Rosalie und wir verabredeten uns in der Wohnung meines Vaters, wo ich ihn alle paar Jahre besucht hatte. Rosalie war eine umtriebige Endfünfzigerin, die das Etablissement neben dem Jazzclub betrieb. Wir kannten uns flüchtig von meinen gelegentlichen Auftritten auf Vaters Bühne.

So begannen wir, die Beisetzung zu organisieren. Die Rechnungen bezahlte Oswald diskret mit seiner Kreditkarte und ich versprach ihm, dass er alles zurückbekäme, doch er winkte nur ab. Da ich Vaters geerbte Wohnung nicht behalten wollte, machte Oswald die Adresse eines deutschsprachigen Anwalts ausfindig, der sich um den Verkauf kümmern sollte.

Das Ausräumen der Wohnung betrübte mich, ich fand alte Fotoalben von früheren Familienurlauben und einen Karton mit meinen Kinderzeichnungen, die er alle mit Datum versehen und chronologisch sortiert hatte. Beim Durchstöbern seiner Jazzplattensammlung stieß ich auch auf die Alben von *Divinity*. Ich zeigte sie Oswald, der bereits davon wusste.

„Er hat meine Musik nie gemocht. Am Telefon gestand er mir aber irgendwann, dass viele seiner Freunde, denen er meine Platten vorgespielt habe, begeistert gewesen seien."

„Was hast du ihm geantwortet?"

„Ich gratulierte ihm zu seinen Freunden, die im Gegensatz zu ihm Ahnung von Musik hätten. Er erwiderte, dass sie seither nicht mehr seine Freunde seien. So stichelten wir weiter, am Telefon verstanden wir uns immer prächtig."

Am Nachmittag fuhren wir zu Vaters Jazzclub, der sich in einer heruntergekommenen Vorstadtgegend befand. Als wir ausstiegen, kam Rosalie aus ihrem benachbarten Etablissement und überreichte mir die Schlüssel für den Club. Im Eingangsbereich klebten die Plakate für die Konzerte der nächsten Monate und Rosalie bot mir an, die Absagen zu übernehmen, sie habe Vater gelegentlich beim Organisieren geholfen und kenne sich im Büro aus. Dankend nahm ich an. Im Tresor lag seine Trompete, bis zuletzt hatte er einmal die Woche selbst auf seiner Bühne gestanden.

Er hatte den Wunsch hinterlassen, nach der Beerdigung eine Feier in seinem Jazzclub auszurichten. Auf seinen Sparbüchern lag eine Summe, mit der dies problemlos möglich war. Außerdem kündigte Rosalie an, mehrere Kartons Sekt beizusteuern.

Das Begräbnis fand an einem nebelverhangenen Novembertag statt, es kamen viele Musiker und Freunde meines Vaters, dazu Rosalies komplette Belegschaft, bei deren Anblick Oswald große Augen bekam. Die Damen machten ihn nervös, Trudlhausen hatte nichts Vergleichbares zu bieten, zudem war weltmännisches Auftreten noch nie seine Stärke gewesen. Schielte er anfangs nur gelegentlich hinüber, wich sein Blick während der Grabrede keine Sekunde mehr von ihnen. Da die Damen vermutlich von Rosalie wussten, dass Oswald der Bruder des Toten war, lächelten sie ihm charmant zu, schließlich hatte mein Vater ihr hartes Berufsleben durch sein immer für sie geöffnetes Haus angenehmer gemacht. So umarmten sie beim anschließenden Kondolieren nicht nur mich, sondern auch Oswald, was ihn zunehmend lockerer machte. Mit seinen spärlichen Französischkenntnissen fragte er eine der Damen, ob sie abends auch zu der Feier in den Jazzclub käme. Sie antwortete, dass sie alle da seien, er brauche sich daher noch nicht zu entscheiden, ob er sie oder nicht doch eine andere bevorzuge. Oswald blickte sie ratlos an und nickte, er hatte zum Glück kein Wort verstanden. Auf dem Weg zum Hotel fragte er mich dann, was die Frau zu ihm gesagt hätte, und ich gab vor, nicht zugehört zu haben.

Während der Feier spielten alle Musiker zu Ehren meines Vaters, sogar ein Kamerateam vom Lokalfernsehen war dabei. Ich hörte den ganzen Abend zu und versuchte, sowohl meine Trauer als auch Saras schmerzliche Abwesenheit zu überstehen. Von Oswald war den ganzen Abend nichts zu sehen, möglicherweise nahm er an der Stelle seines Bruders den Dank der Damen für all die Jahre guter Nachbarschaft entgegen. Um Mitternacht holte man mich auf die Bühne, wo ich mit der Trompete meines Vaters zusammen mit einigen Musikern den Jazzklassiker *Round about Midnight* spielte. Ich legte all meine Trauer in das Thema und stellte mir dabei vor, Sara säße vor der Bühne. Es gab lange anhaltenden Applaus.

Bei Tagesanbruch kamen wir zurück ins Hotel, wo Oswald bedauerte, seinen Bruder nie in Tours besucht zu haben, schließlich finde man selten so nette Nachbarinnen. Obwohl mein Vater ihn mit seinen Londoner Ambitionen immer nur verspottet habe, sei er im Grunde der einzige andere Nicht-Idiot auf dieser Welt gewesen. Immerhin habe er in mir einen würdigen Nachfolger hinterlassen. Noch bevor ich seine Auszeichnung als solche begriffen hatte, zog er sich auf sein Zimmer zurück. Nach Sara hatte ich nun auch meinen Vater verloren, Oswald war nun mein letzter Verbündeter und seine Bemerkung schenkte mir Trost.

Wieder lag ich lange wach und ich versank in den Erinnerungen, wie es mit Sara und mir begonnen hatte.

Sara – das Ende vom Anfang

Zum ersten Mal war ich Sara in der Hochschulmensa begegnet, wo sie in der Warteschlange vor mir stand. Sie gefiel mir auf Anhieb, ihr ausdrucksvolles Gesicht mit den dunklen Augen, alles an ihr sprach mich an.

Sara hörte einer rothaarigen Studentin zu, die lautstark über einen Klavierprofessor lästerte, welcher sich ihr gegenüber angeblich skandalös benommen hatte. Allein ihre Art zu klagen ließ mich auf der Seite des Professors stehen, worin mich die Blicke von Sara und zweier anderer Studenten bestärkten, das Lamentieren der Rothaarigen schien für sie nichts Neues zu sein. Obwohl ich selten zu Aktionismus neige, überkam mich der Impuls einzugreifen. Ich tippte der Rothaarigen auf die Schulter und unterbrach sie mit der Feststellung, dass sie einer bedauerlichen Fehleinschätzung aufsitze. Sie sah mich an und fragte, ob ich ein Problem hätte. Im Gegensatz zu ihr keines, entgegnete ich, doch ihre Nörgelei sei nicht zu überhören, da dränge sich gut gemeinter Rat förmlich auf, was von den Umstehenden einhellig bestätigt wurde. Da sind wir aber mal gespannt, spottete sie. Zu Recht, gab ich zurück und fuhr fort, anstatt am Anschlag ihrer linken Hand zu arbeiten, wie von ihrem Professor empfohlen, unterstelle sie ihm anzügliche Absichten, eine fatale Fehlinterpretation, aus der sie sich befreien sollte, sonst könne sie ihre Musikerkarriere vergessen. Sie solle lieber üben statt Opfer zu spielen.

Die Rothaarige warf mir einen vernichtenden Blick zu und mutmaßte, dass ich einer von diesen Klugscheißern aus der Jazzabteilung sein müsse. Eben wollte Sara eingreifen, doch ich kam ihr zuvor und pries die Rothaarige für ihren Scharfblick, der ihr ansonsten aber völlig abgehe. Sara bekräftigte nun, dass ich keineswegs falsch läge, was wiederum auf Zustimmung der Umstehenden stieß. Die Rothaarige blickte angewidert in die Runde und verließ wütend die Mensa. Sara bedankte sich für meine Aktion, ihre Stimme – dunkel und samtig – ging mir durch und durch. Dann wandte sie sich wieder ab und stand jetzt mit dem Rücken zu mir. Ihre Haare waren locker nach hinten gebunden, so konnte ich den Hals samt Schulteransatz aus nächster Nähe bewundern, vereinzelt herabfallende Haarsträhnen steigerten ihre Anmut noch. Was hätte ich dafür gegeben, jenes kleine Paradies zu berühren. Nun war sie an der Theke angelangt, nahm ihr Essenstablett und lief damit zu den Tischen. Ich sah ihr nach, Saras Art zu gehen hatte etwas Entspanntes, fast schon Lässiges. Zum Essen wählte ich einen Platz, von dem aus ich sie beobachten konnte. Sie jedoch sah kein einziges Mal in meine Richtung, obwohl ihr meine Aufmerksamkeit kaum verborgen bleiben konnte. Ich war drauf und dran, mich zu verlieben, und wollte sie unbedingt näher kennenlernen.

Doch das war nicht einfach, wir Jazzer galten an der Hochschule noch immer als Exoten mit wenig Berührungspunkten zum alteingesessenen Studium der klassischen Musik, in welchem ich Sara vermutete, da der kritisierte Professor dort unterrichtete. Zudem verbrachte ich die Abende trotz unserer trostlosen Ehe meist zuhause bei meiner Frau, so entging mir das nächtliche Studentenleben ebenso wie die Hochschulpartys und andere Gelegenheiten, Sara über den Weg zu laufen. Ihretwegen nun abendeweise loszuziehen, würde den Argwohn meiner Frau wecken, denn für gewöhnlich war ich nur bei Proben und Auftritten meines Jazzquintetts bis spät unterwegs. Und ein solcher Anlass war es schließlich auch, bei dem ich Sara wieder begegnete.

Unsere Fakultät veranstaltete regelmäßig Konzerte in einem Jazzclub, bei denen die Studenten Bühnenpraxis erwerben und zudem mit Profimusikern auftreten konnten. Bei dem Konzert mit meinem Quintett tauchte dann plötzlich Sara auf und setzte sich in die erste Reihe. Nach einer anfänglichen Konzentrationsschwäche begannen ihre Blicke, mich zu betören, die Musik strömte plötzlich aus den Tiefen meiner Seele und beflügelte mein Trompetenspiel, das Ton für Ton aufblühte und sich zum Himmel emporschwang. Ich schwebte mindestens zehn Zentimeter über der Bühne, vor der Sara saß – wunderschön anzusehen und abermals mit den nach hinten gebundenen Haaren, gleichsam ein Geschenk jenes Himmels, in dem ich mit geschlossenen Augen meine Trompete blies. Sie sind selten, solche Augenblicke.

Nach dem Auftritt kam Sara zu mir und war voll des Lobes für unsere Musik und meine Glanzleistungen an der Trompete, wie sie es nannte. Meine Art zu spielen habe sie berührt, mein Ton sei wirklich außergewöhnlich, viel runder und geschmeidiger als das, was sie von den Blechbläsern aus der Klassikabteilung so höre. Ich widersprach mit keiner Silbe und lächelte sie nur an, was sie zum Anlass nahm, das Thema zu wechseln. Sie hoffe, mich nicht irritiert zu haben, aber direkt vor einer Bühne sitzend habe man bezüglich der Blickrichtung wenig Alternativen. Dies unterscheide eine Bühne grundlegend von einer Mensa, wo es ziemlich peinlich sei, eine halbe Stunde lang angestarrt zu werden. Sie lachte dabei, weshalb ich auf eine Antwort verzichtete, die in meiner Aufregung sowieso danebengegangen wäre. Stattdessen erkundigte ich mich nach jener Rothaarigen, doch Sara winkte nur ab und meinte, die ginge mit ihrem schrägen Selbstmitleid fast allen auf die Nerven, mein Einsatz sei zwar lobenswert, aber vergebens gewesen. Vermutlich werde sie ihre Karriere über die Diskriminierungsschiene einklagen, im Grunde sei sie eine bedauernswerte Person. Dann fragte sie nach unseren nächsten Auftritten. Ich nannte ihr die Termine, die sie alle notierte, bevor sie sich mit einem vielsagenden Blick verabschiedete, der mich noch die halbe Nacht wachhielt.

Als wir uns zwei Tage darauf erneut an der Hochschule begegneten, lud ich sie auf einen Mittagskaffee ein. Die restlichen Vorlesungen ließen wir ausfallen, die Stunden vergingen wie im Flug und so verabredeten wir uns auch für den nächsten Tag zur Mittagspause, wo sie mich dann auf meinen Ehering ansprach. Ich erklärte, dass meine Ehe unglücklich und kinderlos sei. Sie sah mir während meiner Antwort in die Augen und nickte unmerklich, womit das Thema für sie vorerst erledigt zu sein schien, zumindest hakte sie nicht weiter nach.

Wir trafen uns nun regelmäßig auf dem Hochschulgelände oder in nahe gelegenen Cafés. Nach drei Wochen gingen wir das erste Mal in eine Pension und liebten uns einen Nachmittag lang, dem bald weitere folgten. Sara wohnte in einer Studenten-WG mit fünf Mitbewohnern, was eine Geheimhaltung unserer Treffen unmöglich machte. Daher blieben wir bei der wenig komfortablen, aber bezahlbaren Pension, um dort unser Begehren zu stillen, was aber nie lange anhielt. Wir lagen nackt und eng umschlungen auf dem Bett, wähnten uns im Himmel, sprachen über unsere Vorstellungen vom Leben oder sahen uns nur wortlos an, ungläubig über das, was mit uns geschah. Auch das Schweigen entsprach unserem Naturell. Ausgiebig widmete ich mich ihrem Hals und dem Schulteransatz, verteilte darauf ihre Haarsträhnen und bedeckte das fertige Kunstwerk dann mit Küssen. Es fehlte uns an nichts.

Wir liebten uns ausschließlich tagsüber, das Helle bestimmte unsere Leidenschaft, nie sah ich sie entblößt bei Nacht, uns gehörte die Sonne. Und dennoch wollten wir nichts sehen. Sara fragte nie viel und erahnte wohl meine Abhängigkeit wie ein Unwetter in der Ferne, das uns nicht betraf.

Bis dahin hatte ich eine Trennung von meiner Frau nie ernsthaft erwogen und in meiner Naivität daran geglaubt, es würde sich alles irgendwann wieder einrenken. Doch seit Saras Auftauchen stellte sich diese Frage immer konkreter, einmal mehr allerdings verhinderte meine mutlose Art eine Entscheidung, die uns möglicherweise gerettet hätte.

Nach den Stunden in der Pension gestaltete sich die Rückkehr in die eheliche Wohnung zunehmend schwieriger, der Gegensatz wurde immer unerträglicher.

Dass ich während meiner Ehe noch ein Studium beginnen konnte, verdankte ich dem Wohlstand meiner Schwiegereltern, die ein florierendes Bekleidungshaus besaßen, mich nach zweijähriger Einarbeitung als möglichen Nachfolger jedoch aufgaben. Ich hätte eigentlich das Untergeschoss, die junge Jeans- und Freizeitabteilung, erweitern sollen, um mich umsatzmäßig damit ins Erdgeschoss hochzuarbeiten. Doch nach mehreren mäßig besuchten Jazzkonzerten in der neu eingerichteten Adidas-Lounge rechnete der Steuerberater durch, dass selbst ein teuer subventioniertes Studium wirtschaftlicher wäre als meine absehbaren Verluste, die das ganze Haus gefährden konnten. Die Enttäuschung meiner Schwiegereltern dauerte nicht allzu lange, als pragmatische Geschäftsleute kannten sie solche Risiken, für meine Frau hingegen war ich ab dem Zeitpunkt ein Mängelwesen, um ihre Klagen milde auf den Punkt zu bringen. In ihren Augen sollte ich die väterliche Dauersorge um einen Nachfolger aus der Welt schaffen. Sie selbst hatte die Übernahme abgelehnt, da sie, nach meiner bedingungslosen Integration ins Geschäft, Kinder haben wollte. Wir waren beide jung und naiv, und ich hätte mich schon viel eher auflehnen sollen.

Meine Frau bemühte sich längst nicht mehr, irgendetwas an mir zu verstehen, und war enttäuscht über meine Lebensgestaltung, deren Ziel nicht mehr die Übernahme des elterlichen Geschäfts darstellte. Mein Studium würde noch zwei Jahre dauern, bis dahin musste sie Geld verdienen und ihren Kinderwunsch aufschieben, damit wir nicht vollständig auf ihre Eltern angewiesen waren. Meinen Jazz empfand sie als ebenso fragwürdig wie meine Antwort auf ihre Bedenken, womit ich unsere Kinder künftig ernähren wolle. Mit Musik, hatte ich geantwortet, worauf sie erwiderte, aber doch kaum mit deinem Jazz. Damit lag sie nicht mal falsch, denn ohne Engagements in der Tanz- und Volksmusikszene, die zwar lukrativ, aber nur schwer zu ertragen waren, würde ich tatsächlich nicht genug verdienen, und sie kannte meine Abneigung gegen diese Jobs. Irgendwie war unsere Ehe aus dem Ruder gelaufen und mein Scheitern im Modehaus hatte auch das Scheitern unserer Ehe besiegelt, nur sprachen wir nie darüber.

Zu Beginn unserer Beziehung hatte mich ihr verführerischer Charme, der später nie wieder auftauchte, regelrecht blind gemacht. Ich war zweiundzwanzig, gab regelmäßig Konzerte als Trompeter, hatte im führenden Musikgeschäft am Ort meine Ausbildung als Musikalienhändler abgeschlossen und leitete bereits die Blasinstrumentenabteilung. Sie wiederum sah gut aus, umgarnte mich und gewährte mir bald die erste Beischlaferfahrung meines bis dahin – was Frauen betraf – von Schüchternheit geprägten Lebens.

Im Nachhinein denke ich, sie verliebte sich nicht in den Jazztrompeter, sondern allein in den Kaufmann, nicht zuletzt ihres Vaters wegen, dem ich gleich in der ersten Woche vorgestellt wurde. Er schien mich zu akzeptieren, jedenfalls nannte er mich angesichts meiner beruflichen Stellung scherzhaft *Abteilungsleiter*, wovon er erst nach dem betrüblichen Ausscheiden aus seinem Geschäft wieder abließ.

Unsere Verliebtheit kühlte rasch ab, es lief schief, was schief laufen konnte, mit zweiundzwanzig Jahren sollte man sein Leben genießen, anstatt ahnungslos zu heiraten. Die Ehe wurde trostlos, wir schliefen kaum noch miteinander, und irgendwann begann meine Frau, jede Gelegenheit einer intimen Begegnung zu vermeiden. Wagte ich es, sie darauf hinzuweisen, wurde sie laut und meinte, sie sei nicht meine Befriedigungsmaschine und verwies mich auf die nach Studienabschluss anstehende Kinderzeugung, zu der sie mich fruchtbar erwarte, weshalb ein Samenstau durchaus zielführend sei. Solcher Bösartigkeiten überdrüssig, schwieg ich ab dem Zeitpunkt zu ihren regelmäßig angezettelten Berufs- oder Familienplanungsdebatten, und seit Sara in mein Leben getreten war, verließ ich das Zimmer, wenn sie damit anfing.

In dieser Situation musste sie sich dann an meinen Freund Paul gewandt haben, der seit Jahren das Piano in meinem Quintett spielte. Ich hatte ihm von Sara erzählt, da ich jemanden zum Reden brauchte und ihm vertraute. Dass er meine Frau mochte, wusste ich, doch einen Verrat hätte ich ihm trotzdem nie im Leben zugetraut. Wie auch immer, es gelang ihr, über Paul von meinem Verhältnis mit Sara zu erfahren.

Als ich irgendwann spätnachts von einem Konzert nach Hause kam, wartete sie mit steinerner Miene in der Küche auf mich.

„Ich weiß von euch."

Ihre Stimme, messerscharf und kalt. Ich blieb stumm und sah sie müde an. Dieses *euch* aus dem Munde meiner Frau hörte sich falsch an.

„Paul hat es mir erzählt."

Damit verließ sie die Küche.

Am nächsten Tag verhielt sich meine Frau so, als sei in der Nacht zuvor nichts geschehen. Ihr Gesichtsausdruck trotzte allen Widrigkeiten des Lebens, eine Erblast ihrer

Eltern, denen das Kundenglück über alles Private ging. Sie tat, als hätte sich nicht etwas Unumkehrbares in unsere Ehe geschlichen. Bedrückt ging ich zur Hochschule. Sara belegte die Woche über ein externes Seminar in London, sie würde erst in fünf Tagen zurückkehren.

Am Abend sah ich die Limousine der Schwiegereltern vor unserem Haus stehen und im Wohnzimmer tagte bereits das Familiengericht. Ich sagte nicht viel während dieser bis in die tiefe Nacht dauernden Verurteilung meiner Person. Eines jedoch blieb unausgesprochen und stand trotzdem über allem: Die Sorge um den Skandal, der den makellosen Ruf des Bekleidungshauses beschädigen könnte. So liberal die Eltern auch waren, FDP-Wähler bis in den Tod, doch eine solche Affäre war tabu. Um zwei Uhr nachts kam, was kommen musste: Aufrechterhaltung der Fassade, sofortiger Abbruch der außerehelichen Beziehung und Aufnahme einer Erwerbstätigkeit, da eine Weiterfinanzierung des Studiums ausgeschlossen war. Scheinbar widerstandslos nahm ich mein Urteil an, was die Schwiegereltern sichtlich erleichterte. Damit war die Sache für sie erledigt und meine Entscheidung gefallen. Heimlich packte ich in der Nacht meine Koffer und verschwand. Zuvor hinterließ ich jedoch in Saras Briefkasten eine Nachricht, wo sie mich finden würde. Sie wusste bereits von diesem Hotel in Straßburg, in dem ich schon oft Zuflucht gesucht hatte. Zwei Wochen lang wartete ich dort auf sie, doch sie kam nicht. Hätten wir damals, im

Herbst 1998, schon Handys gehabt, wäre es anders gelaufen.

So flüchtete ich aus dem Dilemma meiner Ehe in ein neues Leben mit Sara, welches endete, bevor es überhaupt richtig beginnen konnte. Ich war begabt darin, mein Glück komplett zu vermasseln: Sara weg, Studium abgebrochen und obendrein mein Quintett verloren, da ich die Stadt verließ und mit Paul nichts mehr zu tun haben wollte. Was blieb, war die Tatsache meiner Lebensuntauglichkeit. Doch irgendwie musste es weiter gehen. So fuhr ich von Straßburg aus zu Oswald nach Trudlhausen.

Vorhang auf für Helene

Zwei Tage nach der Gedenkfeier im Jazzclub starteten Oswald und ich frühmorgens die lange Rückreise. Während der Fahrt hing jeder seinen Gedanken nach, die Trauer um meinen Vater vermischte sich mit jener um Sara, die ich nun seit elf Wochen und drei Tagen nicht mehr gesehen hatte. Ich fühlte mich verlassen von allen Menschen, die mir wichtig waren, zum Glück war mir Oswald geblieben, der am Steuer saß und den geringen Verkehr auf der französischen Autobahn zu genießen schien. Rosalie hatte uns Verpflegung mitgegeben, die wir in den Pausen auf irgendwelchen Rastplätzen aßen, bis wir schließlich nach acht Stunden am Rhein die französisch-deutsche Grenze passierten. In der Gegend um Baden-Baden machten wir in einer Autobahnraststätte Halt, um Kaffee zu trinken. Müde setzten wir uns an die Bar, der einzig freie Platz in dieser düsteren und überfüllten Örtlichkeit. Oswald begann, wohl um nicht einzuschlafen, über die Weltuntergangsarchitektur entlang der Autobahnen zu wettern: Alles sei vom ADAC verseucht und niemand störe sich daran. Wirklich schlüssig klang das nicht, doch so blieb er wenigstens wach. Mit meinem Hinweis auf das von der CSU unterwanderte Bundesverkehrsministerium goss ich weiteres Öl in sein Feuer, doch er hörte schon bald nicht mehr zu und nippte müde an seinem Kaffee. Plötzlich schreckte er auf, sein Blick hatte in der Menschenmenge jemanden entdeckt. Auch ein Mann am

Zeitschriftenstand starrte nun in unsere Richtung, legte die Zeitung beiseite und kam näher.

„Mann, Straßburger, ist ja ewig her, seit wir das letzte Mal das Vergnügen hatten."

„Vergnügen?", hörte ich Oswalds gereizte Antwort.

Der Mann lachte laut auf.

„Hey, noch immer im Krieg mit der gesamten Menschheit?"

„Nur mit einem Teil."

„Zu dem ich natürlich gehöre. Klar, Straßburger, nach dem, was ich Ihnen angetan habe!"

„Du meinst, was du deiner Frau angetan hast."

Ich hatte keine Ahnung, wovon die beiden sprachen. Dass Oswald ihn duzte, gefiel ihm nicht.

„Lass meine Frau aus dem Spiel."

„Sie ist das einzig Erträgliche an dir", erwiderte Oswald.

Der Mann zwang sich ein weiteres Lachen ab:

„*War*, Straßburger, sie *war* es ..."

„Demnach hat sie dich endlich verlassen?"

Sein Gegenüber blickte ihn verwundert an.

„Sie hat uns alle verlassen, aber auch das hast du mal wieder verpasst, du Idiot."

Damit verließ er die Raststätte.

Ich wagte mich kaum zu rühren. Oswald saß da und stierte mit fahlem Gesicht in seine Tasse. Seine Hände zitterten, so hatte ich ihn noch nie erlebt.

„Wer war das?", fragte ich.

„Hans-Reinhard Geiger, das größte Arschloch der Welt."

„Woher kennst du ihn?"

„Er war mein letzter Chef."

„Und was war das mit seiner Frau?"

„Sie heißt Helene, eine lange Geschichte."

Mehr war trotz meiner Nachfragen nicht aus ihm herauszubekommen. Vielleicht schwieg er aus ähnlichen Gründen wie ich über Sara. Irgendwann gingen wir nach draußen, wo er mir die Autoschlüssel reichte. Bis zur Ankunft in Trudlhausen fiel kein Wort mehr und er kam nicht mal zum Abendessen. Am nächsten Tag schien der Vorfall für ihn vergessen.

Ich wohnte noch den ganzen Herbst über bei Oswald und kümmerte mich im Kontakt mit dem französischen Anwalt um den Verkauf der Wohnung meines Vaters und die Übergabe des Jazzclubs, für den sich ein Interessent gefunden hatte. Das lenkte mich aber nicht von meinem Kummer wegen Sara ab. Ich träumte fast jede Nacht von ihr, immer waren wir darin ein Paar und das Aufwachen dann ein einziges Elend.

Allmählich dämmerte mir, dass ich Klarheit über meine Zukunft erlangen musste. Diese lag mit Sicherheit nicht in Trudlhausen, weder beruflich noch als Trompeter, wo mir, da mein Talent sich herumgesprochen hatte, bereits ein Angebot der örtlichen Dorfkapelle drohte.

Oswald hatte sich unterdessen an mich gewöhnt, nie vermittelte er mir das Gefühl, zu stören oder eine Zumutung zu sein, zumindest keine Zumutung vom Kaliber seiner Haushaltshilfe. Sie hieß Leichtle, kam immer donnerstags und übernahm dann die Führung im Haus.

Ich hatte diese drahtige Frau bereits bei meinen früheren Besuchen erlebt. Was ihre Gründlichkeit betraf, war sie Weltklasse, jedoch kannte sie bei ihrer Arbeit keinerlei Rücksicht auf Hausbewohner: Wer ihr zur falschen Zeit im falschen Raum begegnete, verschwand besser. Ich musste mein Gästezimmer und vor allem meine CD-Sammlung an den Donnerstagen entsprechend präparieren, damit beides ihren Zugriff unbeschadet überstand. Man hörte am Geräusch des Staubsaugers, wo sie gerade arbeitete, und so konnte ich ihrem Vormarsch mit einer Flucht aus meinem Zimmer entgehen. Dabei vergaß ich nie meine Trompete, mit der ich dann im Garten spielte, während sie bei mir sauber machte.

Die Leichtle arbeitete seit seinem Einzug bei Oswald und wähnte sich im Status der Unkündbarkeit. Ursprünglich aus dem Allgäu kommend, hatte es sie der Liebe wegen nach Trudlhausen verschlagen, wo sie den Wirt des Goldenen Ochsen ehelichen wollte. Jedoch entschied sich dieser in letzter Minute für eine Heiratswillige aus dem Dorf, da sein Stammtisch andernfalls in den Goldenen Hirschen abzuwandern drohte. Jede andere Frau hätte sich danach aus dem Staub gemacht, doch die Leichtle blieb und bis heute wusste keiner, warum. Oswald jedenfalls kam sie äußerst gelegen, fiel ihre geplatzte Hochzeit doch mit seinem Zuzug ins Dorf zusammen und beendete damit ein aus dem Ruder laufendes Putzfrauendrama, von dem der ganze Ort sprach. Seine Tante Julia hatte nämlich, vom Pfarrer wohlwollend geduldet, einmal pro Woche dessen Haushälterin beschäftigt, welche sich nun aber weigerte, für Oswald, immerhin der mutmaßliche Mörder von Tante Julia, tätig zu werden. So bot er der mit leeren Händen dastehenden Frau Leichtle die Putzstelle an und sie sagte zu. Etwas später vermittelte Marion sie zusätzlich an den Haushalt des Landtagsabgeordneten Kranzlmeier, wo sie seither an den anderen Tagen arbeitete.

Die Leichtle war mir von der ersten Begegnung an als ältere Frau erschienen, was auch an ihrer Kleidung und der altmodischen Frisur lag. An einem der Donnerstage trafen wir uns zufällig in der Küche, wo sie Pause machte und ein mitgebrachtes Wurstbrot aß. Ich erkundigte mich, wie ihr es gehe, woraufhin sie mich fragte, ob ich sie verspotten wolle. Ich wollte nur höflich sein, entgegnete ich, was sie nur wenig milder stimmte. Sie kenne Interesse an ihrer Person nur als Quelle für Hohn und Spott, ihr diesbezügliches Misstrauen habe gute Gründe. Aber um meine Frage zu beantworten, es gehe ihr beschissen, aber so sei nun mal das Leben. Dann erging sie sich in Ochsenwirt-Beschimpfungen und kam auf dessen Heiratsabsage zu sprechen. Ich staunte, welches Ausmaß an Wut noch immer in ihr brodelte, als sie mich plötzlich fragte, für wie alt ich sie schätzte. Ich gab vor, keine Ahnung zu haben, woraufhin sie mir verriet, sie sei sechsunddreißig. Vergeblich versuchte ich, in ihrem verhärmten Gesicht dieses überraschend junge Alter bestätigt zu finden. Auf meine Frage, warum sie in Trudlhausen verkümmern wolle, winkte sie mich heran und flüsterte, dass eine unglückliche Liebe im Allgäu ihr die Rückkehr dorthin verbot. Weitere Orte, an denen man leben könnte, schienen für sie nicht zu existieren, meine entsprechenden Hinweise jedenfalls ignorierte sie.

Wir hatten sicher eine halbe Stunde gemeinsam in der Küche verbracht, als sie mit Blick auf die Uhr plötzlich aufschreckte, da ihr Zeitplan in Verzug geriet. Sie dankte mir für mein Zuhören, was mir als der passende Augenblick erschien, sie zu bitten, künftig die CD-Sammlung in meinem Zimmer unangetastet zu lassen. Die Bitte missfiel ihr, daher bot ich an, öfters die Mittagspause gemeinsam mit ihr zu verbringen, so könne sie jeden Donnerstag den Ochsenwirt zur Hölle fahren lassen, womit ich einen Volltreffer landete – sie ließ sich auf den Handel ein und rührte meine CDs nie wieder an.

Ende November musste ich nochmals nach Tours, um den Vertrag über den Verkauf der Wohnung zu unterschreiben. Damit hatte ich plötzlich Geld und Oswald die passende Idee. Sein langjähriger Weinhändler und Freund aus Jugendtagen suchte einen Nachfolger. Das Geschäft lag in Oswalds niederbayerischer Heimatstadt Landsheim, wo er schon mit fünfzehn umjubelte Auftritte hatte, die er als Auftakt zu einer unvermeidlichen Weltkarriere missverstand. Oswald nahm Kontakt auf und es kam zu mehreren Treffen. Die Stadt bot dem jetzigen Inhaber zufolge weiterhin gute Chancen für den gehobenen Weinhandel. So übernahm ich das Geschäft mit den Mitteln aus dem Erbe meines Vaters, modernisierte das Verkaufskonzept, brachte mit der Neueröffnung den Jazz ins Spiel und bemerkte bald, dass ich von meinen Schwiegereltern mehr Kaufmännisches gelernt hatte als beabsichtigt.

Schnell fand ich einige Straßen weiter eine Wohnung und zog schließlich von Trudlhausen nach Landsheim. Es passte alles, auch der Umstand, nun Oswalds Weinlieferant zu sein. Der Laden lag eine knappe Autostunde von Oswalds Dorf entfernt und etwa alle sechs Wochen brachte ich ihm seine Bestellung französischer Spitzenweine vorbei, der einzige Luxus, den er sich leistete. Die Preisverhandlungen darüber führten wir in aller Härte: Ich wollte nichts an ihm verdienen und ihn zum Einkaufspreis beliefern, er hingegen bestand auf dem Ladenpreis, bis wir uns schließlich in der Mitte trafen. Wenn ich mit meiner Lieferung auftauchte, freute er sich jedes Mal, mich zu sehen. Die drei Monate Hausgemeinschaft hatten uns zusammengeschweißt, Ähnliches ließ sich auch über meine Mittagspausen mit der Leichtle sagen. Wenngleich diese Donnerstagsgespräche thematisch selten das Ochsenwirt-Thema verlassen hatten, war doch ein gewisses Vertrauen bei ihr aufgekommen, weshalb ich ihr zum Abschied einen Blumenstrauß schenkte, bei dessen Anblick zum ersten Mal ein Lächeln über ihr Gesicht huschte. Ihr junges Alter jedoch blieb unbegreiflich, auch wenn Oswald es mir bestätigt hatte.

Ein Jahr lang arbeitete ich fast rund um die Uhr im Laden, bis der Umsatz eine Aushilfskraft zuließ. Dadurch fand ich Zeit, Musiker für ein neues Jazzquartett zu suchen. Da ich im Sommer regelmäßig Jazzkonzerte mit lokalen Bands vor meinem Laden veranstaltete, konnte ich die Landsheimer Szene kennenlernen und Kontakte knüpfen. Schließlich hatte ich ein Quartett beisammen, es waren zwei professionelle Musiker mit dabei, die auch in anderen Formationen spielten. Sie schätzten den Bassisten Horst und mich jedoch wegen der Ernsthaftigkeit, mit der wir das Quartett und die Auftritte nahmen, was unsere Schwächen bei Weitem wieder aufwog. Bis auf den Umstand, dass ich Sara seit zwei Jahren nicht mehr gesehen hatte und sie noch immer vermisste, nahm alles einen guten Weg. Die Scheidung von meiner Frau verlief unspektakulär, es kam keinerlei Widerstand von ihrer Seite und der Gerichtstermin selbst war eine Sache von knapp zehn Minuten, in denen wir uns kein einziges Mal in die Augen sehen mussten.

Am Abend der Scheidung besuchte mich Oswald erstmals in meiner Landsheimer Wohnung und lud mich zum Essen ein. Nun sei auch dieser Fehltritt ausgemerzt, meinte er gut gelaunt und stieß mit mir auf den nächsten an, der unabwendbar folgen werde. Es sei derzeit keiner in Sicht, wehrte ich ab, doch er lächelte nur auf seine gewohnt allwissende Art.

Der Alltag im Weinladen kostete mich etliches an Zeit, zumal ich viel Vorbereitungsarbeit in meine zweimonatlich stattfindenden „*Wein trifft Jazz*"-Abende mit offenen Weinen und ausgesuchten Jazzplatten investierte. Diese begannen eher schleppend, fanden schließlich aber ein treues Publikum, allen voran eine Runde von Jazzliebhabern, die bisher keinen Termin ausgelassen hatten, auch wenn ihre Diskussionen über den Jazz die eigentliche Verkostung manchmal in den Hintergrund rücken ließen. Zudem begannen sie das Konzept, Jazzmusik mit dem passenden Wein zu kombinieren, zu erweitern, indem sie passende Speisen dazu mitbrachten. Im ersten Jahr arbeiteten wir uns durch verschiedene Anbaugebiete in Italien, Frankreich und Spanien. Bei einem Sardinien-Abend, die Musik dazu kam von Paolo Fresu, dem sardischen Jazztrompeter, erschien eine komplette Familie aus Cagliari und brachte hausgemachte Spezialitäten mit. Ob ihre Behauptung, in einer weitverzweigten Seitenlinie mit Paolo Fresu verwandt zu sein, stimmte, wollte niemand ernsthaft wissen, wir saßen jedenfalls bis weit nach Mitternacht zusammen.

Oswald besuchte diese Abende bedauerlicherweise nie, obwohl ich ihn immer darüber informierte. Aber er erhielt bei meinen Lieferungen immer eine Kiste jenes Weins, der den besten Anklang bei den Gästen fand. Nach einem nordspanischen Abend brachte ich ihm eine Kiste *Ribera del Duero* mit, durch die unerwartet der Vorfall in der Autobahnraststätte wieder zur Sprache kam.

Als er die Kiste sah, nahm er eine Flasche heraus und betrachtete sie.

„Wie kommst du ausgerechnet an diesen Wein?"

„Ein Geheimtipp."

„Das gibt's doch nicht."

Er schüttelte ungläubig seinen Kopf und sagte:

„Den trinken wir jetzt."

„Aber ich muss noch fahren."

„Quatsch, du übernachtest hier."

Es war Samstag, also blieb ich.

Er öffnete den Spanier und holte Weißbrot und Oliven. Dann begann er zu erzählen.

Genau jenen Wein hatte er mit Helene Geiger in Bilbao getrunken. Sie war, wie ich während seines Monologs erfuhr, offenbar sein letzter Versuch, nach seinen zwei Ehen nochmals mit einer Frau klarzukommen.

Sie hatte ihn bereits auf den Fotos beeindruckt, welche sein Chef Hans-Reinhard Geiger, jenes Arschloch, das ich bereits in der Raststätte erlebt hatte, anlässlich seiner Hochzeit mit ihr in seiner Abteilung herumzeigte. Helenes Gesicht fiel ihm sofort auf, ihre ausdrucksstarken Augen und ein rebellischer Zug um ihren Mund weckten seine Neugier. Die Kollegen gratulierten ihrem Chef und priesen die Attraktivität seiner Frau, Oswald hingegen nickte ihm nur kurz zu und verschwand in seinem Büro, verstimmt darüber, dass dieser karriereversessene Idiot so eine Perle abbekommen hatte. Vor der Weihnachtsfeier kündigte Geiger an, seine Frau mitzubringen, was für Oswald Anlass gewesen wäre, seinen langjährigen Boykott dieser Veranstaltung aufzugeben, doch zum einen wäre dies aufgefallen, zum anderen stieß ihn das Geschwätz seiner Kollegen unverändert ab. Geiger brachte seine Frau nun zu jeder Weihnachtsfeier mit, während Oswald ihr weiterhin fernblieb.

Nach Tante Julias Ableben und der Kündigung seiner Stelle zum Jahresende beschloss er, die allerletzte Weihnachtsfeier als Angestellter doch noch zu besuchen. Geigers Frau war, wie die Jahre zuvor, ebenfalls anwesend. Er fand sie noch faszinierender, als er sie auf dem Foto in Erinnerung hatte, und warf ihr regelmäßig Blicke zu, die sie jedoch zu ignorieren schien. Irgendwann ging er zum Rauchen nach draußen. Als notorischer Nichtraucher veranstaltete Geiger die Weihnachtsfeier seiner Abteilung seit Jahren in diesem raucherfreien Hotel, damals noch das einzige seiner Art. Vor dem Eingangsbereich standen nicht nur Kollegen, auch andere Hotelgäste gaben sich dem Vergnügen hin, in der eisigen Kälte mit klammen Fingern an ihren Zigaretten zu ziehen. Oswald verharrte in der Nähe von drei Männern, die darüber diskutierten, wie man die Rauchmelder überlisten könne, um alarmfreies Rauchen im Hotelzimmer zu ermöglichen. Er wollte sich eben in die Debatte einmischen, als ihn eine Frauenstimme von hinten ansprach:

„Kriminelle Energie wegen ein paar Zigaretten und das kurz vor Weihnachten. Schämen Sie sich nicht?"

Er drehte sich um, blickte in das Gesicht von Helene Geiger und antwortete:

„Für das Rauchen muss man Opfer bringen."

Sie lachte ihn an.

„Haben Sie eine für mich?"

Er kramte nach seiner Zigarettenschachtel und gab ihr Feuer.

„Wenn mein Mann mich jetzt sehen würde, hätte er eine Herzattacke."

„Für das Rauchen muss man Opfer bringen."

Sie hielt ihm die Hand hin, die er ohne zu zögern nahm.

„Helene Geiger."

„Oswald Straßburger."

Sie warf ihm einen interessierten Blick zu.

„Ach, Sie sind das? Jetzt hätte er selbst ohne meine Zigarette seinen Infarkt."

„Glauben Sie nicht alles, was Ihr Mann über mich verbreitet. Mein Ruf ist wesentlich schlechter als mein Charakter."

„Bei ihm ist es genau andersrum."

„Ich weiß. Tut mir auch ausgesprochen leid für Sie."

„Darf ich Ihnen etwas verraten? Ich habe keine Lust, da wieder reinzugehen."

„Kann ich verstehen."

„Dann lassen Sie uns gehen."

„Das dürfte ein Nachspiel haben."

Sie lächelte ihn an:

„Für das Leben muss man Opfer bringen, selbst solche."

Sie ließen sich mit einem Taxi in die Stadtmitte fahren und gingen in ein alteingesessenes Lokal mit gemischtem Publikum. An der Theke holte er zwei Drinks und Helene bemerkte trocken:

„So ein konspiratives Verschwinden hat seinen Reiz. Doch irgendwann wird mein Mann mich suchen."

„Aber so schnell nicht finden."

„Ich werde ihm eine Entführung unterjubeln müssen."

„Dann hole ich schon mal Stift und Papier für die Lösegeldforderung."

„Und wenn er nicht zahlen will?"

„Dann wäre wenigstens *das* geklärt."

Sie fing laut an zu lachen und ihre schwarzen Locken wirbelten dabei durch die Luft, so dass sich einige Gäste nach ihr umdrehten. Er nahm ihre Hand und sie besprachen weitere Details ihrer Entführung, bis die Gläser leer waren. Irgendwann sah Helene ihn prüfend an:

„Sie haben tatsächlich etwas von ihm."

„Von wem? Ihrem Mann? Wollen Sie mich beleidigen?"

„Nein!", erwiderte sie lachend, „von Mick Jagger. Dieser Ruf eilt Ihnen voraus."

„Vergessen Sie es, diese Ähnlichkeit hat mir nichts als Ärger eingebracht."

„Dann wird es Zeit, das zu ändern. Lassen Sie uns gehen."

Er bezahlte und sie verließen das Lokal. Die Nacht war sternenklar und eisig kalt. Helene hakte sich bei ihm ein und sagte:

„Wäre es Sommer, würde ich bis zum Sonnenaufgang durch die Stadt streunen."

„Im Sommer wären wir uns kaum auf der Weihnachtsfeier begegnet."

Durch ihren Mantel hindurch spürte er sie zittern:

„Sie frieren."

„Schlagen Sie etwas vor."

„Zu mir sind es fünf Minuten."

Am Morgen darauf ließ er Helene in der Nähe ihres Hauses aussteigen und fuhr danach in die Firma. Sofort sprachen ihn seine Kollegen auf die Heldentat an, mit der Frau des Chefs durchgebrannt zu sein. Er erschrak, hatte man ihn und Helene etwa gemeinsam verschwinden sehen? Oswald dementierte, er habe sich lediglich vor dem Hotel mit ihr unterhalten. Da der Widerspruch hier verstummte, gab es offenbar keine Augenzeugen für das Taxi. Ihm entging nicht, dass Schnabel, ein Vertrauter

Geigers, sich irgendwann aus dem Staub machte, vermutlich um Geiger über seine Aussage zu unterrichten. Da Helene sich ein nächtliches Alibi bei einer Freundin verschafft hatte, musste Geiger zu dem Schluss kommen, dass er nichts mit Helenes Verschwinden zu tun hatte. Den Tag über verhielt Geiger sich Oswald gegenüber wie gewohnt, die gegenseitige Abneigung reduzierte ihre Kontakte schon lange auf ein Mindestmaß. Oswalds Heldenstatus indes verpuffte schnell. Im Laufe des Tages verbreitete Schnabel schließlich Geigers Version: Seine Frau habe am Vorabend wegen Magenbeschwerden die Krankenhausambulanz aufsuchen müssen. Oswald war zufrieden.

Ich hörte ihm fasziniert zu, es war das erste Mal, dass er so ausführlich aus seinem Leben berichtete, auch wenn ich es ihm nicht abnahm, dass ausgerechnet *er* so souverän die Frau seines Chefs abgeschleppt hatte. Doch ich schwieg, neugierig darauf, wie es weiterging. Nun stand er auf und holte eine weitere Flasche von dem spanischen Wein, während ich ein zweites Baguette aufschnitt. Wir saßen noch immer am Küchentisch, draußen dunkelte es bereits und ich war gespannt, was noch kommen würde.

Helene und er trafen sich weiterhin in abgelegenen Hotels und Oswald begann sich vorzustellen, mit ihr nach seinem Ausscheiden aus der Firma in Tante Julias Haus zu leben. Durch die Erbschaft hätte er ihr alle Annehmlichkeiten bieten und sie gleichzeitig von ihrem Mann befreien können. Sie jedoch wollte von einer Trennung nichts wissen, ihre Ehe blieb ihm schleierhaft.

Mit Arbeit war sie noch nie in Berührung gekommen, da sie das Studium bereits im ersten Semester wegen ihrer Schwangerschaft, die Bilanz der Abiturfeier, abbrechen musste. Ihr Englischlehrer Maier, damals sechsundzwanzig und heftig verliebt in die bildhübsche Schülerin Helene, wollte unter allen Umständen ihre Volljährigkeit und die zwei Tage später stattfindende Abiturfeier abwarten, bevor sie miteinander schlafen würden. Dieser Aufschub amortisierte sich aus erotischer Sicht um ein Vielfaches. Dem achtzehnten Geburtstag folgte der feierliche Zeugnistag an der Schule und jenem eine wilde Zeugungsnacht an einem Baggersee bei lauen Temperaturen und strahlendem Vollmond. Wirklich dunkel war es daher nicht, was auch erklärte, weshalb die Schulleitung davon Wind bekam. Man erteilte Maier eine Abmahnung, die dieser trotz Verweis auf Helenes Volljährigkeit und ihren vollzogenen Austritt aus der Schule ebenso wenig aus der Welt schaffen konnte wie ihre befruchtete Eizelle.

Maier, zu diesem Zeitpunkt noch Beamter auf Probe, lag die Abmahnung schwer im Magen. Trotzdem zeigte er Haltung und nahm Helene in seiner Wohnung auf. Das Zusammenleben ging nicht lange gut. Helene fühlte sich überfordert mit dem Kind, sie wollte ungebunden sein und verschwand, sobald Maier am frühen Nachmittag von der Schule nach Hause kam. Offiziell noch an der Universität eingeschrieben, besuchte sie zwar keine Vorlesungen, ließ vom übrigen Studentenleben aber nichts aus. Maier begann, sich zu beklagen. Helene, unbelastet von Mutterinstinkten oder anderen nennenswerten Bedenken, verließ ihn und zog zurück zu ihrer Mutter, der sie damit zu einem Déjà-vu-Erlebnis verhalf: Sie war sechsunddreißig Jahre alt und konnte ihre achtzehnjährige Tochter gut verstehen.

Maier kümmerte sich weiter rührend um seine Tochter, ein Umstand, der Helenes Mutter begeisterte. Sie selbst hatte Helene alleine aufziehen müssen. Deren Vater war damals auf der Suche nach spiritueller Erleuchtung in Richtung Indien verschwunden, fand dort aber lediglich – man mutmaßte zu spät behandelte sexualhygienische Symptome – einen düsteren Bakterientod. Maier und die für ihn alles andere als unattraktive Großmutter seiner Tochter wurden mehr als nur ein eingespieltes Elternteam. Helene blieb diese Annäherung nicht verborgen und sie trat Maier vollständig an ihre Mutter ab. So wuchs Helenes Tochter in unkonventionellen, aber stabilen Familienverhältnissen auf. Nach dem Delegieren ihrer Mutterpflichten blieb Helenes Lebensqualität auf hohem Niveau, welche sie Jahre später mit der Heirat von Geiger weiter steigerte, und darauf achtete, nicht wieder schwanger zu werden. Die Ehe war für sie nie ein Grund, auf

Freiheiten zu verzichten. So begann ihre Affäre mit Oswald.

„Warum erzähle ich dir das alles überhaupt?"

Oswald schüttelte den Kopf und wirkte seltsam abwesend. So ausführlich, wie er mir Helenes Leben beschrieb, musste sie ihm viel bedeutet haben, auch wenn unklar blieb, wie viel davon wirklich stimmte. Er schenkte sich Wein nach und warf dabei einen Blick auf das Etikett der Flasche.

„Ach ja, Bilbao", murmelte er und erzählte weiter.

Nach Oswalds Umzug in das geerbte Anwesen ging die Affäre mit Helene weiter. Zwar missfiel ihr Trudlhausen, doch seine Vergangenheit als Rockmusiker beeindruckte Helene ebenso wie seine finanziellen Möglichkeiten, die jene von Geiger dank der Erbschaft nun übertrafen. Er wagte es erneut, sich ernsthaft zu verlieben. Helene war im Grunde eine verwöhnte Prinzessin, die sich vor jeder Art von Verantwortung drückte, doch er liebte ihre unkomplizierte und ausgelassene Erotik. Sie war, das musste Oswald sich eingestehen, wie für ihn geschaffen. Trotzdem nahm er ihre Macken, von denen es nicht wenige gab, nur missmutig hin. Beispielsweise führte ihre Eigenschaft, andere grundsätzlich vor vollendete Tatsachen zu stellen, ständig zu Konflikten. Sie duldete keine Widerrede, auch wenn die Angelegenheit sie beide betraf. Die solch einer Entscheidung vorausgehenden Grübeleien entgingen ihm zwar nicht, sprach er sie dann aber auf ihren entscheidungsschwangeren Zustand an, lächelte sie nur vielsagend. Helene hatte keinerlei Mühe, in mehreren Welten gleichzeitig zu leben, was sie ihm vom erotischen Standpunkt aus zwar noch begehrenswerter erscheinen ließ, die Kommunikation aber deutlich erschwerte. Hätte sie etwa erwogen, sich von ihrem Mann zu trennen, wäre sie ohne Ankündigung mit ihren Koffern vor Oswalds Haus gestanden, um bei ihm einzuziehen. Die Möglichkeit, ihn vorher zu fragen, kam in ihrer Sicht der Welt nicht vor.

Irgendwann erwähnte Helene zum ersten Mal die nordspanischen Orte Bilbao und Santander. Er konnte nie herausfinden, was genau sie dort wollte, das sich damals noch im Bau befindliche Guggenheim-Museum in Bilbao jedenfalls war es nicht. Beharrlich verfolgte sie ihr Ziel. Oswald hatte keine Ahnung, wie sie Geiger dazu brachte, sie im Herbst 1996 eine Woche lang alleine reisen zu lassen.

Als es soweit war, flog Oswald voraus, so konnte er sie tags darauf am Flughafen von Bilbao abholen. Mit dem Bus fuhren sie in die Stadt. Die Straße führte über die Hügel rund um Bilbao und schließlich hinunter ins Zentrum. Die Baustelle des Guggenheim-Museums war schon von Weitem zu erkennen und sie überquerten die Brücke, welche in die Konstruktion des Museums integriert werden sollte. Im Aufzug ihres Hotels küsste sie ihn und legte ihre Hand zwischen seine Beine. Das Zimmer war groß und luxuriös eingerichtet. Helene verschwand im Bad und kam kurz darauf nackt aus der Dusche, um ihn zu holen. Ihr Akt in der Duschkabine gelang ohne orthopädische Ausfälle, danach fielen sie ins Bett und schliefen. Ähnlich ging es weiter und nach fünf Tagen zwischen Bett, Bad, Frühstücksraum und abendlichen Restaurantbesuchen in der historischen Altstadt von Bilbao fuhren sie mit dem Bus an der Atlantikküste entlang nach Santander, wo sie die beiden letzten Tage verbringen wollten. Sie erzählte ihm während der Fahrt, dass dort eine alte Schulfreundin von ihr wohne, die sie besuchen werde, allerdings ohne ihn. Er sagte, wenn das wieder einer ihrer Beschlüsse sei, die er hinzunehmen habe, dann solle sie das vergessen, schließlich sei er hier, um die Tage mit ihr zu verbringen. Sie sah ihn an, sagte aber nichts.

Der Busbahnhof von Santander war hässlich, doch die Taxifahrt an der langen Meerespromenade entlang bot grandiose Ausblicke aufs Meer. Das Hotel lag außerhalb der Altstadt am Strand El Sardinero in der Nähe eines schneeweißen Prunkbaus, welcher das Casino beherbergte. Helene zeigte sich nun wie verwandelt. Sie verließ das Hotel noch vor dem Frühstück und verbrachte den ganzen Tag bei ihrer Schulfreundin, die sie Oswald aber nicht vorzustellen gedachte. Spät abends kam sie aufs Zimmer, wo er sie aufgebracht empfing. Sie zuckte mit den Schultern, zog sich aus und machte alles wieder gut.

Der Tag darauf verlief jedoch genauso, weshalb er Santander notgedrungen auf eigene Faust erkundete. Auf einem Plakat, das überall in der Stadt hing und auf eine laufende Ausstellung in einer Galerie hinwies, sah er surreale Landschaften in der Tradition Salvador Dalis. Der unbekannte Maler hieß *Juan Lobo Rey*, den Namen hatte er in den zwei Tagen mindestens hundert Mal gelesen, so war er ihm im Gedächtnis geblieben, auch wenn er die Ausstellung dann doch nicht besucht hatte.

Dann, am Abend vor ihrer Rückreise nach Deutschland, eskalierte der Konflikt. Helene meinte, sie lasse sich von niemandem einsperren. Oswald erwiderte, sie könne nicht einfach alle gemeinsamen Pläne über den Haufen werfen. Darüber rastete sie dann regelrecht aus. Im Nachhinein schien es Oswald, sie habe den Streit nur provoziert, um einen Anlass für das zu haben, was sie dann tat: Sie blieb in Santander, während er nach Deutschland zurückkehrte.

Ich schenkte Oswald nach und fragte ihn:

„Blieb sie noch länger dort?"

„Das war 1996, wir hatten beide noch keine Handys und von ihrer angeblichen Freundin dort wusste ich weder Namen noch Adresse. Vermutlich war diese Schulfreundin ein neuer Liebhaber. Nach zwei Monaten habe ich über einen ehemaligen Arbeitskollegen herausfinden können, dass Helene nochmals zu Geiger zurückkehrte, um ihn dann wenige Wochen später endgültig über Nacht zu verlassen."

„Und jetzt? Hast du mal wieder von ihr gehört?"

„Nichts, seit über fünf Jahren."

Oswald stand auf und holte die dritte Flasche von dem mitgebrachten Ribera del Duero. Die Erinnerungen schienen ihm zuzusetzen, so bedrückt hatte ich ihn noch nie erlebt. Ich entdeckte spanische Chorizo im Kühlschrank und legte sie zusammen mit dem letzten Brot, das ich noch fand, auf den Tisch. Während wir aßen und den Wein dazu tranken, hing jeder seinen Gedanken nach. Ich betrachtete den Monatskalender mit Motiven aus der Bretagne hinter ihm an der Wand, er zeigte noch den April 2001 an, obwohl wir schon Juni hatten.

„Hast du nie im Netz nach dieser Helene gesucht?", fragte ich ihn irgendwann.

„Natürlich, schon damals gab es massenhaft Einträge, eine Urologin im Schwarzwald, ein Hundesalon in Pirmasens und so weiter. Aber nichts, was auf sie hindeutete."

„Würde sie denn etwas über dich finden?"

„Das braucht sie nicht. Sie war ja mehrmals hier, weiß also, wo ich wohne, und hat meine Telefonnummer. Aber mir reicht es. In Sachen Helene mache ich nichts mehr."

Es erstaunte mich, wie ähnlich es Oswald und mir im Grunde ergangen war. Ihm mit Helene und mir mit Sara. Das vergebliche Warten auf sie in Straßburg war nun drei Jahre her und ich hatte ihm noch nie etwas von Sara erzählt, vielleicht war das der passende Zeitpunkt:

„Ich habe eine ähnliche Geschichte hinter mir. Soll ich sie dir erzählen?"

Er blickte mich an:

„Lass hören."

Undercover beim Schreibkurs

Die folgenden fünfzehn Jahre lang passierte nicht viel. Oswald lebte in Trudlhausen und versuchte sich am Komponieren einer Rockoper, in der er unablässig die Briten verunglimpfte, aber irgendwie feststeckte. Doch es schien gleichzeitig ein Projekt zu geben, dass er mir verheimlichte, ich bemerkte es, weil er seit Kurzem sein Arbeitszimmer abschloss, wenn ich ihn besuchte. Unterdessen lief mein Weingeschäft recht ordentlich, zudem spielte ich viel Trompete und gab regelmäßig Konzerte mit meinem Jazzquartett.

Sara jedoch ging mir nie aus dem Kopf. Die ganzen Jahre über hatten wir keinen Kontakt, zu abrupt war der damalige Abbruch, die Gründe dafür noch immer völlig unklar: Der falsche Zeitpunkt, ein Missverständnis, meine Ehe? Seither nagte dieser nicht enden wollende Zweifel in mir, wie oft hatte ich das Wählen ihrer Telefonnummer abgebrochen, mutlos und verzweifelt, immer im Ungewissen, ob ihr Anschluss überhaupt noch existierte.

Bis mir eines Tages ein Studienkollege aus der Zeit an der Jazzakademie eine Mail schickte. Er hatte Sara letzten Sommer bei einem Kurs in Norditalien kennengelernt, bei dem es um das Schreiben über die Liebe ging, keine Ahnung, warum jemand so etwas macht. Er wusste von meiner gescheiterten Affäre mit Sara und hatte das Drama damals sogar hautnah miterlebt, ohne je direkten Kontakt mit ihr gehabt zu haben. Im Verlaufe des Kurses wurde ihm klar, wer sie war, denn ihr während der Woche entstandener Text beschrieb jenes Ende unserer Affäre, doch er unterließ es, sie auf mich anzusprechen. Ich könne ihn nachlesen im entsprechenden Jahrbuch des Kurses, welches sich in der Sommerresidenz des Schriftstellers, der die Seminare veranstalte, befinde. Dem Brief lag eine Kursbroschüre bei.

Mit meiner Ruhe war es nach Erhalt jener Mail vorbei. Ich musste Saras Geschichte lesen, doch der Preis dafür war hoch – die Teilnahme an diesem Kurs. Meine Musikerfreunde warnten mich – mach das nicht, du fliegst auf, du blamierst dich und das alles wegen dieser alten Geschichte.

Ausgerechnet ein Schreibkurs. Meine letzte schriftliche Aktivität war das Verfassen des Patentantrags für einen akkubetriebenen Korkenzieher, den ich mit einem Freund zusammen entwickelt hatte und der inzwischen europaweit vertrieben wurde. Lieferscheine, Rechnungen und meine monatlich wechselnden Sonderangebote – mehr musste und wollte ich nicht schreiben.

Trotzdem meldete ich mich zu dem Kurs an. Der Schriftsteller, von dem ich noch nie gehört, geschweige denn etwas gelesen hatte, bat mich um autobiografische Daten, insbesondere meine literarischen Aktivitäten interessierten ihn. Da es in dieser Hinsicht düster aussah, blieb mir nichts anderes übrig, als meine Vita entsprechend zu erweitern. Dazu wilderte ich lange im Netz, wo auffallend häufig das enge Verhältnis von Schriftstellern zum Alkohol betont wurde. Da diese Inspirationsquelle überwiegend in Form von Wein erschlossen wurde, hatte ich quasi schon einen Fuß in der Tür zum Literaturbetrieb.

Im Antiquariat um die Ecke holte ich mir ein Buch eines verstorbenen bulgarischen Autors, den, wie mir vom Inhaber versichert wurde, heute niemand mehr kenne, was nicht unwichtig war, denn ich würde mich bei ihm bedienen müssen, um im Kurs einen eigenen Text vorweisen zu können.

Schließlich war es soweit. Auf der Fahrt in den Süden war ich, was den Kurs betraf, anfangs noch gelassen, doch mit dem Passieren der italienischen Grenze bei Chiasso kam Nervosität auf, die bei Mailand dann fast panikhafte Züge annahm. Erst der Anblick der sanft geschwungenen und vom Weinanbau geprägten Hügel des Piemonts konnte mich wieder etwas beruhigen.

Das Haus des Schriftstellers lag an einem Hang auf halber Strecke zwischen Alba und Barolo und war umgeben von Weinreben. Wäre es nicht ein Schreibkurs, weswegen ich hierherfuhr, alles wäre gut gewesen.

Das Kennenlernen der Kursteilnehmer am ersten Abend überstand ich blendend, meine fundierten Weinkenntnisse ließen tatsächlich keine Zweifel an meiner literarischen Kompetenz aufkommen, selbst der Schriftsteller zeigte nahezu kollegiales Interesse. Bei der Hausführung wurde auf die Bibliothek mit den Jahresbüchern der bisherigen Kurse hingewiesen, leider war dies gleichzeitig der einzige Raum mit mehreren Schreibplätzen, was meinen Zugriff auf das Jahrbuch wegen der Anwesenheit weiterer Teilnehmer erschweren würde.

Im Hotelbett kam mir in den Sinn, dass Sara letztes Jahr eine Woche an diesem Ort verbracht und dabei vermutlich viel an mich gedacht hatte. Mir erging es nun ähnlich, die ganze Situation war von ihr durchdrungen, eine achtzehn Jahre währende Ungewissheit würde hoffentlich bald ein Ende haben.

Am nächsten Morgen ging es ans Auswählen des Schreibplatzes, an dem jeder die Woche über an seinem Text arbeiten würde. Mein überstürztes Drängen in Richtung Bibliothek — erstaunlicherweise das bevorzugte Ziel aller — löste unfreundliche Kommentare aus, die ich aber ignorierte. Wenn alles gut lief, würde ich am Tag darauf wieder abreisen.

Ich setzte mich an den Laptop und begann, flott die bereits eingescannten bulgarischen Fragmente abzutippen. Nach zwei Seiten in vier Minuten bemerkte ich, dass mein offensichtlicher Kreativitätsrausch die beiden anwesenden Kursteilnehmerinnen einzuschüchtern drohte, und legte fortan Pausen ein, um Denkarbeit vorzutäuschen, tatsächlich jedoch sondierte ich das Terrain.

Ich hatte das entsprechende Jahrbuch schnell entdeckt, nun ging es darum, die zwei Damen loszuwerden und darauf zu achten, dass der Schriftsteller, welcher gelegentlich nach uns sah, meinen Zugriff nicht mitbekam. In der Mittagspause ergab sich keine Gelegenheit, da man vergessen hatte, nach möglichen Vegetariern zu fragen, weshalb diese nun die Bibliothek belegten, während wir anderen Saltimbocca aßen und in der Küche fleischlos nachgekocht wurde.

In der Kaffeepause war es schließlich soweit. Allein in der Bibliothek nahm ich das Jahrbuch aus dem Regal, schloss die entstandene Lücke und brachte es in der Laptoptasche spätnachmittags ins Hotel, wo es nun vor mir lag. Zum gemeinsamen Abendessen in einer Trattoria hatte ich mich abgemeldet, da mir die ganze Aktion auf den Magen geschlagen war, von der bevorstehenden Lektüre ganz zu schweigen. Ich durchblätterte das dünne Buch. Der vorletzte Text war von ihr.

Sara K. – Der Trompeter

Schon ihr erster Satz ging mir unter die Haut.

Zum ersten Mal sah ich ihn in einem Jazzclub auf der Bühne stehend, es war ein Stück von Cole Porter und mit seinem Ton spielte er sich in mein Herz.

Sie meinte jenes erste Konzert, bei dem sie vor der Bühne saß und mich fixierte, während ich an der Trompete über mich hinauswuchs. Danach beschrieb sie unsere weiteren Treffen, die Nachmittage in der Pension und das Dilemma meiner Ehe. Sie erwähnte mein zögerliches Wesen, weshalb ich klare Entscheidungen mied, lieber in Unschlüssigkeit verharrte und überhaupt nie ein Freund großer Worte oder Taten war.

Bei einer Autopanne hätte ich sicher nicht mit seiner tatkräftigen Hilfe rechnen können, gut möglich, dass er auch sonst Neuland vermied und Widerständen auswich, doch ich liebte die Ruhe, mit der er dies tat.

Die Hitze im Hotelzimmer wurde mir plötzlich unerträglich, ich schaltete die Klimaanlage ein und ging kurz unter die Dusche. Dann legte ich mich erneut aufs Bett und war froh, allein zu sein. Mit den Kursteilnehmern in der Trattoria hätte ich jetzt weiter um Kopf und Kragen lügen müssen. Die gruppendynamischen Prozesse waren schon in der Broschüre als kreativitätsfördernd angekündigt worden, eine Drohung, die ich mehr als ernst nahm.

Sara fuhr fort mit der Schilderung unserer damaligen Situation, verblüffend, an wie viele Details sie sich noch erinnerte und wie klar sie das mit meiner Ehe sah. Ich weiß noch, wie sie mir vor ihrem Abflug nach London sagte, dass sie mir vertraue. Es fiele ihr schwer, sich in meine

Ehe hineinzudrängen, und die Studienwoche in London täte ihr gut, um sich über alles klar zu werden, auch ich solle unseren Abstand dazu nutzen. Mich fröstelte und ich stellte die Klimaanlage wieder ab. Draußen begann es zu dunkeln.

Bei der Rückkehr aus London hatte ich bereits am Flughafen ein seltsames Gefühl, und tatsächlich fand ich zwei Briefe von ihm vor. Im ersten stand, dass er nach Straßburg in sein übliches Hotel fahren werde, wo er auf mich warte. Die Adresse hatte er dazu geschrieben. Der zweite habe dann, wie mir meine Mitbewohnerin mitteilte, einen Tag später im Briefkasten gelegen. Darin hatte er sich entschieden, mich und die Stadt endgültig zu verlassen, ich solle ihn am besten vergessen.

Verwirrt las ich den letzten Satz mehrmals durch.

Diese Hexe. Meine Frau konnte perfekt Handschriften imitieren. Hätte ich so eine Reaktion nicht erahnen müssen, ihren Akt der Rache nach meinem Verschwinden? Sie wusste von dem Rückzugsort in Straßburg und hatte sich denken können, dass ich Sara eine entsprechende Nachricht hinterlassen würde, der sie lediglich eine zweite folgen lassen musste, ihre Adresse hatte sie vermutlich von Paul.

Ein Anruf bei Sara hätte genügt, ein einziger nur, doch ich hatte es nicht getan. Ich war vielmehr davon ausgegangen, dass sie nach Straßburg kommen oder sich zumindest dort bei mir melden würde. Zwei Wochen wartete ich auf Sara oder zumindest auf ein Zeichen von ihr, vergeblich. Nun kannte ich den Grund dafür. Meine Frau hatte ganze Arbeit geleistet, so etwas konnte sie.

Versunken in meinen Erinnerungen legte ich das Jahrbuch aufs Bett und öffnete das Fenster. Es war Nacht, aber immer noch warm, unten sah ich Hotelgäste im Freien sitzen und sich lebhaft unterhalten. In der hell beleuchteten Trattoria schräg gegenüber entdeckte ich die Teilnehmer meines Kurses, sie hatten ihr Menü beendet und waren bereits beim Hochprozentigen angelangt. Ich wandte mich ab und setzte mich wieder aufs Bett, wo meine Gedanken erneut in die Vergangenheit schweiften.

Ihr Text endete mit der gleichen Ungewissheit, mit der ich seit achtzehn Jahren gelebt hatte.

Nie hätte ich ihm zugetraut, ohne Abschied und grundlos zu verschwinden. Das machte es mir unmöglich, ihn in Straßburg zur Rede zu stellen, eine weitere Demütigung hätte ich damals nicht verkraftet.

Ich legte das Jahrbuch beiseite und fiel mit der ersten Morgendämmerung in einen unruhigen Schlaf. Der Lärm der Fahrzeuge, mit denen das Hotel frühmorgens beliefert wurde, verhinderte leider den Mord an meiner Ex-Frau, ich hätte nur noch wenige Sekunden Schlaf dafür benötigt. So aufbauend dieser Traum meine Nacht auch beendete, der bevorstehende Tag verlor dadurch nichts von seinen Unwägbarkeiten, denn ich musste das Buch in die Bibliothek zurückbringen und meinen Text vorlesen.

Ich öffnete den Laptop und überflog die bereits abgeschriebenen Kapitel. Darin ging es um einen jungen Bauern, der nach Sofia aufbricht, um dort das Uhrmacherhandwerk zu erlernen. Er trifft eine junge Frau, deren vermögender Vater alte Uhren sammelt. Sie verlieben sich, doch der Vater besteht auf einem standesgemäßen Mann für seine Tochter. Es folgen detaillierte Beschreibungen der väterlichen Uhrensammlung, deren Krönung ein Einzelstück darstellt, zwar defekt, aber von großem historischen Wert. An dessen Reparatur waren schon Dutzende von Uhrmachern gescheitert. Es war absehbar, nach welcher feinmotorischen Heldentat der junge Mann seine Geliebte schließlich heiraten durfte.

Ich kenne mich mit wenig aus im Leben und mit Uhren schon gar nicht. Eine gezielte Nachfrage hierzu und ich würde auffliegen. Warum nur hatte ich jenes Buch aus dem Antiquariat nicht schon vor dem Kurs gelesen? Ich begann, Dano Minkov – so hieß dieser Schundromanschreiber – für die Situation, in die er mich gebracht hatte, zu verwünschen, auch wenn ich ihm Unrecht damit tat. Es gab auf die Schnelle nur eine Lösung: Den Wechsel vom Uhren- ins Trompetenhandwerk. Mittels der Suchen-Ersetzen-Funktion meines Schreibprogramms befreite ich den Text zügig von allen Uhren, und weitere,

74

daraus resultierende Änderungen würde ich bis zum Frühstück schaffen.

Schließlich war meine Verlagerung der Trompetenbaukunst nach Bulgarien vollendet. Damit hatte ich Dano Minkovs Text aus finster tickenden Uhrgehäusen in luftige Tonhöhen überführt. Ich duschte, ging frühstücken und machte mich dann eine Stunde früher auf den Weg zum Schriftstellerhaus, in der Hoffnung, das Buch zurückbringen zu können und mich dann aus dem Staub zu machen. Als ich die Bibliothek betrat, saßen jedoch die beiden Damen bereits an ihren Plätzen und begrüßten mich zur Frühschicht, die wir alle wohl dringend nötig hätten, wie sie vergnügt feststellten. Ich stimmte zu, wagte es aber nicht, das Jahrbuch einfach ins Regal zu stellen, um dann zu verschwinden. Diese Mutlosigkeit zwang mich dazu, weiter den Kurs zu besuchen, das bulgarische Zeug abzutippen und als eigenen Text zu präsentieren. Die drohende Lesung lag mir schwer im Magen.

Als es soweit war, saßen wir um einen großen Tisch auf der Veranda mit weitem Blick über die piemontesischen Hügel. Hitze war angekündigt, doch sorgte eine leichte Morgenbrise für angenehme Temperaturen.

Die Lesungen hatte ich mir entspannter vorgestellt, es ging jedoch äußerst gewissenhaft zu. Nach dem letzten Satz blieb es andächtig still, bis der Schriftsteller seine notierten Bemerkungen zu dem Text überflog, um dann mit harscher Kritik die jeweiligen Schwachstellen offenzulegen. Dann bedankte er sich bei den Vorlesenden und bat um den nächsten Text.

Ich war als Vierter dran. Es gelang mir, die Auswirkungen meiner blank liegenden Nerven, die ich von meinen Auftritten als Trompeter her kannte, zu verbergen. Ich las vor und beschrieb die Reise des Helden von seinem Bauernhof nach Sofia, führte in die Werkstatt für Blechblasinstrumente ein, ließ die junge Frau erscheinen und stellte die väterliche Trompetensammlung vor.

Nach fünfzehn Minuten endete ich. Zuerst herrschte Totenstille, dann setzte begeisterter Applaus ein. Ich starrte ungläubig in die Runde. Nach der vorangegangenen Schwere hatte meine Lesung den Vormittag offensichtlich belebt und die Erleichterung in den Gesichtern zeigte, dass ich dem Kurs eine entscheidende Wende gegeben hatte. Ich betrachtete die anderen Teilnehmer nun fast wohlwollend, als ein Läuten aus der Küche das Mittagessen ankündigte. Die Kritik meines Textes würde somit auf den Nachmittag fallen. Es sah alles danach aus, dass ich dem Kurs zuvor noch entkommen konnte.

Beim Verlassen der Veranda fiel mir eine dunkelhaarige Frau in meinem Alter auf, die mich wohlwollend fixierte. Ich eilte in die Bibliothek, stellte das Jahrbuch zurück an seinen Platz, nahm meine Laptoptasche und wollte eben das Haus verlassen, als jene Frau mich abpasste und darum bat, beim Essen neben mir sitzen zu dürfen. Die angenehme Art, wie sie mich ansprach und mir dabei in die

Augen sah, erinnerten mich entfernt an Sara, was ich als Zeichen des Himmels empfunden hätte, wäre da nicht dieser leicht osteuropäische Akzent in ihrer Stimme gewesen, der aber auch nur meiner überbordenden Nervosität geschuldet sein konnte. Ich war im Zwiespalt. Mein Erfolg löste bereits feminines Interesse aus, sollte ich da einfach verschwinden? Nun fragte sie nach meinen literarischen Vorlieben und führte mich gleichzeitig in Richtung Laube, wo das Mittagessen aufgedeckt wurde. Ihre Frage ließ ich offen, welcher Erwachsene außer mir las noch Karl May? Irritiert wegen der vereitelten Flucht, erkundigte ich mich bei ihr nach dem Wetter für die kommenden Tage. Sie lachte laut auf, was die Blicke der anderen auf uns zog. Ihre Wetterprognose war detailliert und endete mit der Feststellung, dass es auch in Bulgarien hochsommerlich sei. Dies wisse sie von ihrer dort lebenden Tante, die jeden Morgen statt des Wetterberichts den Bauernkalender zurate ziehe und damit hohe Trefferquoten erziele. Während sie unsere Unterhaltung nahezu alleine bestritt, erfasste ich argwöhnisch jede noch so kleine ihrer Regungen, ihre entfernte Ähnlichkeit mit Sara indes war verschwunden.

Trotz der vorzüglich zubereiteten Speisen brachte ich kaum einen Bissen hinunter, meine Gedanken kreisten unaufhörlich um die Fluchtmöglichkeiten vor der Besprechung meines Textes, am liebsten hätte ich Oswald angerufen, um mich mit ihm zu beraten. Nach dem Essen nahm mich jene Frau am Arm und ging mit mir im Garten umher. Nur nebenbei nahm ich ihr tiefblaues Leinenkleid wahr, welches ihre Figur auf elegante Weise zur Geltung brachte. Mein Schweigen schien sie ebenso wenig zu stören wie meine unübersehbare Nervosität. Sie erzählte, dass sie als Ärztin mit eigener Praxis sehr beschäftigt sei, das Schreiben entspanne sie und bringe sie auf andere Gedanken, weshalb sie solche Kurse öfters besuche, das letzte Mal vor drei Jahren. Nun blieb sie stehen und sah mich an.

„Darf ich Sie etwas fragen?"

Ich nickte.

„Warum tun Sie das?"

Ihr veränderter Tonfall kam mir bekannt vor, so sprachen Psychotherapeuten zu Beginn einer Sitzung.

„Was meinen Sie?"

„Ihre Geschichte mit den Trompeten."

Mein Herz begann zu stolpern.

„Trompeten aus Bulgarien werden bis heute unterschätzt", log ich.

„Uhren aber auch."

So charmant sie mich auch anlachte, so eindeutig hatte ihre letzte Bemerkung inquisitorische Ausmaße. Wenn mein benachbarter Antiquariatsinhaber diesen toten Minkov als längst vergessen einstufte, konnte man sich darauf verlassen. Doch galt dies offenbar nicht für literaturbegeisterte Ärztinnen mit bulgarischem Migrationshintergrund.

Sie sprach weiter:

„Ich vermute, Sie schreiben aus völlig anderen Gründen als ich. Entspannung kann kaum Ihr Ziel sein, Sie suchen eher das Gegenteil, die Anspannung, die Überforderung, den totalen Stress, sonst würden Sie nicht fremde Texte als eigene vorlesen und, darauf angesprochen, derart besorgniserregend hyperventilieren."

„Ich kann Ihnen alles erklären", brachte ich mühsam hervor.

„Gerne, aber beruhigen Sie sich zuerst."

Wir liefen weiter durch den Garten, mieden die Nähe der anderen und ich begann, ihr die gesamte Geschichte von Beginn an zu erzählen. Sie hörte mir aufmerksam zu. Als ich zu dem Brief kam, den meine Frau in meiner Handschrift verfasst und bei Sara eingeworfen hatte, schien sie richtiggehend entsetzt. Ich endete und sie fragte ungläubig nach.

„Warum nur haben Sie diese Sara nie angerufen?"

Ich schwieg – wie immer, wenn es darauf ankam.

„Ich verstehe."

Ihr bedauernder Tonfall klang aufrichtig.

In diesem Moment läutete der Schriftsteller zur Nachmittagsrunde. Sie erschrak fast noch mehr als ich, schließlich wusste sie nun um die Risiken meiner Textbesprechung und flüsterte:

„Sie müssen sofort von hier verschwinden!"

Eilig zog sie mich an der Hand zum Gartenausgang. Da fiel mir meine Laptoptasche ein, die noch irgendwo am Esstisch liegen musste. Sie verschwand, um sie zu holen, und berührte zum Abschied mit ihrer Hand flüchtig meine Wange:

„Leben Sie wohl und rufen Sie an!"

Ich lief ins Hotel, packte meinen Koffer und verließ den Ort. Unfähig, mich auf den Verkehr zu konzentrieren, hängte ich mich auf der Brennerautobahn an einen Milchtransporter, dem ich gedankenversunken bis auf einen Rastplatz folgte und dort hinter ihm zum Stehen kam. Erst als der misstrauisch gewordene Fahrer an mein Autofenster klopfte, kehrte ich in die Wirklichkeit zurück.

Zu Hause fand ich in der Laptoptasche ihre Visitenkarte.

Ein Brief mit Mühe

Dem Schreibkurs mit Hilfe der Ärztin entkommen, verbrachte ich die Stunden hinter dem Milchlaster in einer Art geistiger Umnebelung, unfähig zu denken, vor meinen Augen nichts als *Transporto Latte*, ein hässlicher Schriftzug, dem ich auf dem Weg zum Brenner hinauf willenlos folgte, während tausend Erinnerungen an Sara in mir hochkochten.

Irgendwie gelangte ich nach Hause und verbrachte den folgenden Tag damit, alte Briefe und Fotos hervorzukramen und mich einmal mehr zu fragen, was aus Sara in all den Jahren wohl geworden war.

Neben meinem Laptop lag die am Abend zuvor entdeckte Visitenkarte meiner Fluchthelferin.

Dr. Edina Schiff, prakt. Ärztin

Auf der Rückseite stand ihre handgeschriebene Mobilnummer und brachte mir ihren letzten Satz in Erinnerung:

Leben Sie wohl und rufen Sie an.

Am Tag darauf ging ich in den Weinladen. Mein Musikerfreund Horst, Bassist unseres Jazzquartetts und neben meiner Angestellten eine verlässliche Aushilfe beim Verkauf, erwartete einen Bericht, zumal meine frühe Rückkehr aus Italien seine Befürchtungen bestätigte. Doch ich schwieg. Warum sollte ich zugeben, wie idiotisch es damals von mir war, Sara nicht anzurufen und stattdessen in Straßburg darauf zu warten, dass sie mich erlöste? Einmal mehr haderte ich mit meiner Lebensuntauglichkeit: Wein verkaufen und Jazztrompete spielen konnte ich, doch darüber hinaus nichts.

Ich warf einen Blick auf die Umsätze der letzten Tage und Horst wies mich auf einige Nachbestellungen hin, die ich ebenso dringend aufgeben sollte wie meine bescheuerte Geheimniskrämerei, jeder könne sich denken, dass ich aufgeflogen sei. Damit verließ er den Laden.

Das Augustwetter blieb schön. Meine während der Sommermonate beworbenen Sonderaktionen mit reduzierten Weinen bescherten mir zwar wenig Gewinn, aber für die Jahreszeit einen passablen Kundenzulauf, während beim gegenüberliegenden Getränkemarkt die Bierumsätze explodierten und damit die Grillsaison in Richtung Dauerdelirium trieb. An den Abenden fuhr ich oft mit meinem Rennrad, doch den Kopf bekam ich damit, anders als sonst, nicht frei. Ich berichtete Oswald von dem Ganzen, doch es schien ihn nicht sonderlich zu interessieren.

Nach zwei Tagen und Nächten Grübeln entschloss ich mich, die Ärztin anzurufen. Sie musste noch in Italien sein, da der Kurs bis zum Wochenende dauerte. So versuchte ich es am frühen Abend, bevor die Teilnehmer sich nach einer Pause zum Essen treffen würden. Ich hatte

Glück. Sie klang erfreut und erkundigte sich nach meinem Befinden, im Hintergrund hörte ich das lebhafte Treiben in einem Café. Ich berichtete und fragte sie dann, wie die Kursteilnehmer mein Verschwinden aufgenommen hatten.

„Kein Problem. Ihre von mir diagnostizierte Akuterkrankung wurde akzeptiert. Man behält Sie hier als hochtalentierten Geschichtenerzähler in Erinnerung. Ihrer Karriere steht nichts mehr im Wege."

„Außer dem Plagiatsvorwurf."

„Das ist Ihr Problem."

Ich bedankte mich für die Verschwiegenheit und ihre Hilfe. Dann deutete ich an, dass ich Letztere nochmals beanspruchen müsse. Ihr Seufzen klang eher neugierig als abweisend und so wagte ich es, mein Anliegen zu offenbaren: Ich wollte Sara suchen. Deren Adresse müsste im Haus des Schriftstellers zu finden sein, ihre Kursteilnahme sei schließlich erst ein Jahr her. Ich hörte die Ärztin tief durchatmen.

„Sie wollen mich als verdeckte Ermittlerin anwerben, schämen Sie sich!"

„Ich appelliere an Ihren ärztlichen Eid, Leben zu retten."

„Ach, hören Sie doch auf! Sie appellieren lediglich an meine weibliche Neugier wegen Ihrer Geschichte."

Doch sie klang nicht verärgert. Das Café, in dem sie saß, schien Hochbetrieb zu haben. Immer wieder drangen die zur Theke gerufenen Bestellungen des Kellners und die

Geräusche der Espressomaschinen an mein Ohr. Nun räusperte sie sich und sagte nicht uncharmant:

„Vom Schreiben haben Sie keine Ahnung, aber appellieren können Sie. Also gut, ich werde es versuchen."

Ich kannte sie zwar kaum, doch mir schien, dass sie einen gewissen Reiz an der Sache verspürte. Sie notierte sich Saras Alter und ihren Nachnamen, der, wie ich dem Jahrbuch entnommen hatte, unverändert war, auch wenn dies in Bezug auf eine mögliche Ehe nichts zu bedeuten hatte. Da fielen mir die Kurzbiographien ein, die jeder Teilnehmer einreichen musste, und ich bat sie, jene von Sara zu lesen. Ich bedankte mich tausendmal dafür, was sie aber als verfrüht bezeichnete und dann ergänzte, wenig Gutes über die italienische Justiz gehört zu haben, sie erwarte im Falle ihres Auffliegens meine umgehende Hilfe, was ich ihr zusagte. Wir verabschiedeten uns, da sie nun ins Hotel müsse, um sich für das Abendessen frisch zu machen.

Ich schloss mein Geschäft, lief nach Hause und fuhr danach, da wir an diesem Tag zugleich meinen Geburtstag feiern wollten, mit einem Taxi zur Probe mit dem Jazzquartett. Die erste Flasche Prosecco war schnell leer und wir begannen zu proben. Die Musik brachte mich wie üblich in Hochstimmung, der Alkohol tat sein Übriges: Die Probe endete in ausgelassener Stimmung, und ich wollte eben zwei Taxis für unsere Heimfahrt ordern, als sich meine Freunde plötzlich zu dritt vor mir aufstellten und die Wahrheit über meine Italienmission wissen wollten, sonst würden sie mich beim Schriftstellerverband anzeigen. Horst tippte bereits demonstrativ eine Nummer in sein Smartphone, während man mir nachschenkte. Ihr Einsatz rührte mich, also brach ich mein Schweigen und berichtete. Der Umstand, dass mich ein Pianistenfreund an meine damalige Frau verraten hatte, empörte sie und erst der Hinweis, dass dieser genug gestraft sei, da er meine Frau später geheiratet habe, konnte sie zusammen mit der letzten Flasche Prosecco wieder beruhigen. Schließlich bestärkten sie mich darin, jene Sara zu suchen, mit meinen vierundvierzig Jahren bräuchte ich dringend eine Frau, auch wenn mein Zölibat die besten Trompetensoli Süddeutschlands hervorbrächte. Ich lächelte nur, schließlich wussten sie nichts von Marion, Oswalds Erntehelferin in Trudlhausen. In bester Laune beendeten wir das Treffen und fuhren mit den Taxis nach Hause.

Wir, Marion und ich, hatten ein Verhältnis, wenngleich ein ungewöhnliches. Etwa ein Jahr nach meinem Auszug bei Oswald und der Übernahme des Weingeschäfts begann unsere Annäherung. Wir trafen uns monatlich in einem Hotel auf halbem Weg zwischen Landsheim und Trudlhausen. Das Risiko einer ernsthaften Liebesanwandlung hielten wir beide für ausgeschlossen, so verschieden, wie wir waren, doch unsere Physis harmonierte und wir taten uns gut.

Onkel Oswald hätte sicher nichts dagegen gehabt, er bezeichnete Marion nie als seine Freundin, trotzdem bestand sie darauf, ihn nicht einzuweihen. Zudem hätte eine ernste Liebesbeziehung bei einem von uns diese Treffen beendet, das hatten wir vereinbart. Dass es all die Jahre keine einzige Unterbrechung gab, war im Grunde traurig. Wir sprachen gelegentlich darüber, was aber auch nicht weiterhalf. Einmal hatte Marion mich gefragt, warum ich sie nicht gegen eine jüngere Frau austauschen würde, schließlich sei sie fünf Jahre älter als ich. Doch dies war wirklich die letzte Idee, auf die ich gekommen wäre, was ich ihr auch sagte. Mir schien, sie hörte es gerne. Von meiner Aktivität wegen Sara hingegen wusste sie noch nichts.

Die Woche nach ihrer Rückkehr aus Italien rief Edina bei mir an.

„Ich habe Saras Adresse, aber fragen Sie nicht, zu welchem Preis!"

Auch ungefragt berichtete sie mir nun, wie der Schriftsteller sie in seinem Büro ertappt und zur Rede gestellt hatte.

„Um ein Haar hätte er mich aus dem Kurs geworfen. Lediglich der Umstand, dass ich schon mehrmals bei ihm war, hielt ihn davon ab. Zuletzt kritisierte er jeden Satz von mir in Grund und Boden, der Kurs endete für mich mit einem Fiasko!"

„Das tut mir leid."

„Mir auch."

Ich schwieg.

„Sie sind mir etwas schuldig."

„Was immer Sie wollen", gestand ich ihr zu.

„Vermasseln Sie das mit Sara kein zweites Mal und halten Sie mich auf dem Laufenden."

„Mehr nicht?"

Sie lachte.

„Übrigens wohnt Ihre Sara nur eine halbe Autostunde entfernt von mir. Aber wagen Sie es nicht, mich deshalb nochmals einzuspannen, jetzt müssen Sie selbst ran."

Edina nannte mir Saras Adresse, ihre Kurzbiographie habe sie jedoch nicht finden können, dafür die von mir. Sie sei beeindruckt, in welch literarischen Kreisen ich verkehren würde, ich solle mich schämen. Ich versprach, dies zu tun, und bedankte mich für ihren Einsatz.

Mit Saras Adresse hatte nun ich ein neues Problem: Wie formuliert ein schreibunfähiger Mensch einen Brief nach dieser langen Zeit und dieser Vorgeschichte?

Meine Nächte wurden kurz. Die ersten dreißig Versuche endeten im Papierkorb. Dann tauchten die ersten brauchbaren Sätze auf, zumindest dachte ich das. In meiner Not zeigte ich sie Horst, der mir sichtlich besorgt vorschlug, die Angelegenheit seiner Frau vorzulegen. Ich kannte sie und hatte keine Einwände.

Neben den hilflosen Briefversuchen hatte ich eine Jazzballade für Sara geschrieben. Bei der nächsten Probe nahm ich die Noten mit, wir feilten lange daran, um das

Stück dann mit unserem MP3-Recorder aufzunehmen. Mein improvisiertes Trompetensolo darin ging allen ans Herz.

Am nächsten Abend teilte mir Horsts Frau am Telefon ihren Plan mit. Zuerst solle ich jener Sara eine CD mit meiner Ballade schicken und das Stück schlicht *SARA* betiteln. Eine Woche später könne dann ein Brief folgen, in dem ich das Missverständnis aufklären sollte, sie habe mit dem Ausformulieren bereits begonnen und werde mich wegen Details noch zu Rate ziehen. Ich willigte ein – ohne Frauenrat war ich aufgeschmissen.

Ihrem Plan folgend, brannte ich die CD, druckte ein Cover mit dem Titel *SARA* und schickte sie an ihre Adresse. Zwei Tage später überbrachte Horsts Frau den fertigen Brief. Ich erklärte Sara darin, wie ich von ihrem Kurs in Italien erfahren hatte, beschrieb meine riskante Teilnahme, um ihre Geschichte lesen zu können, wodurch ich von dem gefälschten Brief meiner damaligen Frau erfuhr. Horsts Frau war in ihrem Element, die Sache faszinierte sie:

„Daniel, du hast keine Ahnung, in welcher Situation diese Sara ist. Gut, letztes Jahr hat sie sich intensiv mit eurer Geschichte befasst. Trotzdem hat sie vielleicht fünf Kinder mit ihrem Traummann und wollte das mit dir einfach zum Abschluss bringen. Darum klärst du lediglich das Missverständnis auf, mehr nicht. Dann ist sie am Zug, so sie das will."

Heillos überfordert stimmte ich zu, gleichzeitig war ich etwas besorgt über ihre Begeisterung, die sich allmählich verselbstständigte, kein Wunder, sie hatte schließlich einige Semester an der Filmhochschule studiert. Sah sie in meinem Unglück bereits das Potenzial zu einer Vorabendserie? Beunruhigt rief ich Edina an, eine zweite Meinung – unter Medizinern ohnehin üblich – schadete nie.

Edina verbarg ihre Neugier nicht, also berichtete ich ihr von der CD und las ihr dann den Brief vor, der sie zu einem Lob über meine Schreibhilfe veranlasste.

„Sehr gut, Daniel, so können Sie ihn losschicken."

Ich las die beiden Seiten nochmals durch. Endlos lange Sätze, elegante Formulierungen, schlüssige Erklärungen, von einer gescheiterten, aber hochmotivierten Drehbuchautorin verfasst, obendrein von Edina abgesegnet – und doch, mein Bauchgefühl rebellierte. Sara würde zweifeln, mir meinen Wandel vom wortkargen Schweiger zum ausschweifenden Briefeschreiber nicht abnehmen und vielleicht sogar ahnen, dass ich Hilfe in Anspruch genommen hatte. Dies ging überhaupt nicht. Ein ausführlicher Satz, das musste reichen. Nicht mehr, nicht weniger.

Ich nahm den Stift.

Hallo Sara,

ich habe deine Erzählung über uns gelesen und darin von meinem angeblich zweiten Brief erfahren, doch dieser war gefälscht, ein Racheakt meiner damaligen Frau.

Daniel

Meine Zweifel waren verflogen und bevor sie erneut auftauchen konnten, brachte ich den Brief zur Post.

Horsts Frau erkundigte sich nun fast täglich nach der aktuellen Entwicklung. Schließlich rief auch Edina an und fragte, ob ich schon etwas von Sara gehört hätte, mein Brief habe es schließlich in sich gehabt. Ich musste auch sie enttäuschen, es gab noch keine Reaktion. Dass ich einen eigenen Text losgeschickt hatte, wusste keine von beiden. Edina erwähnte, dass sie zufällig an Saras Wohnung vorbeigekommen sei. Sie wohne in einem dieser renovierten Jugendstilhäuser in der Nähe der Musikhochschule, im Erdgeschoss befinde sich eine Anwaltskanzlei und darüber Wohnungen. Neben Saras Namen habe noch ein weiterer auf dem Briefkasten gestanden, Genaueres wisse sie jedoch nicht. Falls sich Sara nicht melde, habe sie übrigens einen Plan B: Ich solle mit meinem Jazzquartett in Saras Stadt auftreten und sie würde dafür sorgen, dass ein Flyer mit dem Hinweis auf unser Konzert in ihrem Briefkasten landen würde. Ich dankte ihr für das Engagement, dessen Ausmaß ich nicht verstand, hatte sie doch klargestellt, nicht weiter eingespannt werden zu wollen. Andererseits konnte sie mir behilflich sein und ihr Plan B klang gut. Sofort rief ich unseren Pianisten an, der sich um die Auftritte kümmerte. Er meinte, im dortigen *Jazzkeller* läge schon länger eine CD von uns, er habe bislang aber noch keine Antwort erhalten.

Drei Wochen später traf ein Brief von Sara ein. Mein Herz begann wild zu schlagen und ich legte ihn ungeöffnet auf den Küchentisch. Ihre Handschrift hatte sich verändert: Einen Hang zum Umkippen hatte sie schon immer, ihre sich nach rechts neigende Schrift, als zöge eine Neugier auf das folgende Wort sie wie ein Magnet in dessen Richtung. Nun schrieb sie etwas aufrechter, geduldiger, gelassener. Lange betrachtete ich den Briefumschlag. Die Wochen des Wartens hatten mir zwei Sara-Szenarien aufgedrängt, ein erhofftes und ein befürchtetes: ungebunden, kinderlos, mir noch immer nachtrauernd, oder aber glücklich verheiratet mit einer Schar von Kindern und mich bittend, sie nicht zu belästigen. Gedankenverloren am Küchentisch sitzend, schreckte mich das Läuten des Telefons auf. Edina erkundigte sich nach Neuigkeiten. Ich verschwieg ihr den Brief, woraufhin sie mich fragte, ob ich ihr etwas verschweigen würde. Nach meiner Enttarnung in Italien und ihrem Anruf ausgerechnet zu diesem Zeitpunkt wunderte ich mich über nichts mehr und gestand das Eintreffen des Briefs, den ich aber noch nicht zu öffnen wagte. Sie fragte, warum ich keinen Aufwand gescheut hätte, an Saras Erzählung und Adresse zu kommen, um nun am Öffnen eines an mich gerichteten Lebenszeichens zu scheitern. Ich erwiderte, dass der Inhalt des Briefes das Ende einer Hoffnung bedeuten könne, ein Ende, das zu akzeptieren ich in meinem derzeitigen Zustand nicht schadlos überstehen würde. Sie schlug mir vor, zur Brieföffnung einen Psychologen zu konsultieren, oder noch besser, den Brief einfach an sie weiterzuleiten, sie würde dessen Inhalt dann mit mir aufarbeiten. Ich reagierte abweisend, was sie nun endgültig in Sorge um mich brachte. Wer weder Humor noch Ironie verstehe, sei bedenklich lebensfern. Ich gratulierte zu ihrer Diagnose, bat um Bedenkzeit und verabschiedete mich höflich, aber bestimmt. Dann öffnete ich den Briefumschlag.

Schöne Musik.

War mein Brief an sie mit einem einzigen Satz schon ziemlich kurz gefasst, unterbot mich Sara souverän: Zwei Worte. Die Freude darüber wich bald einer gewissen Ratlosigkeit – enthielten ihre beiden Worte möglicherweise eine Botschaft zwischen den Zeilen, doch wo danach suchen, wenn es doch nicht mal eine ganze davon gab? Ich grübelte vergeblich.

So griff ich zum Füller, dachte eine halbe Stunde nach und schrieb:

Danke.

Bevor ich umformulieren würde, machte ich mich wie beim ersten Brief sofort auf den Weg. Als der Umschlag in dem Postsack hinter dem Schalter verschwand, spürte ich Erleichterung. Mein zweiter, ohne fremde Hilfe formulierter Brief an Sara! Kürzer würde sie kaum antworten können.

Einige Tage später rief Edina wieder an. Ich war gerade im Weingeschäft und gestand, Saras Brief sofort nach unserem Telefonat geöffnet zu haben. Zufrieden erkundigte sie sich nach dem Inhalt. Ich gab vor, den Brief erst holen zu müssen. Schließlich las ich Saras zwei Worte vor. Nach einer Pause fragte sie, ob ich noch dran sei, was ich bestätigte. Ob ich nicht weiter vorlesen wolle? Ich antwortete, dass es nichts weiter vorzulesen gäbe. Sie hakte nach, warum ich für die zwei Worte den Brief benötige. Ich schwieg und sie holte tief Luft:

„Daniel, Ihre Symptome ähneln jenen in Italien kurz vor Ihrer Flucht."

„Gut möglich."

„Brauchen Sie Hilfe?"

„Gut möglich."

Ab dem Zeitpunkt meldete sich Edina täglich. Sie sorgte sich um mich, doch nach wenigen Wochen war ich wieder guter Dinge, was sie mangels weiterer Post von Sara schließlich dazu veranlasste, ihren Plan B ins Spiel zu bringen, welcher sich dann durch Nachfragen unseres Pianisten in jenem Jazzkeller unverhofft zügig verwirklichen ließ. Durch die kurzfristige Absage einer Sängerin erhielten wir deren Auftrittstermin. Sofort schickte ich Edina unseren Flyer, der neben den Konzertdaten auch unsere Namen sowie mehrere Fotos enthielt. Gleich am nächsten Tag warf sie ihn in Saras Briefkasten.

An jenem Freitag machten wir uns im VW-Bus auf den Weg zu unserem Auftrittsort. Ich fuhr mit meinem eigenen Auto, für den Fall, dass Sara auftauchen würde. Der Veranstalter zeigte uns die Parkplätze im Hinterhof und den dortigen Künstlereingang, dessen Treppe direkt zur Bühne hinunterführte. Der Jazzkeller glänzte mit einer uralten Gewölbedecke und an den Wänden hingen Portraits etlicher Jazzgrößen der letzten hundert Jahre. Nach dem Aufbau der Instrumente spielten wir einige Stücke, um uns an die Soundverhältnisse zu gewöhnen. Der Veranstalter passte unterdessen die Bühnenscheinwerfer an. Dann wurde uns an der Bar eine Kleinigkeit zu essen serviert. Ich war den ganzen Tag über nervös, entsprechende Bemerkungen meiner Freunde blieben nicht aus, ihr Humor tat mir gut, meine Anspannung jedoch blieb.

Eine Stunde vor Konzertbeginn erschienen die ersten Besucher, offensichtlich Stammgäste, die sich gleich zum Veranstalter an den Tisch setzten. Plötzlich tippte mir jemand auf die Schulter und noch bevor mein Herz zu rasen begann, hörte ich Edinas Stimme.

„Keine Sorge, ich bin nur der ärztliche Notdienst."

Ich drehte mich um und sah in Edinas lachendes Gesicht. Spontan umarmten wir uns.

Ich kannte sie kaum wieder, es war das erste Mal, dass wir uns seit Italien wiedersahen. Sie wirkte jünger, als ich sie in Erinnerung hatte, und war dezent geschminkt, was ihre blauen Augen noch besser zur Geltung brachte. Wir duzten uns, so dass Horst und die anderen neugierig wurden:

„Sind Sie etwa die Fluchthelferin?"

Ich stellte ihr meine Mitmusiker vor und Horst nutzte die Gelegenheit, sich für mich zu entschuldigen, doch nur am Boden zerstört würde ich phänomenal Trompete spielen, weshalb eine Besserung meines Zustands nicht wünschenswert sei. Edina hörte erheitert zu und hinterließ mit ihrer positiven Prognose in Bezug auf mich enttäuschte Gesichter.

„Schade um ihn", bedauerten sie und ließen uns wieder allein.

„Gratuliere zu solchen Freunden, die tun dir sicher gut."

Ich stimmte ihr zu. Edina bestellte einen Kaffee und sagte:

„Das Foto von Sara, das du mir geschickt hast, ist zwar alt, aber ich werde meine Augen offenhalten."

Allmählich füllte sich der Raum und meine Nervosität stieg mit jeder neuen Besucherin. Kurz vor Konzertbeginn folgte ich den anderen in das Künstlerzimmer hinter der Bühne. Dann kam der Veranstalter und fragte, ob wir bereit seien, er mache nun die Ansage.

Der Begrüßungsapplaus setzte ein und die Saalbeleuchtung wurde abgedunkelt. Wir betraten die Bühne und begannen wie üblich mit einem jazzig arrangierten Titel von Stevie Wonder, den wir in eine Improvisation münden ließen, um über einen ruhigen Zwischenteil wieder zum Beginn zurückzukehren. In ähnlicher Weise verfuhren wir mit anderen verjazzten Glanznummern des Pop, spielten aber auch Standards sowie Stücke von George Gershwin und Cole Porter.

Von den Scheinwerfern geblendet, sah ich nur die Gesichter in den ersten Reihen, dahinter blieb es dunkel. Mir war heiß und meine Nervosität hielt unvermindert an. Allein der Gedanke, Sara könnte mir zuhören, ließ mich aus tiefster Seele spielen. In der Pause überbrachte mir Horst neben dem Lob für mein Spiel eine Nachricht von Edina. Sie habe Sara bislang nicht gesichtet, deshalb werde sie ihren Platz nach der Pause wechseln.

Schließlich spielten wir weiter. Irgendwann ging versehentlich die Saalbeleuchtung kurz an und ich meinte, Sara in einer Ecke sitzen zu sehen. Sofort gab ich das vereinbarte Zeichen und wir spielten als Nächstes das Stück *SARA*. Meine Atmung und der Kreislauf blieben stabil, so konnte ich spielen, ohne umzukippen. Das Konzert kam gut an, und als wir zum letzten Applaus noch einmal auf die Bühne kamen, war das Licht im Saal bereits wieder an. Saras Platz war leer.

Leider stellte sich heraus, dass nicht Sara, sondern Edina auf jenem Eckplatz gesessen hatte. Ich kannte dieses Phänomen bereits aus dem Schreibkurs, im übernervösen Zustand tauchten Ähnlichkeiten zwischen den beiden auf. Ich war durcheinander, während Edina sich verblüfft zeigte, mich so souverän zu erleben, weshalb sie tadelte, ich würde im Alltag den Hilflosen spielen, doch auf der Bühne eine umwerfende Performance abliefern. Ihr Eindruck über mich verfestige sich in Richtung Hochstapler, und zwar einer von der schwer durchschaubaren Sorte. Ich schwieg dazu, aber das war sie bereits gewohnt. Meine Freunde fragten mich während des Abbauens, warum wir *SARA* gespielt hätten. Ich murmelte etwas von Fehlalarm und ließ die Sache auf sich beruhen. Dass sie nicht weiter nachhakten, rechnete ich ihnen hoch an.

Nachdem die Instrumente in Horsts VW-Bus verstaut waren und der Kellersaal sich geleert hatte, saßen wir noch mit Edina und dem Veranstalter zusammen. Er zahlte uns die Gage aus und äußerte sich zufrieden mit dem Abend. Später brachen meine Freunde zur Heimfahrt auf. Edina und ich umarmten uns zum Abschied, der Veranstalter brachte sie zum Ausgang und schloss die Türe hinter ihr ab. Dann ging ich mit ihm die Treppe zum Künstlereingang hoch und wir traten in den Hinterhof, wo wir uns verabschiedeten. Es war bereits nach Mitternacht, als ich mich in mein Auto setzte.

Sara war nicht gekommen, auch wenn das nichts bedeuten musste, vielleicht war sie verreist oder hatte andere Verpflichtungen, es gab zahllose Gründe dafür. Schließlich startete ich den Motor und fuhr rückwärts aus dem Hinterhof hinaus auf die Straße. Erst dort entdeckte ich im grellen Licht der Straßenlaternen einen Zettel unter dem Scheibenwischer. Ich stoppte direkt vor dem Eingang zum Jazzkeller, stieg aus und griff nach dem Zettel. Saras Handschrift war unverkennbar:

Schönes Konzert und danke für mein Lied.

Sara

Hoffen und Feiern

Ich weiß nicht mehr, wie lange ich noch vor dem Jazzkeller im Auto saß und Saras Nachricht betrachtete. Sie war im Konzert gewesen, ohne sich zu zeigen. Ihre Art, unser mögliches Wiedersehen anzugehen, war kein schlechtes Zeichen, eine kurze Nachricht genügte ihr im Moment. Mein Auto hatte sie leicht erkennen können, das Logo des Weingeschäfts mit meinem Namen und der Adresse darunter.

Ich wollte den Ort, an dem sich Sara zwei Stunden aufgehalten hatte, noch nicht verlassen. Der Himmel klarte auf, mir wurde kühl und ich startete den Motor, um die Heizung anzustellen. Vor dem Eingang zum Jazzkeller hing unser Plakat, vielleicht hatte Sara es lange betrachtet, bevor sie sich entschloss, das Konzert zu besuchen. Meine Fantasie entwarf ständig neue Szenarien, es gab unendlich viele Möglichkeiten, wie Sara inzwischen lebte, nur eines blieb gewiss: Sie war da gewesen. Langsam erwärmte sich das Wageninnere, da hielt hinter mir ein Wagen, jemand stieg aus und klopfte an die Scheibe. Es war ein Polizist, der mich darauf hinwies, dass ich im absoluten Halteverbot stünde. Ich entschuldigte mich und machte schwerwiegende Gründe geltend. Er sah mich an und gab seinem Kollegen ein Zeichen. Was er nun zu tun gedenke, wollte ich wissen. Dasselbe fragte er mich zurück, woraufhin ich vorschlug, ungestraft zu verschwinden. Er lächelte und meinte, das sei keine schlechte Idee, aber zuerst müsse ich blasen. Das hätte ich schon den ganzen Abend über gemacht, erwiderte ich, was er aber erst witzig fand, nachdem ich ihm von unserem Konzert berichtete. Während er mit seiner Taschenlampe zu dem Plakat ging, um mich zu identifizieren, kam sein Kollege mit dem Alkoholtest. Null Promille. Sie waren zufrieden und ich durfte fahren. Fast zwei Stunden brauchte ich bis nach Hause. Es gab kaum Verkehr zu dieser Nachtzeit, ich hatte gute Laune, denn die Geschehnisse des Abends gaben Anlass zu Optimismus.

Am nächsten Tag, ein Samstag, stand ich nach nur drei Stunden Schlaf wie gerädert, aber gut gelaunt in meinem Geschäft. Da ich alleine war, hatte ich alle Hände voll zu tun, was mir an diesem Tag aber gelegen kam – so blieb ich wach. Die Degustationsecke im hinteren Teil des Ladens war, wie jeden Samstag, mit den üblichen vier Stammkunden besetzt. Die Runde zeigte deutliche Symptome einer Tratschveranstaltung, sie hatten, wenn sie nicht mit sich selbst beschäftigt waren, immer ein Ohr im Verkaufsraum und kommentierten entsprechend. Diese Truppe brachte samstags Schwung in meinen Verkaufsalltag, den ich an diesem Tag ohnehin nötig hatte. Zusätzlich hielt mich das Anbieten meines akkubetriebenen Korkenziehers auf Trab, ein bewährtes Aufputschmittel nach kurzen Nächten. Bei den Kunden stieß meine Erfindung auf Zurückhaltung, das Entkorken einer Weinflasche gilt als

Kunsthandwerk, ja mehr noch, als ritueller Akt der Hochkultur, den aus der Hand zu geben einem Sakrileg gleichkommt. Solch bildungsbürgerliche Empörung blieb im Onlinehandel aus, dort verkaufte sich mein patentierter Helfer gut, insbesondere im Vorweihnachtsgeschäft. So hielt ich mich, im Laden stehend und Kunden bedienend, weiter wach mit Werbesprüchen für mein Lifestyle-Accessoire, wie es auf der Verpackung und meiner Webseite zu lesen war.

Ein arbeitsloser Geisteswissenschaftler, gebürtiger Pforzheimer und Trollinger-Liebhaber, dem ich das Ding unter die Nase hielt, beschwor bei dessen Anblick den Verfall aller Werte, obendrein sei es ein Paradestück sinnloser Elektrifizierung, womit er bei der Degustationsrunde offene Türen einrannte.

„Richtig erkannt! Atomstromkacke!", solidarisierte sich von hinten eine Stimme. Sie gehörte Runkelbach, dem Vorsitzenden des örtlichen Naturschutzvereins.

„Im Gegenteil, ausbaufähige Marktlücke", regte sich Widerstand von bekannter Seite. Auf ihn konnte ich mich verlassen, nicht nur, weil er den Akkukorkenzieher mit mir entwickelt und obendrein dessen Verpackung entworfen hatte. Mein Freund Georg Bogensteiner, genannt Schorsch, ein regional bekannter Maler und Bildhauer, der seinen Lebensstandard dank der Kreditlinie seiner Hausbank sowie unter Pseudonym erledigter Designaufträge aus der fleischverarbeitenden Industrie halten konnte.

Schorsch war am Umsatz unseres Akkukorkenziehers beteiligt, lag mir aber ständig damit in den Ohren, den darin verbauten Akku noch geschmeidiger in das haptische Griffkonzept zu integrieren. Zudem riet er, unsere Produktpalette mit einem Modell im innovationshungrigen Dosenöffnersegment zu erweitern. Die an panzerschrankartig verschlossenen Dosen verzweifelnde Menschheit verdiene akkubetriebene Entlastung. Seit Schorsch unter dem Pseudonym Herbert Viechtacher den Designpreis für die Gestaltung einer Dose mit Ochsenschwanzsuppen zugesprochen bekam, verlor er etwas an Bodenhaftung. Dieser Preis, vergeben vom Verband der deutschen Fleischwarenindustrie und damit künstlerisch dem Tode geweiht, war im Grunde eine Beleidigung, die einzugestehen er bislang nicht über die Lippen brachte, zumal dadurch eine Premium-Tierfuttermarke auf ihn aufmerksam geworden war, deren zu erwartende Aufträge neue Möglichkeiten seiner Kreditlinie eröffneten.

Man blieb beim Thema.

„Du brauchst Kohle und gehst dafür in die Knie vor der Fleischmafia", warf Runkelbach, der Naturschützer, Schorsch nicht zum ersten Mal an den Kopf.

„Du hast keine Ahnung. Allein die Eintopfserie „Balkan-pikant" bringt mir mehr ein als meine Ausstellungen in Drachselsried, Tussenberg und Straubing zusammen", umriss Schorsch sein Dasein, während er sich und Runkelbach nachschenkte. Sie kannten sich seit dem Kindergarten.

Die anderen beiden Stammverkoster, bisher mit Trinken beschäftigt, mischten sich nun ein.

„Herr Runkelbach, Bayern ist nicht Sizilien. Es gibt hier Schlachthöfe und Großmetzgereien in alter Familientradition. Mein Kollege vom Veterinäramt kann dies sicher bestätigen", beschwichtigte Müller, verbeamteter Kämmerer der örtlichen Stadtverwaltung.

„Mag sein", entgegnete Runkelbach, „nichtsdestotrotz prostituiert sich unser Herr Künstler, um die Leasingraten seines fetten Geländewagens abdrücken zu können."

„Ich fahre einen SUV, das ist etwas völlig anderes", stellte Schorsch richtig.

„Das ist fahrendes Phallusprothesen, gewaltbereit und bindungsunfähig!", rief Regine Bainder, eine wegen latent männerfeindlicher Äußerungen aus dem Stadtrat gemobbte Gymnasiallehrerin, welcher der Alkohol ab einer gewissen Menge hörbar im Sprachzentrum zusetzte.

„Grammatikalisch gewagt", amüsierte sich Müller über ihre sprachlichen Ausfälle, „so eine Stadtratserklärung und ich wäre meinen Job los."

„Was keiner bemerkt würde", konterte Frau Bainder erregt.

„Daniel, wir sitzen auf dem Trockenen!", rief mir Schorsch nun zu.

„Keine Zeit!", rief ich zurück und packte einer Kundin weiter ihren Einkauf als Präsent ein, während hinten ungefragt neue Flaschen geöffnet wurden.

Die Stunden bis vierzehn Uhr vergingen wie im Flug. Nach dem letzten Kunden schloss ich die Ladentür ab, ging zu meiner Degustationsrunde und nahm jedem seine Bestellung ab, sie kannten die Bedingungen für ihr Samstagsvergnügen. Dann warf ich sie hinaus, räumte auf, machte meine Abrechnung und ging in meine Wohnung. In der Stille des Wohnzimmers kam meine Müdigkeit zurück, gleichzeitig hielt mich der gestrige Abend im Jazzkeller sowie Saras Nachricht wach.

Was wollte ich mehr? Sie war da gewesen und ihr Zettel wies darauf hin, dass unsere Annäherung sich fortsetzen würde.

Am nächsten Tag stand Oswalds sechsundsechzigster Geburtstag an. Er verweigerte jede Art von Jubiläen, weshalb Marion und ich schon in der Vergangenheit Schwierigkeiten hatten, seinen Starrsinn zu überwinden. Es gelang meist nur deshalb, weil ihm so ein Tag zu dritt schließlich doch gefiel, zumindest so lange, wie der Anlass nicht zur Sprache kam.

Doch dieses Mal sollte es ein richtiges Fest samt Überraschungsgast werden, dessen Details wir seit Längerem ausgetüftelt hatten. Marion war hierbei als einziger Mensch, der sich ihm jederzeit nähern durfte, unverzichtbar. Sie wohnte noch immer in Trudlhausen, arbeitete freiberuflich als Elektrikerin, mischte gelegentlich im Viehhandel sowie bei halbseidenen Termingeschäften mit und glänzte auf Regionalmeisterschaften der WING-TSUN-Seniorinnen, wo sie mit ihren zweiundfünfzig Jahren nicht einmal die jüngste war. Oswalds Drogengeschäfte mit Kranzlmeier erledigte sie ehrenamtlich, wie sie zu sagen pflegte. Bei unseren letzten Treffen bereiteten wir den Geburtstag mit Begeisterung vor, so dass wir mehrmals das Hotelbett unberührt hinterließen. Dies kam mir nicht ungelegen, denn mit Saras Wiedereintritt in mein Leben hatte sich etwas verändert, das ich in Hinblick auf Marion als nicht unkompliziert ansah.

Unser Plan hätte Oswald gefallen, wäre nicht er selbst dessen Opfer gewesen.

Marion übernahm gelegentlich Aufträge von Oswalds Stromversorger und kannte daher einen der dort angestellten Elektriker, welcher schon lange vergeblich um sie warb. Dieser würde am Morgen des Geburtstags extern die Stromzufuhr zu Oswalds Haus kappen. Da dessen Wählscheibentelefon – er hatte einen uralten Anschluss aus den Zeiten der Deutschen Post, der noch auf Tante Julia lief – unabhängig vom Stromnetz funktionierte, würde er Marion anrufen, wie immer, wenn die Hauselektrik Probleme machte. Sie würde zu ihm fahren und am Stromkasten herumfingern, bis die Störung nach einer SMS an ihren Strommann wieder behoben sein würde. Mein nun folgendes Erscheinen mit einer überfälligen Weinlieferung stellte den heikelsten Teil des Plans dar, da Oswald misstrauisch reagieren würde. Hier kamen nun die von ihm geschätzten Croissants aus meiner benachbarten

Stadtbäckerei ins Spiel, eine Art trojanisches Gebäck, mit dem wir ihn endgültig zu überrumpeln hofften, um dann gemeinsam zu frühstücken und ihm später das Geburtstagsmahl und abends einen Überraschungsgast zu präsentieren. Soweit der Plan.

Frühmorgens lud ich Oswalds Wein ins Auto, besorgte die Croissants und fuhr los. Mit Marion stand ich im Handykontakt. Im Dorf angekommen, wartete ich eine Viertelstunde, während Marion die Stromaktion durchführte. Dann kam ihre SMS und ich fuhr zu Oswald, dessen Argwohn wir beide unterschätzt hatten. Er reagierte stinksauer und sprach kein Wort. Ihm war klar, dass seine Möglichkeiten, uns hinauszuwerfen, begrenzt waren. Marion agierte mit einer Engelsgeduld, bis er nach ewigem Taktieren schließlich seine drei Croissants aß und schweigend Kaffee mit uns trank. Griesgrämig verzog er sich danach in sein Arbeitszimmer.

Während Marion später begann, das Mittagessen vorzubereiten, schmückte ich das Esszimmer. Dies musste er hinnehmen, um an seine Leibspeise, Marions legendären *Coq au vin*, dessen Duft sich bereits im ganzen Haus ausbreitete, zu kommen. Ich hatte roten Burgunder dazu beigesteuert.

Mittags holte ihn Marion dann ins Esszimmer. Er sah sich um und nahm die Dekoration mit mürrischer Miene hin, welche ihm erst nach der köstlichen Hauptspeise und

zwei geleerten Flaschen *Côte de Nuits Grand Cru* abhanden-
kam.

Allmählich taute er auf und bei Marions frisch zuberei-
teter *Creme Brûlée*, deren Oberfläche sie vor ihm mit seinem alten Bunsenbrenner aus der Kellerwerkstatt kara-
mellisierte, lächelte er das erste Mal. Zum Abschluss gab
es hauseigene Drogen, danach Mittagsschlaf, bis am späten Abend eine türkische Bauchtänzerin bei Vollmond im
Garten seine Vorbehalte endgültig vertrieb. Zu orientali-
scher Musik vollführte die Tänzerin ihr Ganzkörperbeben
direkt vor Oswald und sah ihm dabei unentwegt in die
Augen. Zurückstarren schien ihm unangenehm, doch
ständig ihre hüpfenden Brüste oder ihren wie eine aufge-
schreckte Wespe kreisenden Bauchnabel zu fixieren,
schien ihm auch keine Lösung, weshalb er sich den Spaß
machte mitzutanzen. Zuvor hatte er die Musik lauter gedreht, damit auch die angrenzenden Dörfler nichts verpassten. Er schien um Jahrzehnte verjüngt. Seine Bewegungen wirkten neben der Tänzerin zwar ungelenk, doch
Oswalds entfachte Lebensfreude im Vollmondlicht mit
anzusehen, war schlicht beglückend. Ein tanzender Alexis
Sorbas inmitten der bayerischen Pampa, dazu die Gewiss-
heit, dem Dorfklatsch mit dieser Ruhestörung neues Fut-
ter zu geben.

Nachdem Oswald die Türkin begeistert verabschiedet
hatte, kehrte er zurück und kündigte das Lüften eines Ge-
heimnisses an. Er plane, im kommenden Jahr ein Revivalkonzert seiner alten Rockband *Divinity* zu organisieren. Er

habe bereits die Zusagen seiner drei ehemaligen Musiker und zudem die Fotobestände und Pressemappen gesichtet, um eine Bildbiografie seiner Band zu schreiben. Ich war überrascht und wollte Details erfahren, doch er winkte ab und meinte, ich solle abwarten.

So brach bereits der Tag an, als wir ins Bett gingen, ich in mein altes Gästezimmer und Marion in das danebenliegende. Ich hatte Oswald noch nie so ausgelassen erlebt wie in dieser Nacht, es lenkte mich davon ab, dass Sara sich ein weiteres Mal in mein Herz geschlichen hatte. Den ganzen Tag über war ich nicht ganz bei der Sache gewesen und daher froh, dass Marion sich auf Oswald fixierte und mir nichts anmerkte.

Am späten Vormittag frühstückten wir zusammen. Es schien ungewiss, ob Oswald die Offenlegung seines Plans nicht bereits wieder bereute, doch in seinem zerknitterten Zustand wirkte er zufrieden und wir kamen nicht mehr auf seine Ankündigung zu sprechen. Später, nach der Verabschiedung, ging ich mit Marion zu meinem Auto.

Dort fragte sie mich, was mit mir los sei.

„Nichts, was soll los sein?"

Sie sah mich an.

„Dann treffen wir uns am kommenden Samstag, wie gewohnt?"

Ich schwieg.

„Da ist jemand, stimmt's?", hakte sie nach.

„Ja, irgendwie schon."

„Hättest es auch gleich sagen können, anstatt so heimlich herum zu tun."

„Es ist jemand von früher, wir schreiben uns bisher nur. Alles noch ungewiss."

„Und bis zur endgültigen Klärung hältst du mich einfach mal bei der Stange. Echt toll von dir."

Sie wandte sich ab und lief ins Dorf. Ich wollte ihr hinterher, doch mir fehlten die Worte. Ihr Vorwurf war zwar verständlich, doch ich hatte Sara ja noch nicht mal gesehen, weshalb ich ihre Reaktion übertrieben fand. Doch die feinen Antennen der Frauen durfte man nie unterschätzen, soviel wusste ich. Ich sah ihr immer noch nach, jetzt verschwand sie in der Seitenstraße, wo sie wohnte.

Während der Rückfahrt hörte ich Miles Davis, das brachte mich wieder auf andere Gedanken. Ich hatte Zeit, denn das Geschäft öffnete am Montag nur nachmittags, wo es meist ruhig war und ich nach den Bestellungen in meinem Onlineshop sehen konnte. Am Wochenende wurde häufig geordert und tatsächlich, es waren fünf Bestellungen eingegangen, die ich der Reihe nach bearbeitete, bis bei der letzten mein Herz zu rasen begann: Sara hatte eine Flasche Champagner bestellt, bei der Versandart *Selbstabholung* gewählt und in das Kommentarfeld geschrieben:

In der kommenden Woche!

Oswalds wilde Jahre

Am nächsten Tag erhielt ich eine E-Mail von Oswald, in der er ankündigte, uns Marions Bruder auf den Hals zu hetzen, sollten wir ihn an seinem Geburtstag nochmals derart überrumpeln. Lediglich Bauchtänzerinnen seien willkommen, weshalb er um die Adresse der gestrigen Dame bitte. Die Mail endete mit dem Hinweis, ich dürfe in Kürze weitere Post von ihm erwarten.

Tatsächlich lag tags darauf ein Umschlag mit einem Manuskript und einer DVD im Briefkasten. Auf der beiliegenden Anmerkung war zu lesen, dass der Text für das Buch so gut wie fertig sei, es würde neben den Fotos nur noch das letzte Kapitel, in dem er das geplante Revivalkonzert seiner Band beschreiben werde, fehlen.

Am Abend steckte ich die DVD in den Computer und erkannte den Film prompt wieder, ich hatte ihn schon einmal als Kind gesehen. Er zeigte seine Band *Divinity* im August 1981 bei ihrem Open-Air-Konzert in Zürich, gedreht im damals üblichen Super-8-Format und zu einem zweistündigen Film zusammengeschnitten.

Als Auftakt sah man die Einfahrt in das Gelände der Roten Fabrik, eine ausgediente Seidenweberei in Ziegelbauweise, die als Kulturzentrum am Stadtrand von Zürich genutzt wurde, wie eine Stimme aus dem Off erläuterte. Die Kamera zeigte die am Seeufer aufgebaute Bühne, daneben stand ein betagter VW-Bus samt Anhänger, mit dem die Bandanlage transportiert wurde, und etwas abseits Oswalds alter Mercedes mit weit geöffneten Türen und den zu der Zeit üblichen Protest-Aufklebern. Auf dem mit einem Lammfell überzogenen Fahrersitz saß der damals einunddreißigjährige Oswald, splitternackt einen Joint rauchend. Diese Szene wurde zwischendurch immer wieder gezeigt, da sich sein Abtauchen den ganzen Nachmittag über hinzog, erkennbar am sich verändernden Schattenwurf der Sonne, während er, wie leblos am Lammfell klebend, mit starrem Blick hinter dem Lenkrad saß und bekifft in der Sommerhitze schmorte.

Unterdessen wurde die Musikanlage aufgebaut. Schrankgroße Lautsprecherboxen rahmten die Bühne ein, dazwischen das Schlagzeug, die Keyboards sowie die Verstärkertürme für Bass und Gitarre. Über dem Ganzen thronte ein Gerüst mit den Scheinwerfern.

Erneut wurde Oswald eingeblendet, mittlerweile mit Abendröte im schweißnassen Gesicht. Für den Soundcheck schien er noch unbrauchbar, jedenfalls war er in der entsprechenden Filmszene nicht dabei. Danach versuchten seine Mitmusiker ihn mit alarmierenden Nachrichten in Richtung Konzerttauglichkeit zu reanimieren. Doch selbst die Hiobsbotschaft, seine Gitarre sei von der Bühne gestürzt, konnte seiner Versunkenheit wenig anhaben. Nichts ließ erahnen, ob der eine oder andere Wortfetzen irgendein Areal seines Hirns erreichte, nennenswerte Reaktionen waren in der Nahaufnahme seines Gesichts jedenfalls nicht zu erkennen. Seit Stunden starrte er entweder durch die Windschutzscheibe hindurch auf den Züricher See oder verdrehte seine Augen nach oben hin zum Autodachhimmel, wo er wahrscheinlich Beeindruckenderes sah als den vom Zigarettenqualm vergilbten Synthetik-Bezug aus Untertürkheim.

Dass Oswald, vermutlich nur eine knappe Stunde später, in der nächsten Szene hochkonzentriert den Gitarrenpart spielte, konnte man als Beweis für seine abenteuerliche Behauptung werten, er habe schon in jungen Jahren seine Joints dank einer anästhesistischen Naturbegabung perfekt dosieren können, was er später bei den Kontrollen seiner CSU-Lieferungen perfektioniert habe.

Die Klangqualität des Films war für ein Open-Air-Konzert erstaunlich gut, man schien hochwertige Mikrofone verwendet zu haben. Die Band spielte ihre anspruchsvoll arrangierten Stücke, es klang mal lyrisch, dann wieder rockig und bombastisch. Von den englischen Texten verstand ich wenig, doch die Stimme des Keyboarders faszinierte durch seine Ausdrucksstärke und einen Stimmumfang von zweieinhalb Oktaven. Mit Einbruch der Dunkelheit strahlte die Bühne im grell-farbigen Scheinwerferlicht und Oswalds Gitarrenspiel wirkte durch die Nebelmaschine, die ihn in weißliche Schwaden tauchte, noch beeindruckender. Der Nebel kroch seitlich an der Bühne hinunter und schien im tiefschwarzen Wasser des Züricher Sees abzutauchen, auf dessen Oberfläche sich die Lichter am gegenüberliegenden Ufer spiegelten.

Der Applaus der etwa dreihundert Zuhörer mündete in eine Zugabe und die Kamera filmte das zu dieser ruhigen Nummer wiegende Publikum, ihre brennenden Feuerzeuge mit gestreckten Armen in den Nachthimmel haltend, während andere mit einer Flasche Bier oder einem Joint in der Hand sich wie schwebend zu bewegen schienen. Mit dem Ende der Zugabe folgte erneut stürmischer Applaus und die Kamera streifte über das Publikum und danach über den See hinweg in den sternenklaren Himmel, wo man blinkende Flugzeugscheinwerfer im Anflug auf den Züricher Flughafen erkennen konnte.

Damit endete der Film und ich bemerkte jetzt erst die Gänsehaut an meinem ganzen Körper.

Ähnlich war es mir ergangen, als ich den Film mit elf Jahren zum ersten Mal sah. Allein der Filmvorführapparat, ein Wunderding, das auf einem hochmodernen Ständer mit ausziehbaren Aluminiumfüßen thronte, beeindruckte mich. Dazu schleppte Oswald alle möglichen Kabel an, bis die Tonspur endlich über die Stereoanlage meines Vaters zu hören war, der lästerte, dass dieser Krach seine Lautsprecherboxen ruinieren würde. Wir dunkelten das Wohnzimmer ab, das Surren des Vorführapparates setzte ein und auf der weißen Wohnzimmerwand, von der mein Vater zuvor ein Bild abgehängt hatte, erschien der Film, welcher den Entschluss in mir reifen ließ, später mit meiner Trompete ähnlich aufregende Dinge zu erleben.

Vater hingegen spottete über Oswalds komatösen Lammfellaufenthalt, der sich hörbar in seiner Musik wiederfinde. Oswald lachte nur und zog seinerseits über Vaters Jazzmusik her, während sie im Laufe des Abends gut gelaunt zwei Flaschen Wein leerten.

Ich nahm die DVD aus dem Computer und bedauerte, Oswald mit seiner Band nie selbst erlebt zu haben. Als sie sich 1983 auflöste, war ich gerade zwölf Jahre alt.

Neugierig geworden holte ich mir nun sein Textmanuskript über die Geschichte der Band und begann zu lesen. Oswald hatte zusammen mit dem Bassisten Tobias Busch und dem Schlagzeuger Dieter Krökel, den seltsamerweise nie jemand beim Vornamen nannte, das gleiche Gymnasium in Landsheim besucht. Regelmäßig wurde in den Ferien gejobbt, um sich die Instrumente leisten zu können. Als Trio traten sie jährlich beim alternativen Schulfest auf, das die damals neu eingeführte Schülermitverwaltung organisierte, und wurden schnell zur Krönung jener Abende. Sie nannten sich *TBC* und machten einen psychodelisch-harten Rock mit endlosen Gitarrensoli. Der vom Rektor als „krankheitsverhöhnend" bezeichnete und daher schulintern verbotene Bandname stand dennoch groß gedruckt auf den stadtweit geklebten Plakaten. Unter *TBC* war kleingedruckt *Tobias Busch Combo* zu lesen, der

Name ihres Bassisten, ein Manöver zur Umgehung des Verbots.

Als sie 1969 das Abitur machten, wurden ihnen weiterhin Auftrittsmöglichkeiten angeboten. Doch erst einmal gefährdete die anstehende Wehrpflicht den Weiterbestand der Band. Oswald hatte den Wehrdienst verweigert und wurde nach einer zermürbend langen mündlichen Verhandlung im Kreiswehrersatzamt schließlich als Kriegsdienstverweigerer anerkannt. Schlagzeuger Krökel war mit etwas Glück und etlichen Attesten als untauglich befunden worden und begann sein Biologiestudium in München. Bassist Tobias Busch erhielt über die Spedition seiner Eltern einen Arbeitsvertrag samt Firmenwohnung in West-Berlin, was ihn vor der Einberufung schützte. So blieb er der Band erhalten, musste dafür im elterlichen Betrieb aushelfen und gelegentlich, wenn seine Anwesenheit wegen irgendwelcher Behördenangelegenheiten unerlässlich war, nach Berlin.

Mit dem Film *Woodstock*, der im Herbst 1970 in die Kinos kam und den Oswald und seine beiden Freunde mehrere Male ansahen, begann eine Phase spektakulärer Gitarrenattacken, deren Höhepunkt ihr Konzert in der Schulaula im Frühjahr 1971 war.

Oswald schrieb dazu, dass er den pensionierten Rektor seiner früheren Schule später besucht und zu dem Ereignis befragt hatte, weshalb er auch dessen Sicht in die Beschreibung einfließen lassen konnte.

Die Schulaula war an jenem Abend derart überfüllt, dass viele der fast vollzählig anwesenden Oberstufenschüler im Pausenhof blieben und dort konsumierten, was der lokale Drogenhandel hergab. Die Zwangslosigkeit, in der man dies öffentlich tat, gründete auf dem Umstand, dass die Schule außerhalb am Rande des Industriegebiets von Landsheim lag und auftauchende Streifenwagen schon von Weitem zu erkennen waren, was selbst bei beschränktem Reaktionsvermögen noch strafbefreiende Maßnahmen ermöglichte.

Das Konzert begann und die Lautstärke in der Aula nahm schnell bedenkliche Ausmaße an. Die Stimmung heizte sich mit jedem Stück weiter auf und gegen Schluss glänzte Oswald, indem er, von Filmszenen aus *Woodstock* infiziert, seine E-Gitarre auf den Boden warf und darauf herumtrat, um sie danach hinter dem Kopf haltend laut mit den Lautsprecherboxen rückkoppeln zu lassen. Für diese Attacken benutzte er ein Billiginstrument, seiner teuren Fender-Gitarre hätte er eine solche Behandlung nie zugemutet. Schließlich goss er etwas Brennflüssigkeit über die Gitarre, zündete sie an und schrie Parolen gegen den Vietnamkrieg ins Mikrophon. Die Stimmung kochte über und etliche der Bekifften auf dem Pausenhof drängten nun in Richtung Aula, um von dem Spektakel etwas mitzubekommen, doch der Feuereffekt dauerte nur zwanzig Sekunden. Der Hausmeister, ohnehin in Sorge um die neue Aulaverglasung, alarmierte den Rektor, welcher sich kurz darauf am Ort der Geschehnisse einfand. Bereits im

Schulhof stieß er auf seinen am Boden liegenden Sohn, der es mangels Orientierung nicht bis zur Feuerorgie geschafft hatte und seinen Vater kaum erkannte.

Geistesgegenwärtig begriff der Schulleiter das Dilemma: Würde er die Schulordnung konsequent umsetzen, müsste er fast die gesamte Oberstufe der Schule verweisen.

Es galt nun, diskret und effektiv durchzugreifen. Dem Hausmeister, der ihm in den Ohren lag, die Polizei zu alarmieren, befahl er, zurück in seine Wohnung zu gehen, dies sei die Stunde der Pädagogen und nicht die der ungelernten Klempner. Inmitten des Tumults suchte er nach den zwei Aufsichtskräften, konnte sie aber nirgends entdecken. Nun informierte er von seinem Schulbüro aus die kräftigsten Lehrer seiner Schule und befehligte sofortiges Erscheinen.

Von Oswald und seiner Band wurden lautstark Zugaben gefordert, bis *TBC* zurück auf die Bühne kam.

Unterdessen versammelten sich die eingetroffenen Lehrkräfte vor dem Schulgebäude und der Rektor organisierte unter Anwendung seiner im Krieg gemachten militärischen Erfahrungen einen geordneten Rückzug der Schüler, bis bei Tagesanbruch die gröbsten Spuren jener Nacht beseitigt waren. Das Reinigen der Büsche und Grünflächen, vermutlich ein Eldorado für Drogenhunde, übernahm am Vormittag der Hausmeister, während die übernächtigten Lehrer sich mit zahllosen Kannen Kaffee durch den Unterricht kämpften, wobei die reduzierten Schülerzahlen Erleichterung brachten.

Wie vom Rektor erwartet, trafen an den folgenden Tagen Beschwerden von Eltern über die Verfassung ihrer von der Schulveranstaltung heimgekehrten Kinder ein, die er gelassen über sich ergehen ließ und die kommunistisch unterwanderte Schülermitverwaltung ins Spiel brachte. Man müsse aber die Kirche in Dorf lassen und diese Träumer nicht auch noch bestärken, indem man sie durch Strafen zu Märtyrern mache. Aufkommende Gerüchte um Drogen auf dem Schulareal wies er konsequent von sich. Die Lage beruhigte sich wieder. Die Aufsichtslehrer jenes Abends, beide neu an der Schule, erhielten jeweils eine Abmahnung, die der Rektor jedoch nie an das Schulamt weitergab, um keine Nachfragen zu provozieren. Die Band *TBC* erhielt wegen Missachtung der Brandschutzbestimmungen ein Auftrittsverbot in der Schule.

Als ich dies las, bedauerte ich mein lammfrommes Schülerdasein als Trompeter in der Schul-Big-Band mit einem Musikprogramm, welches selbst unsere Eltern und Großeltern gerne hörten. Man war stolz auf uns, lobte und schätzte unser Können, gegen wen und vor allem weshalb sollten wir uns da auflehnen? Oswald kam aus einer vollkommen anderen Zeit, unsere zwanzig Jahre Altersunterschied fühlten sich an wie Jahrhunderte.

Was seine Bandbiografie betraf, war ich nun gespannt, wie er seine Londoner Ambitionen beschreiben würde, die ja in dieser Zeit gescheitert waren. Doch kein Wort davon, nirgends. Er beschränkte sich auf die Behauptung, dass nicht die Briten, sondern *er* den *Progressive Rock* erfunden habe. Als Beweis führte er Aufnahmen aus den späten Sechzigerjahren an, die er mit einem Mehrspur-Tonbandgerät gemacht habe. Es seien dabei überlange Rockstücke entstanden, die er als musikalisches Neuland beschrieb. Die Aufnahmen seien zwar nicht perfekt geworden, da er alle Instrumente selbst gespielt habe, doch seien sie der unanfechtbare Beweis, der Urheber des *Progressive Rock* zu sein. Um zu erklären, wie diese Aufnahmen in die Hände der Briten gelangt sein sollten, entwickelte er ein verschwörerisches Komplott und ließ es sich nicht nehmen, darin den britischen Geheimdienst mitsamt der Queen zu verhöhnen.

Nach jenem Chaoskonzert in der Schulaula war die Band sich einig, ihren Musikstil zu ändern, weniger laut, weniger aggressiv, dafür anspruchsvoller. Drummer Krökel war ohnehin damit unzufrieden, nur den Rhythmusteppich für Oswalds solistische Exzesse zu legen.

So spielte Oswald ihnen seine Tonbänder vor und man beschloss, es in diese Richtung zu versuchen, wofür man allerdings zur Erweiterung des Sounds einen Keyboarder finden musste.

In dieser Zeit leistete Oswald seinen Zivildienst in einer Altersresidenz bei Landsheim ab, wo er neben Hilfstätigkeiten auch bei der Parkpflege eingesetzt wurde und vom Gärtner dabei die Grundlagen heimischen Drogenanbaus vermittelt bekam. Der andere Zivi war ein Gleichaltriger namens Johann Wolfgang König, mit dem sich Oswald auf Anhieb gut verstand. Dieser bezeichnete sich als ein am Hochbegabtenstatus gescheiterter Akademikersohn, dessen Vornamen seine Münchner Germanisteneltern verbrochen hatten. Dabei begann Johann Wolfgangs Werdegang durchaus hoffnungsvoll. Auch wenn er als weltabgewandtes Einzelkind aufgewachsen war, hatte er bereits mit fünfzehn das Abitur in der Tasche, mit neunzehn sein Klavierstudium abgeschlossen, als Klassikpianist debütiert und damit jeden Wunsch seiner Eltern erfüllt. Den Zivildienst nutzte er dazu, der elterlichen Kontrolle in München zu entgehen, jedoch wohnte seine Großmutter in der Landsheimer Altersresidenz. Nichtsdestotrotz entdeckte er die Sonnenseite des Lebens, indem er mit einer Altenpflegerin aus dem noblen Südtrakt die erste erotische Nacht seines Lebens verbrachte, der noch weitere folgen sollten, wobei er seinen Wirkungskreis bald über die Grenzen der Mitarbeiterinnen hinaus erweiterte.

Kurz darauf nannte sich Johann Wolfgang König nur noch Joe Wolf King, womit zwanzig Jahre Erfüllen elterlicher Erwartungen implodierten und ins Gegenteil umschlugen. Das einstige Wunderkind geriet innerhalb weniger Wochen zum Draufgänger, weshalb seine Großmutter alarmierende Briefe nach München schickte. Mit der Plattheit seines neuen Namens distanzierte Joe sich bewusst von seinen Erzeugern, welche den großmütterlichen Hiobsbotschaften entnahmen, dass dieses fremde Wesen, zu welchem ihr Sohn mutiert war, zumindest namentlich nicht mehr mit ihnen in Verbindung gebracht werden konnte.

Joe entwickelte sich unterdessen zu einer Multibegabung. Er schrieb Texte, malte, komponierte und hatte auf Oswalds Bitte hin dessen Skandalauftritt in der Schule verfolgt. Mit der Frage, ob seine Band nicht mal vernünftige Musik machen wolle, rannte er offene Türen ein. Joe berichtete, er habe erst kürzlich von seinem Onkel in London einen Synthesizer erhalten, zudem schicke er ihm hier noch nicht erhältliche Langspielplatten, wodurch Oswald erstmals von britischen Bands wie *King Crimson*, *Yes* und *Genesis* hörte, deren Musik dem Sound seiner Tonbänder ähnelte, weshalb er erstmals die Briten des Diebstahls geistigen Eigentums verdächtigte.

So stieg Joe in die erste Rockband seines bisher von Bach und Beethoven geprägten Lebens ein und sie begannen, Oswalds Kompositionen einzustudieren, was monatelanges Tüfteln im Probenraum erforderte. Die englischen Texte dazu schrieb Joe. Sie zeigten einen Hang zum Sinnlosen, klangen aber fantastisch zu der Musik, was nicht zuletzt an Joes Gesang lag.

Nun fehlte der Band nur noch ein Name. Joe plädierte für *Divinity*, was übersetzt *Göttlichkeit* hieß und gut zu seinem jesushaften Aussehen passte. Keinem fiel etwas Besseres ein und so nahm man den darin mitschwingenden

Größenwahn in Kauf, zumal das von Joe entworfene Plakat mit ihrem in surrealistischer Manier gestalteten Bandnamen das Ganze perfekt ergänzte.

Schließlich hatten sie ihren ersten Auftritt in Landsheim. Anlass war das Stadtfest, wo neben dem traditionellen Trinkgelage mit Blasmusik erstmals auch eine Rockveranstaltung für die Jugend im Stadtpark stattfinden sollte. Das Divinity-Plakat wurde vom Kulturamtsleiter, dem sowohl das Marktplatz-Besäufnis als auch der ohrenbetäubende Untergang des Abendlandes im Stadtpark ein Dorn im Auge war, trotzdem als überraschend kunstvoll gelobt. *Divinity*, von den *TBC*-Fans mit Spannung erwartet, begann das Konzert mit Einbruch der Dunkelheit und konnte ihre Bühnenpräsenz mit Hilfe der eingesetzten Lichtshow eindrücklich unter Beweis stellen. Ihr erster Auftritt war ein voller Erfolg, selbst im überörtlichen Kulturteil der Zeitung wurde anerkennend darüber berichtet. Besser hätte ihr Debüt nicht laufen können.

Oswald beschrieb in seinem Manuskript, wie sie sich nun um weitere Auftritte bemühten. Die Portokosten für Hunderte von verschickten Democassetten und endlose Kilometer mit Oswalds altem Mercedes und einem ausgemusterten VW-Bus der Spedition Busch, den Bassist Tobias seinen Eltern abgeschwatzt hatte, waren der Preis für viele schlecht bezahlte, aber erfolgreiche Konzerte. Der nächste Schritt ergab sich durch Zufall: Der Prokurist der Spedition Busch hatte einen Bekannten, der wiederum einen Konzertveranstalter kannte. Dieser zeigte Interesse und es ging bergauf mit ihrer Karriere, sie fuhren kreuz und quer durch die westdeutsche Republik, Österreich und die Schweiz, bis schließlich eine LP-Produktion anstand. Der Konzertveranstalter stellte Kontakte zur Plattenfirma her, welche das Album aus Kostengründen in nur drei Tagen einspielen ließ und obendrein Joes Coverentwurf übernahm, eine fantastische Meereslandschaft mit Inselgebilden und einem verlorenen wirkenden Schiff darin. Darüber thronte ihr Bandnamen und der Titel des Albums: *A fantastic journey over the endless sea*. Ein Schlosserlehrling aus Landsheim, treuer Fan schon zu *TBC*-Zeiten, schenkte Oswald irgendwann eine selbst gefertigte Blechnachbildung jenes Schiffs auf dem Plattencover, eben das Schiff, das ich von seinem Gartenteich her kannte.

Um dieses Album zu bewerben, starteten sie eine ausgedehnte Tournee, die finanziell zwar wenig abwarf, aber ihre Bekanntheit steigerte. Joe, als Sänger und Keyboarder auf der Bühne meist im Vordergrund, gelang es immer, sich nach dem Konzert eine Frau aus dem Publikum zu angeln, bei der er schlafen konnte. So entkam er den teils üblen Absteigen, in denen die anderen übernachten mussten.

Im Abstand von mehreren Jahren nahmen sie zwei weitere Platten auf, deren Verkaufszahlen aber enttäuschten. Eine Deutschlandtournee durch sechzehn Großstädte beschrieb Oswald hingegen als Erfolg, der sich ihm im Rückblick auch als der Karrierehöhepunkt von *Divinity* darstellte. Die Jahre bis zu ihrer Auflösung konzertierten sie weiter, doch die Bühnen wurden kleiner und Auftritte seltener. Ihre Musik kam aus der Mode und weder Joe noch Oswald waren bereit, in seichte Pop-Gefilde abzusinken.

Nach dem Ende der Band verloren sie sich aus den Augen. Oswald hörte von Krökels Einheirat in die Landsheimer Schlachthofdynastie, während Joe Wolf King abtauchte und in verschiedenen Kunstbereichen tätig war.

Beim Lesen des Manuskripts wurde mir klar, wie ernsthaft Oswald seine Karriere betrieben hatte und wie glücklich er wohl gewesen wäre, wenn diese länger gedauert hätte und von mehr Erfolg gekrönt gewesen wäre. Womöglich steckte hinter dem nun geplanten *Divinity*-Revival ja ein Rachefeldzug von *Ozzy G. Streetburger* gegen die Briten, so konnte er gleich noch seine Urheberschaft am *Progressive Rock* mit aufkochen. Musste ich mir ernsthafte Sorgen um ihn machen?

Das Wiedersehen

Die Woche war geprägt von Saras Ankündigung, ihre Bestellung abzuholen. Jedes Mal, wenn die Ladenglocke ging, wurde ich nervös, freute mich aber andererseits darauf, Sara endlich wieder sehen zu dürfen. Weniger erfreulich hingegen fand ich die ungeklärte Situation mit Marion. Am Wochenende würde unser übliches Treffen stattfinden und es war fraglich, ob unser Disput bereits eine klare Absage für sie bedeutete.

Nach fünf Tagen Warten blieb nur noch der Samstag für Saras Kommen übrig. Um ungestört mit mir reden zu können, würde sie sicher kurz vor Ladenschluss auftauchen – der denkbar ungünstigste Zeitpunkt für ein Wiedersehen. Denn ihr Erscheinen würde von höchstem Interesse für meine Degustationsrunde sein, die man zu diesem Zeitpunkt nur selten zurechnungsfähig antraf. Es war fraglich, ob Sara deren Kommentaren gewachsen sein würde. Entsprechend schlecht schlief ich in der Nacht. Als die vier um elf Uhr auftauchten, entschloss ich mich zur Flucht nach vorne.

„Hört mal, heute kommt gegen Ladenschluss eine Freundin von mir vorbei, die ich schon seit ewigen Zeiten nicht mehr gesehen habe. Ich will, dass ihr euch anständig benehmt, ihr wisst, was ich meine."

Sie tauschten ungute Blicke untereinander aus und lächelten mich dann an.

„Keine Sorge, Herr Straßburger, natürlich halten wir uns zurück", versicherte mir Stadtkämmerer Müller.

„Wir versuchen es zumindest", relativierte Frau Bainder, die Lehrerin.

Schorsch klopfte mir nur wortlos auf die Schulter. Unterdessen tischte Naturschützer Runkelbach die bereits geöffneten Weinflaschen auf und schenkte zügig ein. Weitere Kunden betraten den Laden und ich musste wieder nach vorne. Mir war flau im Magen, dieser Truppe war nicht zu trauen, Sara würde nachher Humor brauchen.

Bald herrschte reger Kundenandrang, die Truppe kam zunehmend in Fahrt und im Laden wurde wie üblich darüber gelächelt oder verständnislos zugehört, auf jeden Fall war ich abgelenkt. Fünfzehn Minuten vor Ladenschluss sah ich, wie sie ihre Stühle verschoben, um die Eingangstür samt Kassenbereich besser im Blickfeld zu haben. Mir wurde schlecht.

„Was soll das?", rief ich ihnen zu und ging nach hinten.

„Aber Herr Straßburger, wenn Sie uns eine Sensation ankündigen, dürfen Sie sich nicht wundern, wenn wir die dann auch sehen wollen", warb Müller um Verständnis und Schorsch ergänzte:

„Daniel, es wurde frauenmäßig aber auch höchste Zeit bei dir."

„Dies betrifft übrigens nicht nur Herrn Straßburger, meine Herren", stichelte die Dame der Truppe.

„Frau Bainder macht sich mal wieder beliebt! Doch in Ihrer Situation wäre ich nicht so vorlaut", wies Naturschützer Runkelbach sie auf ihr eigenes Single-Dasein hin.

„Genau!", pflichtete ihm Müller bei.

Ich sah, wie die Lehrerin dem Kämmerer giftige Blicke zuwarf, als die Ladenglocke ertönte und alle vier zum Eingang starrten. Ihren Gesichtern konnte ich entnehmen, dass jemand Unbekanntes den Laden betreten hatte. Mein Herz schlug wild. Ich drehte mich um und tatsächlich, da stand Sara und lächelte mich an. Bedächtig ging ich nach vorne und wir umarmten uns. Dann bat ich sie, kurz zu warten, ich müsse noch fertig bedienen. Sie nickte und sah sich im Laden um, während ich den letzten Kunden abkassierte. Von hinten, ich konnte es kaum glauben, kam kein Muckser. Sie musterten Sara wie ein exotisches Tier, das man besser nicht auf sich aufmerksam machte. Der Kunde verließ das Geschäft und ich wandte mich wieder Sara zu. Sie trug ihre Haare inzwischen halblang, ihr Gesicht war gereift und erschien mir noch schöner als früher. Eben nickte sie beiläufig meiner Truppe zu, die scheu, aber höflich zurückgrüßte und etwas aus der Bahn geworfen wirkte. Ich ergriff die Chance und stellte ihnen Sara vor. Charmant reichte sie jedem die Hand, während ich erklärte, dass sich diese Runde jeden Samstag bei mir versammle, um anschließend in der benachbarten Sankt-Martins-Pfarrei den katholischen Bibelkreis für Fortgeschrittene zu besuchen.

Frau Bainder, eher geübt im Austeilen als im Einstecken, wurde blass, stand auf und verließ erstaunlich trittfest den Laden. Leicht schwankend schloss sich Runkelbach an, dicht gefolgt von Müller, der – vage in meine Richtung murmelnd – gelobte, nächsten Samstag zu bezahlen. Nur Schorsch blieb gut gelaunt sitzen und meinte:

„Schöne Frau, glauben Sie Daniel kein Wort."

Sara sah ihn fragend an und er ergänzte:

„Die Pfarrei heißt in Wahrheit Sankt Himmelfahrt."

Mit einem Handkuss verabschiedete er sich von ihr, klopfte mir ein weiteres Mal auf die Schulter und verschwand. Ich sperrte die Ladentür hinter ihm zu. Endlich waren wir allein.

„Was war *das* denn eben?", fragte mich Sara.

„Unsere Rettung."

„Die haben wir vermutlich auch nötig."

Dem Blick, den sie ihrem Satz folgen ließ, konnte ich kaum standhalten. Die Zeit schien plötzlich still zu stehen, wir betrachteten uns, als wollten wir die Resultate der vergangenen achtzehn Jahre begutachten. Sara war noch immer schlank, dazu ihre aufrechte Haltung, die feingliedrigen und doch kräftigen Hände und ihr schönes Gesicht, an dem ich mich nicht sattsehen konnte.

„Schön bist du, noch schöner als damals."

Mein Kompliment kam an. Wir umarmten uns ein weiteres Mal, bis ich sie fragte, ob sie etwas essen gehen wolle, das Warten auf sie habe mich ausgezehrt, es gäbe einen guten Asiaten in der Nähe. Sie stimmte zu. Ich leerte die

Kasse und hinterließ den Laden ansonsten unaufgeräumt. Durch den Hinterausgang verließen wir das Geschäft und gingen die zehn Minuten zu dem Japaner. Die Sonne schien schon seit dem Vormittag und der November gab sich von seiner angenehm spätherbstlichen Seite. Ich zeigte ihr die historische Marktstraße samt der Burg, die über der Stadt thronte.

Im Restaurant angekommen, half ich ihr aus dem Mantel und wir wählten einen Zweiertisch, der abgetrennt hinter einem Paravent stand. Die Bedienung brachte uns die Speisekarte, wir bestellten und sahen uns dann lange an. Mir schien, Sara konnte ihre Aufregung besser verbergen als ich.

„Wo sollen wir anfangen?", fragte ich sie.

„Bei dir. Oder besser bei dem gefälschten Brief deiner Ex-Frau." –

„Damit hat sie gründlich in unser Leben eingegriffen."

„Du untertreibst."

„Ich weiß."

Saras Blick verriet, wie ernst sie es meinte. Ich sagte:

„Wie auch immer ein einziger Anruf bei dir hätte das klären können."

„Das stimmt. Aber das war damals nicht deine Stärke."

„Danke für deine milde Umschreibung des Begriffs Idiot. Denn genau das war ich."

„Du übertreibst, wir waren, wie wir waren, und außerdem hatten wir damals weder Handys noch gab es E-Mails. Heute würde das anders laufen."

„Das hat uns achtzehn Jahre gekostet."

Wir sahen uns lange an. Dann lächelte sie und fragte:

„Erzähl doch, wie du zu deinem Weinhandel kamst."

So begann ich zu berichten – von Oswald, vom Tod meines Vaters und wie es zur Übernahme des Geschäfts kam. Mittendrin wurde das Essen serviert, Sara hörte mir weiter zu und stellte Fragen. Wiederholt kam ich auf Oswald zu sprechen, dessen Spruch an seinem Haus sie zum Lachen brachte. Marion hingegen erwähnte ich nur beiläufig.

Nun fragte sie nach meinem Jazzquartett, das sie vor einer Woche bereits gehört hatte. Ich erklärte ihr, wie ich damit nicht nur Musiker, sondern auch Freunde gefunden hatte, wozu übrigens auch Schorsch zähle, den kennenzulernen sie bereits das Missvergnügen hatte. Letzterer gehöre zu dem Vierergespann, welches jeden Samstag nach der dritten Flasche den Anstand verliere. Das mit dem Bibelkreis gäbe sicherlich noch Ärger.

Die Teller wurden abgeräumt und wir bestellten Kaffee. Nun hatten wir lange über mich geredet und meine Spannung, mehr von ihr zu erfahren, stieg.

„Warum hast du dich während des Konzerts versteckt gehalten?"

„Ich wollte prüfen, was für ein Mensch du geworden bist. Nach so langer Zeit kann man sich sehr verändern."

„Und, habe ich bestanden?"

Sie lächelte:

„Du hast glänzend die mündliche Prüfung erreicht."

„In die ich absolut unvorbereitet gehe."

„Nicht nur du."

Ich sah sie an:

„Erzähle von dir."

Sara schüttelte ihren Kopf.

„Erst möchte ich deine Situation verstehen. Du bist weder verheiratet noch liiert?"

„Stimmt, ich war nie sonderlich gefragt. Doch als ich vor ein paar Monaten erfahren habe, dass du bei einem Seminar in Italien unsere Geschichte aufgeschrieben hast, habe ich alles getan, um sie lesen zu können."

Sara errötete leicht, was ihr wunderbar stand.

„Das hätte ich dir tatsächlich nicht zugetraut."

In dem Moment kam die Bedienung, ich bezahlte und sie schlug vor:

„Vielleicht sollte ich jetzt von mir erzählen. Wollen wir das schöne Wetter draußen nutzen?"

Wir verließen das Lokal, und während ich ihr einige schöne Ecken von Landsheim zeigte, erreichten wir den Fluss, an dem ein Weg entlangführte. Sara erzählte nun wild durcheinander, sprang dabei durch Zeit und Raum, doch irgendwann konnte ich mir ein Bild davon machen, wie es ihr ergangen war seit meinem Verschwinden aus ihrem Leben.

Ihre Freundinnen rieten ihr damals ab, mich in Straßburg zur Rede zur stellen, sie habe es nicht nötig, mir nachzulaufen, um sich damit eine weitere Demütigung einzuhandeln. Sie sei wütend und enttäuscht gewesen, die Wut sei mit der Zeit abgeklungen, die Enttäuschung aber geblieben. Und nach dem Scheitern ihrer späteren Ehe sei dann alles wieder hochgekommen.

Nach dem Abschluss ihres Musikstudiums habe sie eine Stelle als Klavierlehrerin angetreten, wo sie ihren Mann kennenlernte, mit dem sie dann fünf Jahre verheiratet war und eine mittlerweile vierzehnjährige Tochter namens Marie hat. Nach der Trennung war ein alter Freund ihre Rettung, der ebenfalls alleine mit seiner Tochter zusammenlebte und viel Platz in seiner Wohnung hatte. Obendrein verstanden sich die gleichaltrigen Mädchen bestens. Als alleinerziehende Klavierlehrerin, die überwiegend nachmittags unterrichtet, war das die ideale Lösung. Der Freund besaß zwei gut gehende Restaurants, um die er sich vormittags und abends kümmerte, so konnte er nachmittags zu Hause bei den Kindern sein und – wenn Sara vom Unterricht kam – zur Arbeit gehen. Sie wohnte seit sechs Jahren bei ihm. Manchmal hatte sie das Gefühl, diese Notlösung sei nun ihre Familie und für ihre Tochter galt das sowieso. Sara ergänzte, dass sie nicht wisse, ob oder wie oft ihr Freund was mit anderen Frauen habe, sie seien nicht liiert in dem Sinn, dass man sich Treue versprochen habe. Insofern sei sie irgendwie ungebunden gebunden. Dann kam Sara zurück auf uns.

„Ich habe unsere Geschichte nie ganz vergessen können. Vielleicht auch wegen meiner unguten Ehe, für die ich den Falschen gewählt habe, was er von mir genauso behauptet. Jedenfalls saß ich dann plötzlich alleine da mit Marie. Irgendwann wollte ich unsere Geschichte aus dem Kopf haben und meldete mich bei diesem Seminar an, wo ich sie mir von der Seele schrieb. Ich hatte keine Ahnung, dass dort ein Bekannter von dir teilnahm."

Wir waren lange am Fluss entlanggegangen und kehrten nun um. Die Sonne stand schon tief und wir wollten vor Einbruch der Dunkelheit wieder in der Stadt sein, da Sara geplant hatte, am gleichen Tag wieder nach Hause zu fahren.

Nun fragte sie mich, wie das bei dem Schreibkurs eigentlich gewesen sei, sie wundere sich schon die ganze Zeit, wie ich das angestellt hätte. Ich berichtete ihr auf dem Rückweg alle Einzelheiten und bemerkte, wie es ihr gefiel, was ich alles für sie gewagt hatte. Nur dass mir Edina die Visitenkarte hinterlassen und dann auch noch ihre Adresse aus dem Büro des Schriftstellers besorgt hatte, fand sie seltsam.

„Warum machte sie das?"

„Aus Neugier, die Geschichte gefiel ihr und sie war neugierig, wie es weitergeht."

„Und, hältst du sie auf dem Laufenden?"

„Wir telefonieren gelegentlich."

Sara fragte nicht weiter nach.

Unterdessen erreichten wir den Stadtrand und liefen den Weg zurück zum Laden, wo Sara geparkt hatte.

„Danke für den schönen Nachmittag", sagte sie.

„Ich hoffe, er bleibt nicht der Einzige, vorausgesetzt, ich überstehe die Racheaktion wegen des Bibelkreises."

Sie lächelte mich an.

„Echte Gefahr sehe ich keine für dich."

Wir umarmten uns zum Abschied und ich sah noch lange ihrem Auto hinterher, bevor ich in meine Wohnung ging.

Weihnacht in Trudlhausen

Drei Tage nach unserem Treffen kamen Sara und ich überein, nichts zu überstürzen, und ich versuchte, mich nicht zu sehr hineinzusteigern. Das Gleiche hoffte ich von Marion wegen der Unterbrechung unserer Treffen, ihr Anruf bei mir hatte jedenfalls andere Gründe:

„Oswald liegt flach, die Bauchtanzorgie hat seinen Rücken ruiniert. Der Arzt musste ihm eine Spritze geben und ab morgen kommt täglich die Physiotherapeutin. Oswalds Stimmung ist im Keller und er gibt uns die Schuld an seinem Dilemma. Zum Glück traf gleichzeitig eine Anzeige wegen nächtlicher Ruhestörung gegen ihn ein. Das hat seine Laune verbessert, denn er mutmaßt den Pfarrer dahinter. Mein Bruder auf der Polizeiwache hat es mir dann bestätigt und ich konnte Oswald davon überzeugen, dass er die Anzeige ausschließlich uns zu verdanken hat. Das stimmte ihn milder, doch sobald die Wirkung der Spritze nachlässt, wird er uns wieder verfluchen."

„Soll ich kommen?"

„Nein, ich habe ihn gut im Griff."

Es entstand eine Pause. Mir wurde mulmig, da fuhr sie mit schroffer Stimme fort:

„Du brauchst übrigens nicht erwarten, dass ich dir eine Szene mache. Aber wenn deine alte Geschichte doch nichts wird, werde ich nicht einfach so weitermachen, als wäre nichts geschehen. Unsere Abmachung war zwar klar, aber sie funktioniert nicht."

Damit legte sie auf und ich atmete erst einmal erleichtert durch.

Im November hatten wir einige Konzerte mit dem Jazzquartett, jedoch meist unter der Woche, so dass Sara nie dabei sein konnte. Der Dezember brachte ein gutes Weihnachtsgeschäft und dank Horst und meiner Angestellten bedienten wir in den Stoßzeiten zu dritt. Vom Akkukorkenzieher verkaufte ich neunundvierzig Stück übers Internet und drei im Laden.

Eigentlich hatte ich vor, das Weihnachtsfest wie üblich alleine zu feiern, doch zwei Tage davor rief Oswald an und lud mich ein, am vierundzwanzigsten Dezember zu ihm zu kommen. Ich fragte ihn, ob ihm etwa festlich zumute sei, doch Oswald erwiderte, ich sei ein Idiot. Damit legte er auf.

Er wollte Besuch an Heiligabend? Setzte damit eine Form von Altersmilde bei ihm ein, die ich nicht vor seinem hundertsten Geburtstag erwartet hätte? Was war los mit ihm? Mischte ihm Marion etwa Stimmungsaufheller unter die Schmerzmittel für seinen lädierten Rücken? Wie auch immer, es gab keinen Grund, ihm den Wunsch abzuschlagen. Doch was sollte ich ihm schenken? Eine Flasche Wein schien mir wenig originell. Da fiel mir das Buchprojekt über seine Rockband ein, vielleicht gab es im benachbarten Antiquariat etwas dazu Passendes. Dem Inhaber hatte ich zudem noch nicht gestanden, zu welchem

Zweck ich seinen bulgarischen Geheimtipp missbraucht hatte. Da er meist bis spät abends in seinem Antiquariat saß, lief ich zu ihm hinüber, auch nach Ladenschluss öffnete er jedem, der klopfte. Er erinnerte sich noch an seinen Tipp vom Sommer, und während er mir zuhörte, was ich in Italien damit angestellt hatte, schüttelte er seinen Kopf und kratzte sich ungehalten den Bart, was kein gutes Zeichen war, soweit kannte ich ihn. Er schätzte den kursleitenden Literaten sehr, weshalb er meine Aktion ablehnte und betonte, dass man so keinen Schriftsteller behandle. Die seien gleichsam die letzten Abenteurer unserer Zeit, gestraft mit einer Schöpferkraft, mit der sie Tag für Tag kunstvoll gemeißelte Sätze erschaffen müssten, ein Drang, von dem nur äußerst wenige leben könnten, der Rest dagegen habe allen Grund, depressiv zu werden. Und dann kämen Hochstapler wie ich und täuschten literarisches Interesse vor, eine Schande. Ich entgegnete, dass der Schriftsteller äußerst undepressiv auf mich gewirkt habe, so entspannt, wie er den sündhaft teuren Kurs leitete. Eine Entspanntheit, von der ich nur hätte träumen können, nachdem eine bulgarische Ärztin den Roman von Minkov kannte und damit meinen Betrug durchschaute. Der Antiquar klatschte in die Hände und meinte, dieses Auffliegen hätte ich verdient, wenngleich es ein Wunder sei, dass jemand das Buch erkannt habe. Er schüttelte den Kopf über diesen Zufall, schien mir aber bereits verziehen zu haben.

Ich fragte ihn nun nach einer Lektüre für einen sechsundsechzigjährigen ehemaligen Rockmusiker. Er schlug mir die Autobiografie des Rolling-Stones-Gitarristen Keith Richards vor, woraufhin ich einschränkte, dass es auf keinen Fall etwas Britisches sein dürfe. Er meinte, sich verhört zu haben, Rockmusik sei so britisch wie die Queen, nur lauter. Ich erwiderte, das sei eine lange Geschichte. Er wollte sie gleich hören und ich versprach, dies ein anderes Mal zu erzählen. Dann verschwand er zwischen den Regalen und kam zurück mit einem Buch über Frank Zappa, ein garantierter Nichtbrite. Oswald hatte Zappa immer bewundert, so nahm ich es. Beim Bezahlen kam der Inhaber nochmals auf den Schreibkurs zurück und fragte, ob ich jene Sara inzwischen gefunden habe. Meine Antwort freute ihn, er grinste und zeigte dabei seine zwei Zahnlücken, die so gut zu ihm passten.

Am Weihnachtsabend fuhr ich zu Oswald, eine Flasche Champagner und das Buch als Geschenke mit dabei. Nichts in seinem Haus deutete auf Weihnachten hin. Lediglich aus der Küche duftete es bereits nach Essen und auf dem Tisch lagen drei Gedecke. Ich ahnte, wer in der Küche stand.

„Setz dich", sagte Oswald.

Ich sah zu, wie er den Wein einschenkte. Unruhe kam in mir auf, denn ich hatte keine Ahnung, wie Marion auf mich reagieren würde. Da öffnete sich die Küchentür. Sie erschien in einer Küchenschürze mit einem Wing-Tsun-

Motiv und trug, ohne mich zu beachten, eine dampfende Weihnachtsente auf den Tisch, während Oswald die Beilagen holte und sich dann zu mir setzte. Wir warteten schweigend, bis Marion kam, sie hatte sich elegant gekleidet und sogar geschminkt.

„Merry Christmas", sagte sie und sah Oswald dabei in die Augen.

„Lass den Quatsch", rügte er sie und begann, die Ente aufzuteilen.

„Danke für die Weihnachtseinladung", hakte ich nach. Oswald hielt mit dem Tranchiermesser in der Hand inne.

„Könnt ihr mir eure bescheuerte Festlichkeit ersparen oder wollt ihr mir den Abend versauen?"

„Den *Heiligen* Abend versauen", korrigierte ihn Marion tapfer, was Oswald aber ignorierte. Sie schien gut gelaunt zu sein, meckerte lächelnd über alles, was ihr nicht passte, und ließ sich, nachdem sie stundenlang in der Küche gestanden hatte, den Abend über von uns bedienen, bis sie kurz vor Mitternacht auf einer Bescherung bestand, was Oswald aber ablehnte.

Marion holte trotzdem zwei Päckchen, eines für Oswald, das andere für mich. Ich entschuldigte mich, dass ich nichts von ihrer Anwesenheit gewusst hätte, woraufhin sie Oswald scharf ansah:

„Du hast ihm nicht gesagt, dass ich da bin? Und was soll er mir jetzt schenken?"

„Nichts. So wie ich."

„Soll das heißen, du hast keine Geschenke für uns?"

„Genau. Heute ist ein stinknormaler Werktag."

„Du bist ein alter Stursack."

„Ich bin nicht alt."

Damit war das Thema erledigt und die Bescherung eröffnet. Von Marion bekam er warme Hausschuhe, seine zerfledderten Filzpantoffel warf sie auf der Stelle weg. Ich vermutete, dass er sie noch in der Nacht wieder aus dem Abfall fischen würde. Mein Geschenk, das Zappa-Buch, nahm er ungerührt entgegen, doch ich merkte, wie es ihn freute. Den Champagner schenkte ich Marion, die ihn gleich öffnete. Von ihr erhielt ich einen Gutschein für eine Übernachtung in jenem Hotel, in dem wir uns regelmäßig trafen. Sie hatte darauf geschrieben: *Sechs Monate gültig, danach endgültig verfallen.*

„Ein halbes Jahr Bedenkzeit und keinen Tag länger", kommentierte sie ihr Geschenk. Ich hatte verstanden, das bedeutete vorerst Frieden, doch nun mischte sich Oswald ein.

„Wurde aber auch Zeit, dass ihr mal Pause macht. Seit hundert Jahren werde ich von euch hintergangen. So etwas kenne ich sonst nur von meiner Bank."

Es war das erste Mal, dass ich Marion erröten sah.

„Du weißt von uns?", fragte sie Oswald entsetzt und blickte dann mit böser Miene zu mir:

„Und du weißt, dass er es weiß?"

Ich nickte.

„Hier hintergeht wirklich jeder jeden", rief sie wütend.

„Willkommen in der Staatskanzlei!", versuchte Oswald sie aufzumuntern, doch Marion schmollte fortan und ignorierte uns, selbst Oswald hatte keine Chance mehr. Da wir ihre Reaktion übertrieben fanden, beachteten auch wir sie nicht weiter und blätterten gemeinsam in dem Zappa-Buch, wozu er eine alte Platte von ihm auflegte.

Als wir spät nachts schlafen gingen, verließ Marion wortlos das Haus. Oswald und ich waren uns einig, dass sie sich bald wieder beruhigen würde.

Am nächsten Morgen fuhr ich zurück, Marion war unserem Frühstück ferngeblieben und Oswald versprach mir, später nach ihr zu schauen. Die restlichen Feiertage übte ich viel Trompete und hörte die neue CD eines italienischen Trompeters, dem ich den nächsten „*Wein trifft Jazz*"-Abend widmen würde. Die Tage nach Weihnachten blieb es im Laden ziemlich ruhig. An Sylvester hatten wir einen Auftritt mit dem Jazzquartett in unserer Stadt, zu dem mein Künstlerfreund Schorsch die gesamte Degustationsrunde mitbrachte, der Bibelkreis schien vergessen zu sein.

Sara und ich mailten regelmäßig. Sie schrieb von ihrem Weihnachtsfest als Familie, es sei harmonisch abgelaufen, obwohl sie in Gedanken bei mir gewesen sei. Dazu kam eine weitere gute Nachricht: Ihre Tochter Marie sei Ende Januar für eine Woche auf einer Winterschulfreizeit. Sie plane, ihren Klavierunterricht in dieser Woche auf drei Tage zusammenzulegen, so könnten wir uns von Samstag bis Dienstag sehen. Ich sagte zu und bat meine Aushilfe und Horst, mich an diesen Tagen im Laden zu vertreten. Ich dachte ständig an Sara, dabei vermischten sich die Erinnerungen mit den neuen Eindrücken von ihr. Ich hatte niemanden, dem ich von ihr erzählen konnte. Horst wollte ich nicht näher einweihen, da ich seiner Frau nach deren Engagement für den Brief an Sara zwar tausendmal gedankt, aber weitere Informationen vorenthalten hatte. Marion einzuweihen war ebenfalls tabu und mein Freund Schorsch war, was Frauen betraf, noch gestörter als ich. Wer blieb übrig? Edina? Doch ich fand es unpassend, sie ins Vertrauen zu ziehen. Blieb nur Oswald, dessen Rat ich zwar schätzte, doch mit seinen Frauengeschichten schien er mir auch nicht der Richtige zu sein. So griff ich in meine CD-Sammlung und legte Miles Davis ein. Er spendete mir Trost, wie immer.

Der Januar brachte Unmengen an Schnee mit sich. Am Samstag vor Saras Besuch öffnete ich wie üblich meinen Laden, während sich durch die zugeschneite Straße ein Taxi näherte. Ich bereitete eben die Kasse vor, als die Ladenglocke ging und plötzlich Edina vor mir stand. Sie strahlte mich an und meine Freude, sie zu sehen, war groß. „Ich bin seit gestern auf einem Ärztekongress hier in Landsheim und muss gleich wieder hin. Hast du heute Zeit? Ich bin nicht wild darauf, einen weiteren Abend mit Berufskollegen zu verbringen."

Wir verabredeten uns für halb acht am Rathaus und sie bat mich darum, einen Restauranttisch zu reservieren. Dann eilte sie zurück in ihr Taxi, das sie zurück zu ihrem Kongress brachte.

Zur vereinbarten Zeit wartete ich am Rathausplatz, den Tag über waren weitere zwanzig Zentimeter Schnee gefallen. Edina fuhr erneut mit dem Taxi vor, leicht verspätet, was den chaotischen Straßenverhältnissen geschuldet war. Sie sah mitgenommen aus und ihr Gesicht wirkte blass. Im Restaurant begann sie von dem Kongress zu erzählen, wo es einen längst überfälligen Putsch gegen den Vorsitzenden gegeben habe, eine Art Oktoberrevolution im Januar, und das bei den lethargischen Internisten! Es sei bislang kein Blut geflossen, was zu bedauern sei, aber woher auch auf die Schnelle einen Auftragsmörder auftreiben. Dann berichtete sie, was sich dieser Vorsitzende alles geleistet hätte. Ihr Redefluss wurde erst durch das Eintreffen der Speisekarte unterbrochen. Wir wählten aus und danach sah sie mich erheitert an.

„Ich weiß, das alles interessiert dich keine Spur. Ich höre auf damit."

„Euer Vorsitzender kann um sein Leben froh sein, dass ihr nicht in Sizilien tagt."

„Gute Idee. Werde ich fürs nächste Mal vorschlagen."

Das Reden hatte sie entspannt und es kehrte Farbe in ihr Gesicht zurück.

„Sprechen wir über dich, Daniel, wir hatten länger keinen Kontakt."

Die Getränke kamen. Der italienische Kellner, den ich noch nie in diesem Lokal gesehen hatte, öffnete den Rotwein und ließ mich kosten, dann schenkte er uns ein und warf dabei Edina, deren Attraktivität nicht zu übersehen war, ständig Blicke zu, bis er mit einer leichten Verbeugung den Tisch verließ.

Edina erhob das Glas:

„Auf den Schriftsteller."

„Auf die Fluchthelferin."

Sie war neugierig, mehr über mein Treffen mit Sara zu erfahren. Ich hielt mich mit Details zurück und ließ offen, wie es weitergehen würde. Wir kamen auf den Schreibkurs in Italien zu sprechen und sie berichtete, dass mein Vorpreschen auf einen Bibliotheksplatz damals schlecht angekommen sei, man hielt mich für einen Rüpel, was mir erst nach meiner Lesung verziehen wurde.

„Dann kam deine Lesung und ich konnte es kaum fassen: Dieses Buch von *Janos Minkov* stand im Bücherregal meiner Eltern in Sofia, ich hatte es gelesen, brauchte aber einige Zeit, es wiederzuerkennen. Alles stimmte, bis auf die Uhren, die nun plötzlich Trompeten waren. Wie konnte man nur auf so eine Idee kommen? Da musste mehr dahinterstecken und so startete ich meine Charmeoffensive."

„Die mich völlig aus der Bahn warf."

„Ja, dein Zustand war besorgniserregend."

„Was du ausgenutzt hast."

„So kannst du das nicht sagen. Wir haben beide unser Ziel erreicht: Du entkamst, ohne aufzufliegen, und ich konnte dir meine Visitenkarte zustecken, weil mich deine Geschichte mit dieser Sara faszinierte."

Nun wurde unser Essen serviert, der Kellner bediente Edina überaus zuvorkommend, während sie von meinem Jazzkonzert zu schwärmen begann. Sie bedauerte, dass ihr noch nie jemand ein Musikstück geschrieben habe, zumal so ein schönes, diese Sara sei wirklich zu beneiden. Von ihrem Ex-Mann, einem narzisstischen Lyriker, habe sie zwar stapelweise erotische Gedichte erhalten, doch diese seien nicht nur ihr gewidmet gewesen, was sie spät, aber nicht zu spät erfahren habe. Seit dem Rauswurf und der Scheidung lebe er bei wechselnden Frauen und schreibe zusammen mit anderen Hirnkranken diesen unsäglichen Nachmittagsschrott bei RTL, was ihr zumindest weitere Unterhaltszahlungen an ihn erspare. Soweit zu ihrer Karriere mit Hochstaplern, doch sie habe dazugelernt, meine Enttarnung in Italien gäbe Anlass zur Hoffnung. Übrigens sei sie durch ihren Ex-Mann zum Schreiben gekommen, eines der wenigen Dinge, für die sie ihm dankbar sei. Sie verfasse Kurzgeschichten, meist Kurioses aus ihrer Praxis. Die Kurse brächten ihr viel, dieser Schriftsteller mache das wirklich gut. Außerdem könne sie beim Schreiben wunderbar abschalten.

Der Kellner sah ständig nach uns, was Edina schließlich den Kommentar entlockte, dass italienische Kellner unrettbar verloren seien, wenn eine Frau auch nur einigermaßen was hermache, so wie sie heute Abend, zumindest hoffe sie das.

Ich bestätigte, wie blendend sie aussähe, seit die Spuren ihres Kongresses aus ihrem Gesicht verschwunden seien.

„Das hat mehr mit *dir* als mit irgendeiner Tagung zu tun", entgegnete sie.

Edinas Unverblümtheit gefiel mir. Sie betonte, dass ich zwar zurückhaltender als die Südländer sei, doch sie kenne meine Hochstaplerqualitäten. Leider gäbe es jedoch Sara, die zu beneiden sie sich gezwungen sehe. Vermutlich errötete ich während ihres Monologs, so bat ich um die Rechnung. Dann bestellte sie ein Taxi und wir verließen das Restaurant. Der Schneefall hatte aufgehört und am Himmel zeigten sich die ersten Sterne. Es war still, der Schnee dämpfte die nächtlichen Geräusche der Stadt.

„Es klart auf, das wird wohl eine bitterkalte Nacht", gab ich zu bedenken.

„Keine Sorge, selbst Ärzte können sich inzwischen beheizte Hotels leisten."

„Sorgen macht mir eher euer Vorsitzender. Ob er noch lebt?"

„Auf jeden Fall hätte ich ein perfektes Alibi."

„Und einen Kellner, der alles für dich tun würde."

Sie lachte:

„Stimmt, der hätte sogar für mich gemordet!"

„Kommst du eigentlich immer so gut an?“

„Das wäre mir neu. Es muss tatsächlich an dir liegen.“

Abermals wurde mir heiß, Edina hingegen genoss es, mit mir zu flirten. Ein Taxi bog um die Ecke und hielt vor uns.

„Schön war der Abend“, sagte sie.

„Ja, fand ich auch.“

Sie gab mir einen Kuss auf die Wange und stieg in das Taxi. Ich hob meine Hand zum Gruß und sie sah mich an, bis der Wagen losfuhr und hinter dem Rathaus verschwand.

Tief über Straßburg

Sara hatte vorgeschlagen, dass unser zweites Treffen mit knapp zwanzig Jahren Verspätung in Straßburg stattfinden sollte. Ich fuhr bereits einen Tag früher los, um dort meine Verwandten zu besuchen, in deren Hotel ich früher oft abgestiegen war.

Sie zeigten sich erfreut, mich erstmals ohne Lebenskrise zu sehen, zumal ich ausnahmslos Gutes über mich berichten konnte. Sie wiederum bedauerten, dass keines ihrer Kinder das Hotel hatte übernehmen wollen, weshalb sie es verkaufen mussten. Einmal mehr bedankte ich mich für ihre Gastfreundschaft und verriet, mich mit jener Frau zu treffen, wegen der mein letzter Hotelaufenthalt so unglücklich geendet hatte. Sie erinnerten sich noch daran und wünschten mir Erfolg, was auch immer ich vorhätte. Tags darauf ließ ich mein Auto bei ihnen stehen und fuhr mit der Straßenbahn ins Zentrum, wo ich im Hotel Gutenberg zwei Einzelzimmer gebucht hatte und meines gleich beziehen konnte.

Sara traf Samstagmittag mit dem TGV in Straßburg ein und schon bei der Begrüßung am Bahnsteig wirkte sie gestresst. Wir fuhren mit dem Taxi zum Hotel, wo sie das Nachbarzimmer bezog. Sara hatte Hunger und wollte, da sie zum ersten Mal in Straßburg war, unbedingt Flammkuchen essen. Ich führte sie in ein Restaurant, wo sie mir von dem Streit erzählte, den sie vor der Abreise mit ihrem Wohnungsfreund gehabt hätte. Dann schwieg sie und wirkte ziemlich verzweifelt. Ich deutete an, dass Alkohol zwar keine Lösung sei, ein Crémant aus dem Elsass aber durchaus, insbesondere zum Flammkuchen. Sie stimmte zu und ich bestellte eine Flasche Blanc de Noirs. Die Entscheidung war goldrichtig, man sah, wie sich die Schatten aus ihrem Gesicht verzogen und sie sich entspannte. Ihre Haare umrahmten ihr schönes Gesicht und sie lächelte mich an, auch wenn noch immer ein Rest Betrübnis durchschimmerte.

Nach dem Essen wollte sie Straßburg kennenlernen, deshalb gingen wir am Ufer der Ill entlang, jenem Fluss, der die Altstadt umrundet. Es war winterlich kalt, aber das Wetter zeigte sich mit einem strahlend blauen Himmel von seiner besten Seite. Der Spaziergang hatte die Wirkung des Schaumweins abgemildert, in einer Brasserie tranken wir irgendwann Tee zum Aufwärmen und liefen danach zur *Barrage Vauban*, einem begehbaren Wehr, das einen perfekten Ausblick auf *Le Petite France*, Straßburgs touristisches Sahnestück, bot, wohin Sara nun drängte. Wir schlenderten Hand in Hand durch die engen Gassen, während die einbrechende Dunkelheit dem Viertel mit seinen Fachwerkhäusern und den verschneiten Dächern etwas Feierliches verlieh. Dann suchten wir ein Restaurant, die aber alle noch geschlossen hatten. Sara fröstelte bereits, was in einer italienischen Trattoria Mitleid erregte, so ließ man uns ein und bat um etwas Geduld, bis die Küche soweit sei. Immerhin war es warm, wir bekamen etwas

Weißbrot und zu trinken. Sara begann von ihrem Mitbewohner zu berichten.

„Wir sind eine seltsame Wohngemeinschaft. Nach außen wirken wir wie ein normales Paar mit zwei Kindern, niemand käme darauf, dass wir das nicht sind, und manchmal scheinen wir das sogar selbst zu vergessen."

Sie hielt inne und schien nun die Mehrdeutigkeit ihres Satzes zu bemerken.

„Nicht, was du jetzt vielleicht denkst, obwohl ..."

Ich schwieg.

„Der gestrige Streit hat etwas offenbart, was für mich als längst geklärt galt. Er wollte wissen, mit wem ich mich treffe, und als ich es ihm erklärte, reagierte er heftig. Man kann es wohl Eifersucht nennen, auch wenn er diesen Begriff weit von sich weisen würde."

Ich sah sie an und versuchte, gelassen zu bleiben.

„Wir hatten vor Jahren etwas miteinander, aber das war gleich wieder vorbei. Vielleicht war es ein Fehler, danach nie darüber zu sprechen, so dass dieser missglückte Versuch in Vergessenheit geriet, als wäre er nie geschehen, und ich fand das auch gut so. Seit gestern Abend befürchte ich, dass er das wohl anders sieht."

„Und das würde bedeuten?", hakte ich nach.

„Keine Ahnung, zumindest im Moment. Ich will auf keinen Fall, dass es unsere Geschichte beeinflusst."

Im Grunde kam mir dieser Streit gelegen, damit klärten sich, ohne dass ich nachfragen musste, die Umstände ihrer

Wohnsituation, und so offen, wie Sara darüber sprach, konnte ich damit leben.

Der Kellner kam und verkündete das Eintreffen des Kochs, dabei legte er die Speisekarten auf den Tisch. Wir bestellten und redeten nun über die Zeit, die hinter uns lag, und näherten uns jener, die vor uns lag. Alles schien in der Schwebe zu sein, es eröffneten sich ungeahnte Möglichkeiten, aber auch Schwierigkeiten, sobald es konkreter wurde. Es war Mitternacht, als wir das Hotel erreichten. Wir küssten uns lange, bevor jeder in seinem Zimmer schlafen ging.

Am Sonntagvormittag besuchten wir das *Musée d'Art Moderne et Contemporain*. Besonders gefiel uns ein mit gefliesten Wänden ausgestaltetes Musikzimmer aus den Dreißigerjahren, die von Kandinsky entworfenen Keramikfliesen zeigten abstrahierte musikalische Zeichen. Wir hörten der leise im Hintergrund laufenden Musik zu, Sara griff nach meiner Hand und schloss ihre Augen. Für einen Moment war ich mir völlig sicher, dass es dieses Mal gut gehen würde mit uns.

Der restliche Tag verging wie im Flug und wir kamen uns mehrmals sehr nahe, auch wenn wir die Nacht wieder getrennt schliefen.

Am Montag schlug das Wetter um, dicke Wolken hingen über der Stadt und es blieb tagsüber trüb und nass. Sara wirkte schon am Morgen bedrückt und ich erinnerte mich an ihre Wetterfühligkeit, die ihr schon früher Probleme bereitet hatte. Der kleine Frühstücksraum war voll besetzt und wir nahmen den letzten freien Tisch. Ich spürte, wie unwohl sich Sara in dieser Enge fühlte, ihr Gesichtsausdruck sprach Bände. Irgendetwas schien sie zu beschäftigen, und kaum hatten wir unser Frühstück auf dem Tisch, fragte sie mich, wie ich mir denn ein gemeinsames Leben konkret vorstellen würde. Die Frage traf mich völlig unvorbereitet. Sie rührte nervös in ihrem Milchkaffee und fuhr fort, dass sich bei ihrem nächtlichen Grübeln Berge an Schwierigkeiten vor ihr aufgetürmt hätten. Ich erwiderte, schon allein unserer Arbeit wegen könne ich mir eine Fernbeziehung am Wochenende gut vorstellen. Natürlich könne sie aber auch mit ihrer Tochter Marie zu mir ziehen. Mein Vorschlag war kaum ausgesprochen, da meldeten sich sofort Zweifel, ob ich für ein solches Familienleben überhaupt geschaffen war. Trotzdem redete ich weiter, allein getrieben von dem Wunsch, Saras düstere Stimmung zu vertreiben. Irgendwann unterbrach sie mich und stellte klar, dass ein Umzug in meine Stadt nicht in Frage komme, ihre Klavierschule sei ebenso wie ihre Tochter fest verwurzelt, außerdem habe Marie dort ihren Freundeskreis, den zu verlieren ihr in der Pubertät nicht zuzumuten sei. Wenn, dann müsse ich umziehen, was sie wegen meines Geschäfts kaum verlangen könne. Ich bekam feuchte Hände, die Vorstellung, ein weiteres Mal die Zelte abbrechen und neu beginnen zu müssen, war beunruhigend. Mein Laden, mein Jazzquartett – konnte ich das einfach aufgeben? In ihrer Stadt, das hatte ich bereits recherchiert, gab es mehrere Weinhandlungen, selbst eine Filialgründung zusätzlich zum Stammgeschäft wäre mit finanziellen Risiken verbunden, zumal ich hier wie dort verlässliches Personal bräuchte. Sara hatte aufgehört, in ihrem Kaffee zu rühren, sah mich an und sagte leise:

„So etwas Erzwungenes wäre ja auch das Ende jeder Beziehung."

Sie klang frustriert und pathetisch. Wohin war unsere gestrige Lebenslust verschwunden?

„Sara, verrennen wir uns gerade? Von wem oder was sollen wir unser Leben noch vermiesen lassen? Zuerst meine Ex-Frau, die uns fast zwanzig Jahre gekostet hat, und jetzt dieses üble Wetter, das deine Stimmung ruiniert … sollen uns mein Laden und deine Klavierschule weitere zwanzig Jahre kosten? Dann können wir uns gleich in einer Seniorenresidenz verabreden, bis dahin wird es hier dank Klimawandel mediterran, das ganze Jahr hindurch Sonne, kein Atlantiktief wird unser Glück dann noch aufhalten können."

Im Überschwang war ich lauter geworden und die Gespräche im Raum verstummten. Man sah zu uns herüber und ich fürchtete, sie würden gleich zu klatschen beginnen. Sara stand hastig auf und verließ den Frühstücksraum. Eine Frau am Nebentisch flüsterte mir zu, mein Heiratsantrag sei als solcher schwer erkennbar gewesen, der Ansatz aber grundsätzlich richtig, ich solle ihn weiterverfolgen. Sogleich eilte ich Sara hinterher, sie saß im Treppenhaus und kämpfte mit den Tränen. Ich wünschte mir nichts mehr, als dass sie da wieder herausfand, und kniete mich vor ihr hin.

„Sara, wir sollten uns von nichts und niemandem noch mal etwas vermasseln lassen. Das meinte auch eine Dame vom Nebentisch, und die scheint sich auszukennen."

Sie sah mich schon etwas weniger verzweifelt an und ich trocknete eine Träne auf ihrer Wange. Dann saßen wir fünf Minuten auf der Treppe und sahen uns einfach nur an, es erinnerte mich an unsere Schweigsamkeit von früher. Schließlich lächelten wir uns Mut zu und gingen zurück, um das Frühstück zu beenden. Später in meinem Zimmer fragte ich, warum sie unsere Zukunft so negativ sehe, es könne doch nicht nur das trübe Regenwetter sein. Sie setzte sich auf mein Bett und sah zum Fenster.

„Ich weiß nicht, was mit mir los ist. Vielleicht ist die Vorstellung zu schön, um wahr zu werden, jedenfalls sehe ich nur noch schwarz. Daniel, du lässt dich mit einer hochkomplizierten Frau ein, die es früher noch nicht gab."

„Meinst du etwa, ich sei unkomplizierter?"

„Ich will dich nur warnen."

„Ich dich auch."

Wir mussten lachen. Da könne es ja fast nur besser werden, lächelte sie. Dann ging sie in ihr Zimmer, um sich für die Stadt anzuziehen.

Das Wetter blieb auch die übrigen zwei Tage schlecht. So sehr Sara sich bemühte, alles positiver zu sehen, blieb doch eine Schwere zwischen uns, als hätte es die ersten beiden Tage nicht gegeben.

Als ich sie am Dienstagnachmittag zum Bahnhof brachte, küsste sie mich lange und entschuldigte sich für ihre schreckliche Verfassung. Ich erwiderte, allein für diesen Kuss hätte sie noch um einiges schrecklicher sein dürfen. Lächelnd stieg sie in den Zug, der kurz darauf den Bahnhof verließ. Ich winkte ihr zum Abschied und spürte plötzlich eine Erleichterung, wieder allein zu sein. Offenbar war ich es nicht mehr gewohnt, vier Tage ununterbrochen mit jemandem zusammen zu sein. Ich setzte mich in das Bahnhofscafé und fragte mich, ob ich wohl genügend Kraft für ein Leben mit Sara aufbringen konnte. So aufgewühlt sie mich auch zurückließ, so erschöpft saß ich vor meinem Milchkaffee und fand keine Antwort.

Danach holte ich bei meinen Verwandten das Auto, ich verabschiedete mich von ihnen und fuhr los. Im Kopf nichts als Ratlosigkeit wegen Sara, fast hätte ich vergessen, meinen Koffer im Hotel abzuholen. Schließlich fuhr ich den langen Weg zurück nach Landsheim. Nicht einmal Miles Davis schaffte es, mich auf andere Gedanken zu bringen. Sara, diese schöne und kräftezehrende Frau, geisterte weiter durch meinen Kopf.

Zuhause angekommen, meldete ich mich zuerst bei Oswald und fragte nach seinem malträtierten Rücken. Er wirkte gut gelaunt und lobte die Wunderbehandlungen seiner Physiotherapeutin, die leider dreißig Jahre zu jung für ihn sei. Marion sei plötzlich eifersüchtig und habe ihn darin bestärkt, rechtzeitig sein Pflegepersonal zu rekrutieren, da sie für so etwas nicht zur Verfügung stehe. Im Gegensatz zu mir schien Oswald nichts Bedenkliches an Marions Äußerungen zu finden. Keine Ahnung, welches Gewitter sich bei ihr zusammenbraute, doch vorerst hatte ich meine eigenen Probleme.

Sara und ich mailten uns alle paar Tage. Sie berichtete von ihrem Hausfreund, der sich bis zu ihrer Rückkehr wieder beruhigt habe, wenngleich sie dem Frieden noch nicht traue. Selbst Marie habe gefragt, was los sei, woraufhin Sara ihr von mir erzählt habe.

Wir ließen offen, wann wir uns wieder treffen würden. Sara wollte abwarten, wie sich die Situation entwickele, und gleichzeitig mit sich ins Reine kommen, was auch immer das bedeutete. Ich selbst fühlte mich hin- und hergerissen zwischen neu erwachter Liebe und einer Erschöpfung, die andauerte, was ich aber der Tatsache zuschrieb, dass ich in vier Jahren fünfzig werden würde, ein Alter, von dem es hieß, dass man ihm nicht mehr *alles* zumuten dürfe.

Trudlhausen goes London

Oswald hatte bereits vor einem Jahr begonnen, seine ehemaligen Mitmusiker zu kontaktieren. Er begann mit dem Bassisten Tobias Busch, der aus der elterlichen Spedition ausgestiegen war und seither in München ein Musikgeschäft samt Tonstudio betrieb. Es lag in der Nähe jener Arbeitsstelle, die Oswald nach dem Ende von *Divinity* hatte antreten müssen, so dass er sich in der Mittagspause oft mit Tobias traf. Als Oswald später nach Trudlhausen zog, blieben sie freundschaftlich verbunden, weshalb Tobias dem Revivalkonzert sofort zustimmte und obendrein anbot, die Bühnentechnik zu stellen.

Als Nächstes traf sich Oswald mit Schlagzeuger Krökel in Landsheim, dessen Telefonnummer er über das Schlachthofbüro in Erfahrung bringen konnte. Krökel hatte damals sein Biologiestudium bis zum Ende von *Divinity* ausgedehnt und kam damit auf fünfundzwanzig Semester, was ihn aber nie davon abgehalten hatte, über akademischen Stress zu klagen. Krökels Leidenschaft galt ausschließlich der Musik und seine Schlagzeugtüfteleien wurden ein Markenzeichen von *Divinity*. Nach deren Auflösung bemühte er sich nur auf Druck seiner Eltern um Arbeit. Die Studiendauer samt der miserablen Abschlussnote brachten aber nichts als Absagen und so spielte er stattdessen in mehreren Bands. Zudem perfektionierte er im Heizungskeller der Eltern seine Schlagzeugtechnik, bis diese ihn mit dreiunddreißig Jahren aus dem Haus warfen. Er ging zum Arbeitsamt, wo seine Sachbearbeiterin ihn mit Bewerbungen überhäufte, doch er wusste sich geschickt anzustellen, so dass es nur Absagen gab. Irgendwann wurde bei der alteingesessenen Landsheimer Schlachthofdynastie Großhuber ein Lebensmitteltechniker gesucht und man meinte, seine Diplomarbeit ginge doch in diese Richtung. Krökels Entrüstung, sein Schwerpunkt sei Forschung und nicht das Schlachterhandwerk, wurde ignoriert. Das Vorstellungsgespräch führte Lotte Großhuber, die älteste Tochter des Unternehmers. Krökel gab sich wie üblich desinteressiert, doch Lotte Großhuber verliebte sich Hals über Kopf in ihn. Ein halbes Jahr später heirateten sie.

Oswald hatte sich das alles beim Treffen mit Krökel geduldig anhören müssen, bis dieser ihm schließlich zusagte, bei einem *Divinity*-Revival dabei zu sein.

Bei seinen Recherchen nach dem dritten Mitmusiker, Joe Wolf King, war Oswald auf dessen Pseudonym Juan Lobo Rey gestoßen und stutzte bei dem Namen, bis ihm einfiel, woher er ihn kannte. Juan Lobo Rey war jener Maler, dessen Ausstellungsplakate bei seinem Aufenthalt in Santander in der ganzen Stadt zu sehen waren. Schon damals hatte ihn dieser surrealistische Malstil an Joes Entwürfe ihrer Plattencover erinnert. Oswald tippte den Namen in ein Übersetzungstool und schlug sich beim Ergeb-

nis an die Stirn: Juan Lobo Rey war die spanische Über-
setzung von Joe Wolf King. Er ärgerte sich, dies damals
nicht erkannt zu haben, es wäre ein unerwartetes Wiedersehen mit seinem alten Freund geworden.

Joe hatte all die Jahre als freier Künstler gelebt und
nutzte seine Kontakte in die Musikszene. Unter seinem
spanischen Pseudonym veröffentlichte er auflagenstarke
Mallorca-Krimis, mit denen er sein unstetes Dasein finan-
zierte. Außerdem malte er viel, vor allem in dem von seinen Eltern geerbten Ferienhaus, einer Finca auf Mallorca,
was auch die Verortung seiner Krimis erklärte. Überhaupt
schien er es den elterlichen Beziehungen auf Mallorca zu
verdanken, dass er in Spanien als Maler und Schriftsteller
Fuß fassen konnte.

Schließlich gelang ein E-Mail-Kontakt mit Joe, der als
einziger skeptisch auf Oswalds Plan reagierte. Er vertraute
ihm an, aus *Divinity*-Zeiten noch eine Leiche im Keller zu
haben. Bei seinen Songtexten habe er sich damals beim
irischen Dichter Dylan Thomas bedient. Wenn das publik
würde, könne er einpacken, selbst ein Eingeständnis seiner damaligen Marihuana-Exzesse könne wenig retten,
Dylan Thomas sei unter Kennern ein Heiliger, was auch
erkläre, warum er seine Songtexte nie auf den Plattenhül-
len abgedruckt haben wollte. Oswald meinte, wegen eines
einzigen Konzerts sehe er diese Befürchtungen als übertrieben an. Joe erwiderte, Oswald habe wie immer nichts
begriffen, er erwäge aber eine andere Lösung, da ihn ein
Divinity-Konzert durchaus reize. Drei Tage später schrieb

ihm Joe eine Mail. Er mache sich die Mühe, die alten Texte umzuschreiben und die Spuren von Dylan Thomas zu verwischen. Damit war Oswald klar, dass auch Joe bei dem Projekt mitmachen würde.

Alle vier würden sich im Februar für eine Woche in Oswalds Haus treffen, um dort Stücke aus ihrem alten Repertoire einzustudieren und am Ende ein kleines Probekonzert im Saal des Goldenen Hirschen in Trudlhausen zu geben. Ich ließ durchblicken, bei den Proben gerne dabei zu sein, und so lud Oswald mich nach Trudlhausen ein.

Die Ankunft der *Divinity*-Musiker fiel auf einen Donnerstag, was seine Putzfrau, von Oswald am Abend zuvor telefonisch informiert, als nicht hinnehmbar ansah. Erstens, beschwerte sich die Leichtle, wisse Oswald seit fünfundzwanzig Jahren, dass sie nur donnerstags könne, zweitens behindere die Anwesenheit zusätzlicher Personen ihre Arbeit und drittens bräuchte niemand meinen, die Reinigung sei entbehrlich, dies sei sie nämlich nur über ihre Leiche. Oswald reagierte gereizt und wurde laut, was die Leichtle dazu bewog, den Hörer beiseitezulegen und ihr Zimmerradio laut zu drehen. Nun musste Oswald, wie es der Radiosprecher soeben ankündigte, der Schrattenbacher Stubenmusik zuhören, irgendein alpenländisches Gedudel mit Jodeleinlagen, bis die Leichtle irgendwann wieder zum Hörer griff und mit dem Hinweis, morgen früh zur üblichen Zeit da zu sein, auflegte.

Diese übliche Zeit bedeutete acht Uhr und auf die Minute genau stand sie schließlich vor uns, gerüstet mit ihrem Arsenal an Wischmobs und anderen Utensilien aus der Putzkammer, deren Schlüssel sie Oswald schon vor Jahren abgeschwatzt hatte. Sie begrüßte mich mit einem Nicken. Auf Oswalds Anweisung, dass der Musikraum im Keller an diesem Tag tabu sei, reagierte sie mit einem Blick, der wenig Gutes verhieß. Nun tauchte Joe Wolf King auf, welcher bereits am Abend zuvor angereist und im Trudlhauser Hof abgestiegen war. Joes imposante Erscheinung füllte den Türrahmen aus, ein Hüne so groß wie Oswald, schlank, mit Glatze, dunklen Jeans, grauem T-Shirt, schwarzem Jackett und Designerschuhen, die durch ihre Übergröße und die spitze, vorne leicht nach oben gebogene Form an venezianische Gondeln erinnerten. Hinter ihm leuchtete das Rot seines vor der Türe geparkten Sportwagens. Joe pries den furchtlosen Spruch über dem Hauseingang und begrüßte Oswald dann ebenso überschwänglich wie die neben mir stehende Leichtle, die er, trotz ihrer Putzmontur und bevor Oswald es verhindern konnte, als verehrte Frau Straßburger ansprach und zu einem Handkuss ansetzte, woraufhin sie ihm eine Ohrfeige gab. Ich kannte ihre „*Ich habe nichts mehr zu verlieren*"-Mentalität ebenso gut wie ihr seismographisches Gespür für herablassende Witze. Dass Joes Begrüßung kein solcher gewesen sein sollte, lag außerhalb ihrer Vorstellungskraft. Noch während Joe seine Backe rieb, verschwand sie in den hinteren Teil des Hauses und Oswald nutzte den Vorfall, sich über Joes Blödheit auszulassen, diesen Drachen als seine Frau anzusehen, doch immerhin sei dies ein vielversprechender Auftakt für ihr Wiedersehen nach dreiunddreißig Jahren. Joe seufzte, begrüßte nun auch mich und setzte sich mit uns an den Küchentisch, wo er erst einmal Kaffee bekam, während Oswald ihn warnte:

„Du bist hier in der bayerischen Pampa, da nützt dir dein Künstlergehabe nichts. "

Immerhin lächelte Joe wieder.

„Und was machst du sonst so?", fragte ihn Oswald und zwinkerte mir zu. Er hatte mich schon vorgewarnt, dass man Joe nie lange bitten musste, über sich selbst zu reden.

„Ich bin mittelmäßig gut im Geschäft. Meine Bilder hängen in mehreren spanischen Museen, wo mein Galerist mich als Nachfolger Salvador Dalis zu vermarkten versucht. Nicht besonders originell, außerdem hat er etwas von deiner Amokputze hier, arbeitet schon ewig für mich und tut, was er will, ungeachtet meiner Bedenken. Ich sollte ihm die Lizenz entziehen, wozu ich ihn aber ermorden müsste. Egal, beim Malen jedenfalls spüre ich noch immer das alte Feuer, so wie ich darauf brenne, unsere alten *Divinity*-Nummern wieder zu spielen! Meine Finca auf Mallorca ist zwar klein, trotzdem kostet mich der Unterhalt ein Vermögen. Allein der Gärtner! Ich traue ihm nicht über den Weg, aber von ihm erfahre ich alles Interessante über die Abgründe der Insel, was wiederum den Stoff meiner Mallorca-Krimis hergibt. Denn dieser Schund finanziert mein Leben! Trotzdem geht es mir blendend, außer dass ich hier von durchgeknallten Putzen verprügelt werde."

Oswald erwiderte, er sei halt immer noch ein Beinahe-Genie und Lebenskünstler. Joes Gesicht verlor nun an Farbe, während er zur Tür starrte, wo die Leichtle stand und seinen letzten Satz offenbar gehört hatte. Oswald fragte sie:

„Frau Leichtle, was gibt's?"

Sie knallte die Küchentüre zu und verschwand in Richtung Putzkammer.

„Ich brauche Personenschutz", meinte Joe.

Oswald nickte zustimmend und fragte ihn nun nach seiner Ausstellung in Santander vor etwa zwanzig Jahren. Joe reagierte seltsam verhalten, was Oswald aber noch dem Auftritt der Leichtle zuschrieb:

„Stell dir vor, Joe, ich war zu der Zeit auch in Santander und habe die Ausstellungsplakate gesehen, die mich an deinen Malstil erinnerten. Deinen spanischen Namen habe ich jedoch nicht erkannt. Schade, es wäre schön gewesen, dich dort zu treffen."

In dem Moment läutete es. Tobias Busch, der Bassist, traf ein und entschuldigte sich für die Verspätung, die Fahrt aus München habe länger gedauert. Oswald meinte, er sei, seit er ihn vor fünf Jahren das letzte Mal gesehen habe, etwas in die Breite gegangen, was Tobias grinsend hinnahm. Sie umarmten sich und Joe riet Tobias, Oswalds putzende Gattin zu begrüßen, sie sei sehr nett. Doch Tobias winkte lachend ab und gab Joe einen Kick an die Brust. Dann begrüßte er mich und wir setzten uns erneut in die Küche.

Nach einer Stunde vermissten sie Schlagzeuger Krökel. Oswald mutmaßte Schlachthofstress, Tobias hingegen Ehestress, was seiner Meinung nach aber aufs Gleiche herauskäme. Oswald war überrascht, dass Tobias Kontakt zu ihm hatte, Krökel wohnte als Einziger von ihnen noch immer in Landsheim.

„Er ruft mich nur an, wenn er einen Platz zum Schlafen braucht", sagte Tobias.

„Warum geht er nicht ins Hotel?", fragte Oswald.

„Du kennst ihn doch, trotz der erfolgreichen Schlacht-höfe und seiner eigenen Biohackfleischmanufaktur spart er noch immer an jeder Kleinigkeit. Er darf umsonst in meinem Münchner Studio übernachten. Dafür muss er mir Schlagzeugsequenzen einspielen, das kann er ja immer noch teuflisch gut."

In diesem Augenblick tat es einen kräftigen Schlag über ihnen.

Joe grinste:

„Deine Putzfrau hat vermutlich einen Einbrecher ge-stellt."

Oswald ging ins Treppenhaus und rief nach oben:

„Alles in Ordnung, Frau Leichtle?"

Ihre Stimme überschlug sich fast:

„Sparen Sie sich Ihre Fürsorge und werfen Sie lieber den glatzköpfigen Gorilla aus dem Haus!"

Er ging zurück in die Küche, wo Tobias ihn angrinste:

„Du musst dein Personal besser behandeln."

„Erst mal sollte das Personal *mich* besser behandeln."

Es läutete erneut und wir hofften auf das Eintreffen ihres Schlagzeugers, doch es war Marions Bruder, der Polizist. Er deutete auf Joes Sportwagen am Straßenrand und meinte, der könne da nicht stehen bleiben. Amüsiert holte Oswald nun Joe dazu, der sich den Vorwurf anhörte und einen Blick auf die Straße warf.

„Wo soll hier ein Halteverbot sein?"

„Die Straße ist agrarwirtschaftliche Zufahrt, Gemeindeverordnung, da darf niemand parken."

Joe sah fragend zu Oswald, der dezent auf seinen Edelstahlspruch deutete.

„Darf ich diesen Gemeindequatsch mal sehen?", wandte Joe sich an Marions Bruder, welcher einen Kopf kleiner war als er.

„Glauben Sie mir etwa nicht?"

In dem Augenblick fuhr ein anderes Auto auf das Haus zu und hielt direkt hinter dem Sportwagen. Krökel und eine schwarzhaarige Frau mit mediterraner Erscheinung stiegen aus.

„Sie dürfen hier nicht parken", rief der Polizist ihm zu.

„Aber da steht doch schon einer", widersprach Krökel.

„Der darf das auch nicht."

„Einflugschneise für Traktoren, steht in der Gemeinde-anordnung", spottete Joe.

„*Ver*ordnung", korrigierte ihn Marions Bruder.

Nun stieg eine junge Polizistin aus dem Polizeiwagen und fragte:

„Kann ich helfen?"

Joe musterte sie interessiert von oben bis unten und meinte dann zu ihr:

„Rufen Sie besser Verstärkung. Es gibt außer uns noch eine militante Putzfrau im Haus, wenn wir die dazu holen, eskaliert das hier."

Die Polizistin starrte Joe ungläubig an und griff nach ihrem Smartphone. Oswald war wenig begeistert von der Vorstellung, bald ein mobiles Einsatzkommando im Haus oder gar im Garten zu haben, auch wenn er sich im Ernst-fall auf Kranzlmeier verlassen konnte. Er wollte lieber mit den Bandproben beginnen und sagte:

„Jungs, ich habe einen Parkplatz um die Ecke, stellt eure Autos einfach rüber. Tobias parkt auch schon dort."

Joe hatte aber kein Interesse an einer Lösung, ihn inte-ressierte vielmehr die Polizistin, deren streng nach hinten gebundene Lockenhaarmähne er wohl gerne offen gese-hen hätte:

„Was macht eine so schöne Frau in Trudlhausen? Sie sollten Ihr Leben nicht damit vergeuden, diesen Schwach-sinn, den der Gemeinderat hier verbricht, zu ahnden."

Die Polizistin sah kurz von ihrem Handy auf, die errö-teten Backen standen ihr gut.

Nun wandte Joe sich an Oswald und deutete auf dessen Stahlplatte:

„Gehorchen alle Trudlhausener so widerstandslos? Du hast einen Ruf zu verteidigen, ansonsten musst du die Stahlplatte dort oben abmontieren."

Oswald lächelte:

„Du bist so negativ. Die tun hier nur ihre Arbeit und verifizieren nebenbei meinen Spruch."

Joe lachte zustimmend, während Marions Bruder kritisch zu Oswald blickte. Er kannte dieses Fremdwort nicht und überhaupt missfiel ihm die Situation, zumal jene Gemeindeverordnung gar nicht existierte, wie ich später von Marion erfuhr. Ihr Bruder konnte Oswald nicht leiden und es hatte ihn schlicht gestört, dass Autos vor dem Haus parkten.

Unterdessen tippte und wischte seine Kollegin weiter auf ihrem Mobiltelefon herum. Nun meldete sich Krökels Südländerin zu Wort und ließ italienische Wurzeln erahnen:

„Vielleicht das Problem mit Carabinieris klären mit etwas Papier?"

Sie rieb Daumen und Zeigefinger aneinander, ihre rot lackierten Fingernägel entgingen niemandem. Der Tonfall war schwer zu deuten, man konnte jedoch nicht ausschließen, dass diese Frau mit feiner Ironie gesegnet war.

„Wir sind nicht bestechlich!", donnerte Marions Bruder.

„Was bedeuten *bestechlich*?", wandte sich die Italienerin an ihren Begleiter. Man erkannte nun den Schalk in ihren

Augen, welcher Krökel, von jeher wenig zugänglich für solche Feinheiten, zu entgehen schien.

„Ich hab's: Sie sind Juan Lobo Rey, alias Joe Wolf King!", rief nun die Polizistin und hielt ihr Handy mit einem Bild von ihm in die Luft. Oswald blickte zu Joe, der keinerlei Regung zeigte, was die Polizistin sichtlich beeindruckte. So war es schon während des Zivildiensts, hatte mir Oswald erzählt, Joe und die Frauen, unglaublich. Die Polizistin sprach ein angenehmes Hochdeutsch, was Joes Taxieren ihrer Figur noch intensivierte. Sie bemerkte seine Blicke und wandte sich an ihren Kollegen:

„Stell dir vor, das ist ein berühmter Krimiautor, ich habe alles von ihm gelesen."

Joe erwiderte:

„Diese Bücher sind lediglich Abfallprodukte. Ich zähle sie nicht zu meinem künstlerischen Werk."

Dass er von diesem Restmüll lebte, verschwieg er, so wie die junge Frau nun hätte schweigen sollen:

„Echt? Sie brauchen sich für Ihren Erfolg echt nicht zu schämen. Ich kenne Mallorca, es ist echt toll, wie Sie das beschreiben! Sie sind echt begabt!", begrub die Polizistin Joes Interesse an ihr. Begeistert von der Gesamtsituation verkündete sie:

„Ich schlage vor, die beiden Autos parken im Laufe des Tages hinten und gut ist."

Es regte sich kein Widerspruch.

„Bis Mittag sind die Autos weg!", reduzierte Marions Bruder das Zeitfenster in einem Ton, der keinen Widerspruch duldete. Damit stiegen die beiden in ihren Polizeiwagen und verschwanden im Dorf.

Krökel fragte:

„Ist hier immer so viel los?"

Oswald sagte:

„Nein, nur wenn du auftauchst!"

Krökel nahm die Bemerkung zum Anlass, seine drei alten Freunde zu begrüßen, die er, Tobias ausgenommen, seit Jahrzehnten nicht mehr gesehen haben musste. Jeder lobte seine noch immer vollen Haare und seinen Charakterkopf, den man, wie Oswald mir später berichtete, immer schon überschätzt hat. Seine Begleiterin stellte er als Lucia aus Turin vor, Oswald begrüßte sie herzlich und wandte sich an die versammelte Runde:

„Jetzt an alle! Das hier ist Daniel Straßburger, mein Neffe und Weinlieferant sowie unsere Landsheimer Kartenvorverkaufsstelle und nicht zu vergessen ein erstklassiger Jazztrompeter."

Alle nickten mir freundlich zu, dann gingen wir in die Küche, wo nochmals Kaffee aufgesetzt wurde. Nach einer Stunde traf Marion ein, die sich bereit erklärt hatte, die ganze Woche über für alle zu kochen. Lucia bot ihre Hilfe an, was Marion anfangs nicht passte, wie sie später mir erzählte. Doch bald war sie angetan von dieser Turiner Geschäftsfrau, die bei der deutschen Vertretung eines italienischen Nudelimperiums arbeitete und Krökel auf einer

Lebensmittelmesse in Nürnberg kennengelernt hatte. Mit der gleichaltrigen Lucia ergab sich eine effiziente Zusammenarbeit in der Küche, die beiden verstanden sich gut, zumal Lucia wesentlich besser deutsch sprach als anfangs vermutet.

Die Männer beschlossen unterdessen, mit den Proben zu beginnen, wo ich zuhören durfte. Joe hatte sein altes E-Piano und den Synthesizer schon vorab per Spedition anliefern lassen. Krökel begutachtete das Schlagzeug in Oswalds Proberaum, vorsichtshalber hatte er mehrere eigene Teile mitgebracht, die er nun austauschte. Tobias und Oswald hingegen mussten nur ihre Instrumente an die Verstärker anschließen.

Die Atmosphäre beim Proben war entspannt. Alle hatten sich vorbereitet, so dass die alten Stücke relativ schnell gelangen. Sie schienen Spaß daran zu haben, ihre Musik mit neuer Frische zu spielen und an den Feinheiten zu tüfteln.

Ich kannte einige Stücke aus dem Züricher Video und nutzte nun Gelegenheit, die vier zu beobachten. Joe hatte sich seither eigentlich kaum verändert, schon bei dem Konzert in der Roten Fabrik hatte er eine Glatze, seine Erscheinung strahlte unverändert Charisma aus. Der Schlagzeuger spielte in einer federleichten Art und mit einer Dynamik, die man hinter seinen Bewegungen kaum vermutet hätte. Dem Bassisten wiederum sah ich die Mühe an, dem Niveau der anderen zu folgen. Auch

Oswald wirkte angespannt, wenngleich er gut spielte. Nach zwei Stunden machten sie eine Pause und gingen nach oben, wo Essen auf uns wartete. Die von Marion und Lucia zubereiteten Mahlzeiten wurden gelobt und die vier tauschten sich über die letzten dreißig Jahre aus. Irgendwann kamen Meinungsverschiedenheiten auf, vor allem zwischen Schlagzeuger Krökel und Joe, deren Leben als Schlachthofschwiegersohn und Künstler gegensätzlicher kaum sein konnte. Dass Joe Vegetarier war, machte auch nichts einfacher. Als Musiker jedoch waren Joe und Krökel für mich die mit Abstand professionellsten, während Oswald seine Feinmotorik an der Gitarre vermutlich überschätzt hatte und Bassist Tobias, wie er zerknirscht eingestand, von seinen gelegentlichen Auftritten mit einer Tanzband rhythmisch versaut war. Krökel hatte ihn während der Probe jedoch stramm auf Linie gebracht.

So verbrachten wir Tag und Nacht miteinander, nur Joe verschwand abends, um als Einziger im Trudlhauser Hof zu übernachten. Lucia, die sich am zweiten Tag mit Krökel stritt, schlief von da an bei Marion im Haus. Oswald rechnete es Krökel und Lucia hoch an, dass sie ihren Streit nicht vor den anderen austrugen und damit die Proben störten.

Nach vier Tagen stieß ein Toningenieur aus Tobias Studio hinzu, um das Mischpult zu übernehmen, welches schon beim Dorfkonzert zum Einsatz kommen würde. Außerdem hatten sie beschlossen, als Zugabe Billy Joels

Zanzibar zu spielen, ein Stück, das zwar nicht ganz zu ihrem Stil passte, doch die zwei Jazzeinwürfe, in denen im Original Freddie Hubbard Trompetensoli spielte, seien als Dank an mich für den Kartenvorverkauf gedacht.

Ich empfand das als Ehre und fuhr für einen halben Tag nach Landsheim, um das Solo, das ich schon als Jugendlicher zur Originalaufnahme mitspielen konnte, wieder einzuüben und dann die Trompete mitzunehmen.

Bevor ich nach Trudlhausen zurückfuhr, telefonierte ich noch mit Sara, um sie zu dem Dorfkonzert einzuladen. Sara freute sich über meinen Anruf, war aber außer sich wegen ihrer Tochter Marie, die ihr am Abend zuvor gestanden habe, einen zwanzigjährigen Freund zu haben, demnach sechs Jahre älter! Ich riet ihr, gelassen zu bleiben, woraufhin sie mich bat, als Kinderloser auf solche Ratschläge besser zu verzichten. Mir schien unser Telefonat ziemlich verunglückt, zumal sie meinen Hinweis mit dem Dorfkonzert ignorierte. Unsere Zeit würde schon noch kommen.

Ich schloss alle Fenster, als erneut das Telefon klingelte und Edinas Stimme ertönte. Da wir seit ihrem Ärztekongress nicht mehr telefoniert hatten, gab es etliches zu berichten. Schließlich erwähnte ich Oswalds Band und das Konzert in Trudlhausen, bei dem ich am Schluss mitspielen würde. Sie zeigte Interesse und notierte sich die Adresse des Goldenen Hirschen, machte mir aber wenig Hoffnung, dass sie kommen würde, dabei hatte ich sie gar nicht eingeladen. Dann fügte sie in ihrer unnachahmlichen

Art hinzu, dass sie mich nicht stören wolle, sie zu ertragen könne mühsam sein. Ich antwortete, dass sie vielmehr Trudlhausen ertragen müsse, speziell der dortige *Hirschen* sei niederbayerischer Abgrund, den nur wenige unbeschadet überstehen würden. Sie lachte und bedankte sich, besser hätte ich sie nicht motivieren können.

Nach dem Telefonat atmete ich erst mal tief durch, nahm die Trompete und fuhr zurück.

Bei meiner Ankunft besprach man eben die Möglichkeiten des Mischpults, mit dem der Toningenieur die gewünschten Soundeffekte abmischen sollte. Oswald deutete mir mit einer Geste an zu warten. Ich staunte über den Aufwand, der für ein Konzert von *Divinity* betrieben werden musste. Wir Jazzer machten einfach Musik, der Klang kam aus dem Instrument und Verstärker benötigten wir nur, um in größeren Räumen gehört zu werden.

Als sie mit der Besprechung der Details fertig waren, spielten sie ihr Konzertprogramm durch. Dann holten sie mich, um das Billy-Joel-Stück zu spielen. Meine Trompetensoli in den Jazzpassagen gelangen gut, nur Tobias hatte Mühe mit seinem Bass, was ihm eine Rüge von Krökel einbrachte. Tobias schwor, die ganze Nacht zu üben.

Später wurde der Mitschnitt vom Vormittag besprochen. Der Toningenieur machte sich Notizen dazu und schien guter Dinge. Dann spielten sie das ganze Set nochmals durch und waren danach voll des Lobes für den Mann am Mischpult.

Marion hatte schon vor Wochen drei ihrer Neffen gebeten, die Instrumente in den Goldenen Hirsch zu fahren und sie dort hinauf in den Saal zu schleppen. Um vierzehn Uhr startete der Soundcheck und gegen Ende spielten wir mehrmals die Zugabe durch, vor allem wegen Tobias, der seine Basslinien nun besser hinbekam.

Danach fuhren wir in Oswalds Haus, wo Marion und Lucia einen Imbiss zur Stärkung vor dem Konzert vorbereitet hatten. Als ich mit den anderen ins Haus zurückkam, eröffnete mir Marion, dass eine Edina im Wohnzimmer auf mich warte und sie es äußerst taktvoll von mir fände, meine alte Liebe hierher einzuladen.

„Sie ist nicht meine alte Liebe."

„Dann halt eine andere, umso schlimmer."

„Falsch, und außerdem habe ich sie nicht eingeladen."

„Wow, dann scheint es ja was Ernstes bei ihr zu sein."

Dass Marion sauer war, akzeptierte ich, aber durfte deshalb keine andere Frau mehr Trudlhausen betreten?

Ich ging zu Edina. Sie sah einmal mehr umwerfend gut aus und meinte, dass jene Frau, die sie hereingelassen hätte, wenig erfreut über ihr Auftauchen gewesen sei.

„Tut mir leid", sagte ich, verstimmt über Marion.

„Was ist los?", fragte sie.

„Entschuldige, der Tag war anstrengend, und ich bin etwas nervös."

„Doch hoffentlich wegen mir."

Ihre Direktheit machte mich sprachlos. Sie sah mich mit ihren schönen Augen an und lachte:

„Daniel, hör auf, deine schüchterne Tour nehme ich dir nicht mehr ab."

Sie gab mir einen Kuss auf die Wange und fragte:

„Wann beginnt das Konzert?"

„In zwei Stunden. Aber ich sollte jetzt zurück zu den anderen …"

„… kein Problem, ich muss sowieso erst mein Zimmer im Trudlhauser Hof beziehen. Wir sehen uns nachher im Hirschen."

Ich blickte ihr nach, wie sie das Haus verließ, diese Frau war unglaublich. Ich ging ins Esszimmer. Dort herrschte bereits Hochstimmung, um die Nervosität vor dem ersten Auftritt nach dreiunddreißig Jahren zu überdecken. Joe versuchte gerade, Oswald zu einem Joint zu überreden.

„Früher hättest du, vollgekifft bis oben hin, vor dem Auftritt nicht mal mehr unsere Namen gewusst und heute? Nimm dir ein Beispiel an den Jungs von der Tour de France, da herrscht noch der alte Geist!"

Schlagzeuger Krökel, der eben aus dem Garten kam und Joes Kommentar gehört hatte, wurde nervös:

„Joe, lass den Scheiß, zuletzt wirft er sich doch noch was ein. Wir sind keine zwanzig mehr."

Später machten wir uns auf den Weg zum Hirschen. Ich war gespannt, wer von den Dorfbewohnern auftauchen würde. Oswald hatte einen Hinweis im Dorfblatt veröffentlichen lassen, in dem auf das Konzert bei freiem Eintritt hingewiesen wurde. Ich glaube, dies bereute er inzwischen, zumal der Hirschenwirt sich anfangs geweigert hatte, ihm seinen Saal zu vermieten. Selbst Marions Drohung, dann in den Saal des Ochsen zu gehen, konnte den Wirt nicht umstimmen, denn er wusste, dass Oswald dies wegen der Leichtle und ihrem Ochsenwirt-Drama nicht wagen würde. Schließlich hatte es Marion dann doch noch geschafft, ihn zu überzeugen.

Der Saal war mit etwa dreißig jungen Dorfbewohnern gefüllt. Nach und nach trafen Musikerkollegen von Tobias und Krökel ein, die aus München und Landsheim angereist waren, um kritisch zuzuhören, damit bis zum Revivalkonzert im Sommer noch nachgebessert werden konnte. Zuletzt erschien Marions Sippe. Ihr Bruder, der Polizist, kam in Zivil und brachte neben Frau und Kindern auch seine junge Polizistenkollegin mit. Marion saß am Eingang und begrüßte jeden Besucher per Handschlag. Es gefiel ihr, was Oswald da im Dorf veranstaltete.

Kurz vor Beginn tauchte Edina auf. Ich entdeckte sie am Eingang, wo sie sich mit Marion unterhielt und sie sogar zum Lachen brachte. Keine Ahnung, welche Wunder Edina hier vollbrachte, jedenfalls blickte ihr Marion hinterher, als sie zu mir kam und mich zur Begrüßung umarmte. Sie trug alte Jeans mit Turnschuhen und einen

Wollpulli, so leger hatte ich sie noch nie gesehen. Sie bemerkte, wie ich sie ansah, und sagte:

„Bin ich etwa underdressed?"

„Nein, goldrichtig. Übrigens, was hast du eben so lange mit Marion gesprochen?"

„Frauensache", lächelte sie mich an.

Wir setzten uns nah an die Bühne. Der Hirschenwirt hatte die ersten zehn Reihen bestuhlt und dahinter Bänke und Tische aufgestellt, wo die Dorfjugend mit ihren Bierkrügen saß.

Es waren etwa hundert Zuhörer im Raum, der damit zur Hälfte gefüllt war.

Das Saallicht ging aus und die Bühnenbeleuchtung an. Marion, in enger Jeans und ihrem „No Area for farmers"-T-Shirt betrat die Bühne und kündigte *Divinity* als legendäre Band der siebziger Jahre an, selten habe Bayern solche Größen hervorgebracht. Auf den Bänken wurde gelacht und vorne applaudiert. Es käme einer Sensation gleich, das Revival dieser Band hier in Trudlhausen erleben zu dürfen. Dies bedeute zwar, Perlen vor die Säue zu werfen, aber … sie hielt inne, doch es regte sich nirgends Widerstand, und rief nun ins Mikrophon:

„Hey, Trudlhauser, wo habt ihr eure Eier?"

Endlich folgten Beschimpfungen in ihre Richtung und zufrieden schrie Marion ins Mikro:

„Bühne frei für die göttlichen *Divinity*!!"

Es gab Applaus von den vorderen Reihen, wo die befreundeten Musiker saßen, während die Dorfjugend von weiter hinten nur spöttisch grinste. Dazwischen saß klatschend Marions Clan und schämte sich für ihre Ansage.

Auch wenn der Auftritt lediglich eine Generalprobe sein sollte, schien mir die Atmosphäre ungeeignet für ein ernsthaftes Konzert und Marions Auftakt machte daran nichts besser. Doch nun erschienen Oswald, Joe, Tobias und Krökel und die Lichtanlage tauchte mit Beginn des ersten Stücks die Bühne in farbiges Licht.

Anfangs gab es Probleme mit der Abmischung, mal war Joes Gesang zu leise, mal der Bass zu laut, doch der Mann am Mischpult hatte rasch alles im Griff. Sie spielten ihr Programm zügig durch, zwischen den Stücken gab es Applaus von der vorderen *Divinity*-Fraktion, Marions Familie klatschte verhalten und hinten wurde getrunken und gelästert.

Edina saß während des Konzerts neben mir. Bei einer ruhigen Passage nahm sie meine Hand und drückte sie fest. Es gefiel mir, so eine schöne Frau an meiner Seite zu haben.

Divinity beendeten ihr letztes Stück und vorne wurde lautstark nach einer Zugabe gerufen. Ich zwinkerte Edina zu und verschwand hinter der Bühne, wo Oswald und die anderen schon auf mich warteten, um dann für die Zugabe zurück auf die Bühne zu gehen. Dort tauchte plötzlich Marion neben mir auf, legte ihren Arm um mich und nahm das Mikrophon:

„Hallo Trudlhauser, hier nun die nächste Perle für euch. Daniel Straßburger, Bayerns führender Jazztrompeter, den ihr einst für eure jämmerliche Blaskapelle anwerben wolltet, zeigt euch nun, wie man wirklich klasse bläst!"

Von hinten kamen Buhrufe und in die Luft gestreckte Mittelfinger, Marions Geschwister starrten entsetzt zur Bühne, während die Neffen und Nichten johlten. Ich fand, Marion übertrieb es mit ihren Beschimpfungen. Sie lächelte, der Aufruhr gefiel ihr. Wir wollten eben zu spielen beginnen, da kam hinten Bewegung auf und die Dorfjugend entrollte ein Transparent, dessen Aufschrift man im Halbdunkel kaum lesen konnte. Da ging das Saallicht an und Oswald, der mit umgehängter Gitarre neben mir stand, grinste breit, während er auf den Schriftzug zeigte.

Wäre Oswald nicht auf der Bühne,
es gäbe dort keinen einzigen Idioten.

Er nahm das Mikrophon und rief der Dorfjugend zu:

„O. k. Jungs, klasse Retourkutsche, damit steht es eins zu eins."

Krökel gab ungeduldig das Zeichen für die Zugabe. Der Zwischenfall hatte die Stimmung im Saal angeheizt, entsprechend gut spielten wir den Billy-Joel-Song. Für meine Trompetensoli erhielt ich viel Applaus und danach wurde eine weitere Zugabe gefordert. Doch Joe und Oswald entschieden, es dabei zu belassen.

Das Saallicht ging erneut an und der Hirschenwirt öffnete die Trennwand zum Nebenraum, wo ein Büffet angerichtet war. Oswald lud alle Anwesenden ein und ging danach zu den Tischen der Dorfjugend. Das Transparent habe ihm gefallen, doch sei weiter ungeklärt, wie viele Nicht-Idioten es nun tatsächlich im Dorf gäbe. Er kam damit nicht sonderlich gut an, die meisten schnappten sich einige Flaschen Bier vom Büffet und verschwanden. Übrig blieben die Musikerfreunde und Marions Familie, die etwas Abstand hielt.

Edina empfing mich und gab mir einen Kuss.
„Das ist für Bayerns führenden Jazztrompeter!"
„Marion redet Quatsch."
Sie lachte und legte mir ihre Arme auf die Schultern:
„Gut, dann für Europas führenden Jazztrompeter."
Es folgte ein weiterer Kuss. Ich befürchte, das war der Augenblick, in dem sich Edina gegenüber etwas veränderte. Eine Musikerseele ist für ein derartiges Lob höchst empfänglich und der Kuss verstärkte dies noch. Ich sagte:
„Von Musik hast du keine Ahnung, aber in den Himmel loben kannst du."
Dann zog ich sie zum Büffet, wo Marions Familie bereits deutliche Spuren hinterlassen hatte. Am Ausgang des Saales fiel mir eine ältere, dunkel gekleidete Frau auf, mit der sich Joe gerade stritt. Sie schien ihn besänftigen zu wollen, doch er wirkte aufgebracht. Zum Abschied ließ er sich widerwillig umarmen, dann verschwand die Frau

durch die Tür. Joe verdrehte seine Augen und ging zurück an den Musikertisch.

Irgendwann traf ich auf Marion, die sich mit Lucia um das Büffet kümmerte. Ihr Tonfall war überraschend milde:

„Diese Edina ist übrigens ganz nett. Aber da war doch auch noch deine alte Liebe? Daniel, ich verliere allmählich den Überblick bei dir."

Damit wandte sie sich wieder Lucia und den Wurst- und Salatplatten zu. Ich war mir sicher, dass ihre Milde nicht lange anhalten würde.

Die meisten tranken Bier, obwohl Oswald auch Wein bei mir geordert hatte, an den Edina und ich uns nun hielten. Es wurde ein trinkfreudiger Abend, auch bei mir. Um halb drei waren außer Edina, Marion, Lucia und mir nur noch Oswalds Band und einige der befreundeten Musiker anwesend. Es wurde weiter getrunken und gelacht, noch nie habe ich Oswald so ausgelassen erlebt. Er redete den Abend über so viel wie sonst in einem Jahrzehnt.

Krökel erzählte Interna aus der fleischverarbeitenden Industrie und machte sich lustig über statistische Erhebungen von Marktforschern, die mit ihren schwachsinnigen Umfragen für die Fleischerinnung ein Vermögen absahnten.

„Da gab es mal eine Erhebung über den Fleischkonsum verschiedener Berufsgruppen. Eines der Ergebnisse war, dass jeder zweite Metzger angab, noch nie mit Fleisch in Berührung gekommen zu sein."

Er lachte mit tränennassen Augen vor sich hin.

„Ähnliches dürfte sich bei den Weinhändlern in Bezug auf Alkohol ergeben."

Keine Ahnung, von wem das kam, vermutlich von Oswald, es war jedenfalls einer meiner letzten Eindrücke dieser Nacht, danach konnte ich mich an nichts mehr erinnern.

Zölibatäre Bettflucht

Am nächsten Morgen erwachte ich in einem Hotelbett, was ich am Schriftzug des *Trudlhauser Hof*s an der Minibartüre erkannte.

Ich spürte eine Bewegung der Matratze und tastete vorsichtig zur Seite, von wo eine schläfrige Stimme ertönte:

„Bevor du mich verwechselst, ich heiße Edina und habe dich keineswegs abgeschleppt, eher das Gegenteil, du verstehst?"

Ich verstand überhaupt nichts.

„Welches Gegenteil?", fragte ich.

Sie lachte und ich drehte mich zu ihr um. Nun fiel mir auf, dass wir beide nackt waren. Meine Verwirrung erheiterte sie, was mich noch mehr durcheinanderbrachte.

„Ich hatte mir vorgenommen, alleine in meinem Bett bei Oswald zu übernachten."

„Davon habe ich nichts gemerkt", lachte Edina, „kannst du dich überhaupt noch an etwas erinnern?"

Mir wurde heiß. Das letzte halbwegs klare Bild betraf Krökels Witze über statistische Erhebungen. Danach landete ich wohl mit Edina hier im Hotel und nackt, wie wir waren, hatten wir vermutlich miteinander geschlafen, woran mir aber jede Erinnerung fehlte.

„Schade, dann ist dir so einiges entgangen!", schwärmte Edina.

„Nein, ja, doch, ich weiß schon noch, das mit uns war wunderschön."

Sie lachte und setzte sich auf, ihre Brüste gefielen mir.

„Was soll da wunderschön gewesen sein? Der Taxifahrer half mir, dich ins Zimmer zu bringen, und als ich dich auszog, hast du bereits geschlafen. Es war wirklich eine wilde Nacht mit dir, du lagst leblos neben mir und hast ständig geschnarcht."

Ich versank in Scham, mein letzter Filmriss war mindestens zwanzig Jahre her. Immerhin sprach der Umstand, dass ich keine Kopfschmerzen hatte, für die Qualität meines Weins. Doch dies half mir nun auch nicht weiter.

„Entschuldige, Edina, das ist mir alles ziemlich peinlich."

Dass sie mir am Vorabend sehr nahe war, wusste ich noch. Doch ich hatte nicht die geringste Lust auf Komplikationen, die sich ergaben, wenn ich mit Edina etwas anfangen würde. Sie lächelte mich an:

„Das einzig Peinliche war deine Unterwäsche. Hat dir diese Marion eigentlich nie gesagt, dass es da auch was Schickes gibt?"

Darauf wusste ich nichts zu erwidern und war erst mal beruhigt, wie locker sie alles nahm. Schließlich wagte ich ein Resümee:

„Ich war vollkommen daneben diese Nacht."

„Ach, das bin ich auch ständig, vielleicht passen wir deshalb gar nicht schlecht zusammen."

Etwas in mir begann Alarm zu schlagen, und als Edina sich zu mir herunterbeugte, kam ich ihrem absehbaren Kuss zuvor und glitt seitlich aus dem Bett.

„Entschuldige Edina, aber ich kann nicht, tut mir leid", stammelte ich.

Sie schwieg, starrte mich an und sagte schließlich:

„Mir auch."

Ich begann, mich anzuziehen, während Edina sitzen blieb und mir zusah. Ihr Blick war schwer zu deuten, irgendwo zwischen verletzter Eitelkeit und Spott. Nun sagte sie nachdenklich:

„Daniel, ohne deine Geschichte mit Sara hätte ich dich nie kennengelernt. Dass du jetzt an sie denkst, muss ich wohl hinnehmen. Trotzdem wäre es jetzt schön gewesen, wer weiß, ob und wann wir uns wieder treffen."

Einmal mehr bewunderte ich ihre Art, die richtigen Worte zu finden. Sie ergänzte:

„Und jetzt gehst du besser."

Ich verließ das Hotelzimmer und bemerkte nun erst, wie müde und zerschlagen ich war. So bestellte ich an der Bar im Erdgeschoss, wo um diese Zeit noch wenig los war, einen doppelten Espresso. Bei der Frage nach meiner Zimmernummer legte ich wortlos einen Fünf-Euro-Schein auf die Theke. Versunken in mein Elend, trank ich die übelschmeckende Trudlhauser Brühe, als eine Frau, die zwei Barhocker weiter saß, mich ansprach:

„Die Billy-Joel-Nummer hast du gut hingekriegt, Respekt. Joe ist begeistert von dir."

Ich sah zu ihr hinüber und erkannte sie als jene Frau, die Joe gestern nach dem Konzert verabschiedet hatte. Sie nahm ihren Kaffee und setzte sich zu mir. Ich schätzte sie auf etwa sechzig, sie war ungeschminkt und hatte ein interessantes Gesicht.

„Warum sind Sie nach dem Konzert nicht geblieben?", fragte ich, obwohl es mich eigentlich nicht interessierte.

„Ich war müde."

„Sie sind Joes Frau?"

„Wir sind nicht verheiratet, aber schon seit Ewigkeiten zusammen, insofern man mit ihm überhaupt zusammen sein kann."

Sie nippte an ihrem Kaffee und betrachtete mich.

„Und du bist der Neffe von Oswald, dem Gitarristen."

„Stimmt, kennen Sie ihn?"

„Wie geht es ihm?", ignorierte sie meine Frage.

„Ich vermute gut."

„Und nirgends eine Frau, die es mit ihm aushält?"

„Nein, außer seiner Haushälterin, aber die muss *er* aushalten."

„Schade."

Sie trank aus und glitt elegant von ihrem Barhocker:

„Weiter so mit der Trompete, das machst du wirklich gut."

Damit verließ sie die Bar und ich sah ihr nach, wie sie im Aufzug verschwand.

Ich machte mich auf den Weg zu Oswalds Haus. Sofort war mir Edina wieder präsent, wie sie eben noch neben mir lag. Ein Dasein ohne Komplikationen verlangt hohe Opferbereitschaft und Verzicht auf Dinge, die einem das Leben, momentan in Form von Edina, zu schenken bereit war. Joe wären solche Erwägungen sicherlich fremd gewesen, er ließ wohl nichts aus, was sich ihm bot. Vielleicht suchte er Komplikationen sogar, um sie als Rohmaterial für seine Krimis – oder was er sonst noch so trieb – auszuschlachten. Mich hingegen lähmten Konflikte aller Art. Etwas Trost gab mir der Gedanke, dass Sara einen Typen wie Joe keines Blickes würdigen würde.

Aus einer Seitengasse tauchte ein mir bekanntes Gesicht auf, vermutlich eine Schwester oder Schwägerin von Marion, sie grüßte mich scheu.

Ich grübelte weiter über die verpassten Gelegenheiten in meinem Leben. Vielleicht sollte ich meinen Hang zur Monogamie als Spätfolge meines ehelichen Totalschadens ansehen? Jedenfalls war meine lädierte Persönlichkeit einer intimen Begegnung mit Edina nicht gewachsen. Oder praktizierte ich etwa vorauseilende Treue? Und wenn es noch Jahre dauerte, bis Sara und ich wieder zusammenfinden würden? War ich noch zu retten, einer Frau wie Edina einen Korb zu geben?

Zum Glück kam nun Oswalds Haus in Sicht, mein Rettungsanker am Rande von Trudlhausen.

Dort herrschte bereits reges Treiben, Marion und Lucia hatten weit über zwanzig Leute zu versorgen und ein großes Frühstücksbüffet angerichtet. Ich wurde lebhaft begrüßt, während im Hintergrund eine Langspielplatte von *Divinity* lief und man über deren Wiederauferstehung diskutierte. Insgesamt herrschte die Ansicht, dass das geplante Revivalkonzert ein unrentables, aber überzeugendes Projekt sei. Ich holte mir bei Marion einen Kaffee und ignorierte ihre Frage, wie die Nacht mit Edina gewesen sei. Stattdessen stürzte ich mich in die Menge, wo weiter über Rockmusik gefachsimpelt wurde und meine exotische Meinung als Jazzer für Erheiterung sorgte.

Am Nachmittag waren schließlich alle abgereist, nachdem man zuvor versucht hatte, Joe zu erreichen. Dass er nicht mehr bei Oswald auftauchte, sorgte für Verwunderung, man vermutete eine Frauengeschichte dahinter. Schließlich ging ich ins Gästezimmer, um meine Sachen zu packen. Beim Abschied umarmte Oswald mich und bedankte sich für alles. Das tat mir gut.

Ich berichtete ihm von Joes Freundin im Trudlhauser Hof. Er zuckte mit den Schultern und meinte, dass Joe nicht mehr aufgetaucht sei, habe nichts zu bedeuten, so sei er nun mal, egal ob er mit seiner Freundin oder irgendeiner Dorfmagd zugange gewesen sei. Warum ich im Hotel übernachtet hatte, schien Oswald nicht zu interessieren. Er war mit seinen Gedanken woanders, worum ich ihn beneidete, mein Kopf war ausschließlich bei Edina und Sara.

Ich fuhr zurück nach Landsheim. Auf dem Weg begann es zu schneien und ich erhoffte nichts anderes als einen komplikationslosen Alltag.

Im Süden – Der schwarze Bikini

Der März begann ungewöhnlich mild, doch die Hoffnung auf einen Jahrhundertsommer endete jäh mit einem April voller Schnee und Matsch, was sich noch bis in den Mai hineinzog. Mir war es gleichgültig, da sonst alles gut lief. Wir hatten Auftritte mit dem Jazzquartett, Oswald zeigte sich zufrieden mit den Vorbereitungen für das Landsheimer Konzert und Marion akzeptierte klaglos das Aussetzen unserer Treffen. Zudem gab es keinerlei Lebenszeichen von Edina. Mit Sara hingegen telefonierte ich regelmäßig, wir verstanden uns gut, doch hielt sich seit Straßburg eine vage Irritation zwischen uns, weswegen keiner ein weiteres Treffen vorzuschlagen wagte. Ich vermisste sie trotzdem und erfreute mich während unserer Telefonate an ihrer Stimme. Es waren drei wunderbar ereignislose Monate für mich.

Der einzig erwähnenswerte Vorfall betraf meine Degustationsrunde, die sich einem Neuzugangswunsch ausgesetzt sah, was für helle Aufregung sorgte. Die Runde erbat sich Bedenkzeit, legte einen Samstag fest, an dem das Problem angegangen werden würde und war sich einig, den Belastungen einer solchen Diskussion frühestens ab der vierten Flasche gewachsen zu sein. Man hatte sich hierfür auf einen schweren Rioja geeinigt, der nun auf die Gläser verteilt wurde.

„Wir bräuchten eine klare Satzung mit strikten Aufnah-mekriterien. Je unüberwindbarer, desto besser", eröffnete Stadtkämmerer Müller.

„Ihren Verwaltungsscheiß können wir uns sparen", ver-warf Naturschützer Runkelbach sogleich Müllers Idee, „wir lassen die Dame zwei Samstage mitmachen und ent-scheiden dann aus dem Bauch heraus."

„Wer ist sie überhaupt?", erkundigte sich Lehrerin Bain-der bei Runkelbach.

„Sie heißt Ilse Hartmann, Ende Vierzig und Vertriebs-leiterin bei Grosch."

„Die Reinigungsmittelfirma?", fragte sie nach und Run-kelbach nickte. Schorsch, mein Künstlerfreund, zeigte sich skeptisch:

„Ich habe keine Lust, Rücksicht nehmen zu müssen, nur um ihr nicht auf den Schlips, oder was auch immer sie trägt, zu treten. Andererseits meint Daniel, in seinem La-den dürfe jeder zur Weinprobe erscheinen. Diese Anfrage sei nun mal in der Welt und er weigere sich, die Dame monatelang zu vertrösten."

Runkelbach warf ein:

„Ehrlich gesagt, wer sich *uns* freiwillig anschließen will, kann nicht normal sein. Das macht sie, bei aller Skepsis, nicht ganz uninteressant."

„Also eine zweite Frau fände ich nicht schlecht", befand Lehrerin Bainder.

Runkelbach schüttelte den Kopf:

„Allein auf deren Charakter kommt es an, sonst ist der Samstag für uns gelaufen. Die Chemie muss stimmen."

„Dies dürfte in ihrer Reinigungsmittelbranche gewährleistet sein", witzelte Schorsch.

„Zuletzt klagt sie sich via Frauenquote bei uns ein, das hatten wir letztens im Bauamt, dort wird seither nur noch gemauert statt gebaut", versuchte Müller mit Blick auf Frau Bainder ein stadtinternes Bonmot zu platzieren.

Diese hatte ihr Glas mit dem tiefroten Wein bereits geleert, schenkte sich erneut nach und trank auch dieses zügig aus. Kämmerer Müller kannte ihre Vorliebe für gehaltvolle Riojas und war überzeugt, dass sie damit in Kürze ihren kritischen Pegelstand überschreiten würde.

„Müller", sagte sie nun, „Sie kapieren keine Ahnung von der Materie. Frauenquote ist passiert."

„Sagen Sie das den Gerichten, werte Frau Bainder, aber besser nüchtern", triumphierte Müller angesichts seiner exakten Sprachausfallprognose.

Runkelbach zeigte sich derweil besorgt:

„Ehrlich gesagt, ihr Posten als Vertriebsleiterin liegt mir im Magen. Diese Frau steht dort ihren Mann und heißt wahrscheinlich nicht umsonst *Hartmann*. Was gibt es mit so einer für Themen? Sollen wir über die Problematik von Pilzbefall in Feuchtgebieten diskutieren?"

Während Frau Bainder noch zu erwägen schien, den letzten Satz als sexistisch zu monieren, gab sich Schorsch liberal:

„Hey Runkelbach, wir vier passen doch auch nicht zusammen: Stadtverwaltung, Schule, Naturschutz und Weltkunst. Was soll da noch schlimmer werden?"

Müller pflichtete bei:

„Multikulti ist noch immer politisch korrekt, stimmt's, Frau Bainder?"

„Ausnahmsweise gebe ich Ihnen rechts."

Schorsch wagte sich vor:

„Sie soll nächsten Samstag kommen, eine Art Vorstellungstrinken, und dann sehen wir weiter."

„Unverbindlich und ohne Rechtsanspruch, das sollten wir ihr schriftlich mitteilen", gab Müller zu bedenken.

„Und wer schreibt ihr?"

Alle sahen auf Frau Bainder, die sofort zusagte.

„Darauf sollten wir eine neue Flasche öffnen. Herr Straßburger, Nachschub bitte!", rief sie mir fröhlich zu.

Ich hatte die ganze Zeit mit einem Ohr zugehört und ging nun nach hinten, wo man mir das Prozedere umständlich erläuterte. Ich behielt mir als Hausherr die letzte Entscheidung vor, was sie murrend hinnahmen. Dabei konnte ich es gut verstehen, auch sie versuchten nur, Komplikationen aus dem Weg zu gehen.

Anfang Mai kündigte sich Oswald bei mir an und brachte Plakate, Eintrittskarten und Werbematerial. Joe hatte das Plakat gestaltet und Oswald Werbeflächen gemietet, zudem wurden Anzeigen in einschlägigen Musikerzeitschriften und Tageszeitungen geordert. Oswald investierte einiges an Geld und endlos Zeit. Bassist Tobias, mit seinem Tonstudio sowieso im Internet aktiv, bewarb das Konzert in den sozialen Netzwerken. Ein Redakteur des Landsheimer Boten, den Oswald von früher her kannte, riet ihm zum Online-Vorverkauf, den er über die Zeitung anbieten könne. Oswald stimmte zu, was meinen Kartenverkauf im Laden reduzieren würde.

Einige Tage später, ich schloss gerade meinen Laden auf, läutete mein Handy. Es war Sara.

„Daniel, stell dir vor, mein Ex-Mann nimmt in den Pfingstferien Marie mit nach Mallorca, sein erster Urlaub mit ihr seit fünf Jahren. Sie ist total aus dem Häuschen und ich habe dadurch zwei Wochen Zeit. Wollen wir gemeinsam wegfahren? Vielleicht wissen wir danach, wie es mit uns weitergeht."

Ich war überrascht über ihren Vorschlag und willigte sofort ein. Sie freute sich, gab aber zu, seit Tagen abzuwägen, ob sie mich fragen solle. Sie habe den Eindruck, mein Interesse an ihr habe nachgelassen, da ich kein weiteres Treffen mehr vorgeschlagen hätte.

„Von dir kam aber auch nichts", wandte ich ein.

„Kannst du dir nicht denken, warum? So schrecklich kompliziert, wie ich in Straßburg war."

Saras Eingeständnis erstaunte mich, ich hatte nicht erwartet, dass ihr damaliges Stimmungstief sie noch immer beschäftigte. Ich sagte:

„Aber wir sollten eine Gegend wählen, wo es nicht die ganze Zeit regnet."

Sie lachte:

„Danke, das war deutlich! Aber kannst du das mit deinem Geschäft organisieren, es sind nur noch vier Wochen bis dahin?"

Zusammen mit dem beginnenden Kartenvorverkauf war es tatsächlich nicht einfach, doch ich würde eine Lösung finden.

„Das klappt. Wohin sollen wir fahren?"

„Darf ich etwas vorschlagen? Ich habe eine französische Studienfreundin, sie wohnt in Avignon und ihre Familie hat in der Gegend ein Ferienhaus. Vorgestern habe ich sie angerufen, es sei frei, da sie nicht mehr offiziell vermieten."

„Das hört sich gut an."

„Finde ich auch. Dort können wir unser missglücktes Straßburg wieder gutmachen."

Spontan berichtete ich ihr nun, wie erschöpft ich damals nach ihrer Abreise in dem Bahnhofscafé saß und mich steinalt fühlte.

„Das tut mir leid. Auch mir ging es elend, weil ich dachte, alles verdorben zu haben. Ich verlor jede Hoffnung, dass du es mit mir und meiner Kompliziertheit jemals aushalten könntest. Und als du bei den nächsten Telefonaten so distanziert warst, dachte ich, du bist zwar höflich, aber ansonsten ist wohl es gelaufen mit uns."

Sie zögerte kurz und fügte hinzu:

„Mir war, als hätte ich dich schon verloren."

Diese Worte gingen mir durch und durch.

„Daniel, bist du noch dran?"

„Und wie", antwortete ich.

„Alles in Ordnung?"

„Ja, Sara, und bei aller Ernüchterung in Straßburg, bin ich mir immer noch sicher, dass unsere Zeit kommen wird."

Jetzt schwieg Sara, was ich als gutes Zeichen deutete. Ich hörte sie Luft holen, ehe sie weitersprach.

„Ich sehe alles nicht mehr so düster und vielleicht werde ich sogar weniger kompliziert. Du musst Geduld haben."

Es gefiel mir, wie zuversichtlich sie klang, und ich erwiderte:

„Im Grunde bin ich genauso kompliziert und viel mehr noch, nämlich total gestört."

Sara lachte:

„Aber genau so mag ich dich!"

„Auf eine meiner Macken muss ich dich gleich vorbereiten."

Ich fragte Sara, wie lange sie im Urlaub schlafe. Sie nannte eine Uhrzeit, zu der ich für gewöhnlich schon wieder müde wurde, und so weihte ich sie in mein notorisches Frühaufstehen ein, was zur Folge habe, dass unsere Zeit-Energie-Achsen über den Tag betrachtet höchst unterschiedlich gekrümmt seien.

„Das hört sich gar nicht gut an. Was schlägst du vor?", fragte sie.

„Ich werde mein Rennrad mitnehmen, um morgens die Gegend zu erkunden. Dann dusche ich und lege mich mittags zurück zu dir ins Bett, was einer Entkrümmung unserer Achsen gleichkäme."

„Genial, damit wäre auch geklärt, wer die Croissants zum Frühstück holt."

„Ist ein Frühstück am Nachmittag noch ein Frühstück?"

„Achsenkrümmungstechnisch auf jeden Fall."

Dies war, soweit ich mich entsinnen konnte, Saras erster Witz in meiner Gegenwart, das Herz ging mir auf.

„Übrigens", fügte sie hinzu, „sind Achsen niemals gekrümmt, sonst wären es Kurven. Das weiß ich von Maries Mathematikaufgaben."

Wir beendeten das Gespräch in ausgelassener Stimmung. Wenn kein Atlantiktief dazwischenkam, würden das zwei gute Wochen werden.

Nach dem Telefonat saß ich in meinem Laden und konnte kaum fassen, was sich da vor mir auftat: Urlaub mit einer Sara, die mich schon verloren geglaubt hatte und sich damit nicht abfinden wollte. Zehn Monate nach meinem Schreibkurs-Abenteuer schien mir Sara näher denn je, unsere Zeit im Süden würde dies hoffentlich noch steigern.

Ich nahm das Telefon und verabredete mich mit Schorsch in unserem Stammcafé. Dort erwies sich mein Künstlerfreund als Segen, er hörte mir über eine halbe

Stunde lang zu, fragte nicht viel und meinte schließlich, Sara sei die schönste Frau, die jemals meinen Laden betreten habe, da könne er es sogar hinnehmen, als Bibelkreisbesucher diffamiert zu werden. Ich solle diesen Urlaub bloß nicht vermasseln, er sehe blendende Zeiten auf mich zukommen, auch wenn damit noch weniger Interesse an dem Akku-Dosenöffner-Projekt bleibe. Und falls Sara Lust habe, ihm Modell zu sitzen, würde es ihn reizen, sie zu porträtieren, natürlich bekleidet, für Aktmalerei sei er wegen seiner Fleischereiaufträge inzwischen versaut, im Grunde ein Jammer. Übergangslos berichtete er nun von Kontakten in die Schweiz, wo man derzeit vegane Katzennahrung im Hochpreissegment entwickle und das Verpackungsdesign bei ihm nachgefragt habe. Meine Frage, ob Nestlé dahinterstecke, bejahte er mit strahlendem Blick. Ich gratulierte ihm und meinte, auch ich sähe blendende Zeiten auf ihn zukommen, solange Naturschützer Runkelbach nichts davon erfahre, für den Nestlé auf Platz eins aller Übeltäter dieser Welt stehe. Er grinste mich an, bezahlte unsere beiden Kaffees und fuhr mich mit seinem SUV zurück zum Laden.

Vier Wochen später holte ich Sara morgens mit meinem Auto ab. In ihrer Wohnung traf ich sie alleine an, da ihre Tochter bereits auf Mallorca war und ihr Hausfreund nach einer langen Nacht in seinem Restaurant noch schlief. Sara sah umwerfend aus und ihre Wohnung gefiel mir auf Anhieb. Ich trug drei Koffer und einen Trolley im Schrank-format nach unten, verstaute alles im Auto und fragte, ob sie auch ihre Möbel mitnehmen wolle, da sie ja offensicht-lich ausziehe. Sie gestand, allein elf Paar Schuhe dabei zu haben, vor dem Schuhschrank stehend erleide sie regel-mäßig Kontrollverlust. Saras zweiter Witz, der Urlaub fing wirklich gut an. Zum Glück hatte ich das Fahrrad auf dem Dach, so blieb genug Platz für ihr Gepäck.

Auf der Fahrt redeten wir wenig und lächelten uns im-mer wieder zu. Mit jedem Kilometer, den wir uns von der deutschen Grenze entfernten, wirkte Sara entspannter. Die Aussicht, unsere Nächte gemeinsam zu verbringen, ließ eine Intimität aufkommen, die an unsere Studienzei-ten erinnerte, vielleicht dachte auch sie daran. Als ich beim Tanken in einer Raststätte vom Bezahlen zurückkam, stieg sie aus und umarmte mich lange, bis ein wartendes Auto hinter uns zu hupen begann. Wir fuhren weiter und sie legte ihre Hand in meinen Nacken. Diese Fahrt hätte ein ganzes Leben dauern können.

Auf halbem Weg übernachteten wir in einem Hotel bei Brancion. Es lag auf einer Anhöhe mit Blick über die sanft geschwungenen Burgunder Hügel. Auf dem Parkplatz blieben wir erst mal im Auto sitzen und bewunderten lange die Aussicht, bis sie irgendwann ausstieg, sich streckte und mir dabei einen Blick zuwarf, dessen Beson-derheit ich nach all den Jahren schon fast vergessen hatte.

Sie signalisierte, ich solle aussteigen, doch ich betrachtete sie lieber, wie sie dort stand in ihrer dunkelblauen Leinenhose samt weißem T-Shirt und eine Lebensfreude verströmte, die in Straßburg undenkbar gewesen wäre.

Wir gingen zur Rezeption und danach auf unser Zimmer, wo es im Gegensatz zu der brütenden Hitze draußen angenehm kühl war. Doch Sara schaltete als Erstes die Klimaanlage aus und öffnete die Balkontür.

„Frierst du noch immer so schnell?", fragte ich.

Sie nickte mir zu und sah sich um:

„Lange her, wir zwei in einem Hotelzimmer."

„Unerträglich lange", stimmte ich ihr zu, „gibt es unsere alte Pension von damals eigentlich noch?"

„Nein, der ganze Komplex wurde abgerissen, da steht nun ein Einkaufszentrum."

„Warst du nochmal dort?"

„Es hat Jahre gedauert, bis ich mich wieder hinwagte. Ich war schwanger und mitten in den Hochzeitsvorbereitungen ging ich hin und saß eine Stunde lang in unserem Zimmer. Das hat geholfen, ab dem Zeitpunkt kamst du mir nicht mehr ständig in den Sinn."

Nun verschwand sie im Bad und ich ging auf den Balkon, wo mir die Hitze entgegenschlug. In der Ferne erkannte man eine zerfallene Festung auf einem Hügel und weiter nördlich begannen die legendären Burgunder Weinanbaugebiete, welche ich von der Autobahn aus bereits gesehen hatte. Bei meinen Winzerbesuchen in der

Gegend hatte immer nur der Wein im Mittelpunkt gestanden, nun war es Sara.

Zurück im Zimmer packte ich meine Sachen aus. Irgendwann kam Sara mit feuchten Haaren aus dem Bad und zog eine Duftwolke hinter sich her. Im Bademantel und mit einer Haarbürste in der Hand ging sie lächelnd auf den Balkon. Auch mir war nach der langen Fahrt nach Erfrischung. Als ich aus dem Bad kam, lag sie nackt im Bett und ich legte mich zu ihr. Wir hatten alle Zeit der Welt, uns wiederzuentdecken.

Es dämmerte schon, als ich erwachte. Wir mussten eingeschlafen sein, so entspannt, wie wir waren. Die Balkontüre stand offen und im Zimmer war es mittlerweile genauso heiß wie draußen. Ich betrachtete Sara, wie sie auf dem Rücken lag, ein Arm über dem Kopf, ihr Halsansatz mit den vom Schweiß verklebten Haarsträhnen, meine bevorzugte Stelle, die ich nun wieder bewundern konnte, wie überhaupt ihren ganzen schönen Körper, der wegen der Hitze fast vollständig aufgedeckt war. Dass Sara wirklich neben mir lag, glich einem Wunder, und plötzlich kamen mir die Jahre mit Marion traurig vor, auch wenn mir durch sie das Elend bezahlter Stunden erspart geblieben war. Nichts hoffte ich mehr, als dass diese Zeit vorüber war. Irgendwann öffnete Sara ihre Augen, zog mich zu sich und wir liebten uns ein weiteres Mal.

Im Garten des Hotelrestaurants flackerten die auf den Tischen verteilten Kerzen in der aufkommenden Abendbrise und die Hitze wurde erträglicher. Sara legte sich ihren Pullover um die Schultern und wir setzten uns an einen der Tische, während sich am Himmel eine klare Sternennacht ankündigte. Nur gelegentlich hörte man aus der Ferne fahrende Autos und vereinzeltes Hundegebell.

Ein junger Kellner brachte uns die Speisekarten und wir einigten uns auf ein gemeinsames Menü. Während der Kellner geduldig am Tisch wartete, studierte ich die umfangreiche Weinkarte. Ich hatte knapp die Hälfte durch, als Sara feststellte, dass ihre Schuhschrankmacke dem gleiche, was sich bei mir vor der Weinkarte abspiele. Während sie bedauernd auf mich deutete, fragte sie den Kellner scherzhaft, wann die Küche schließe, woraufhin der junge Mann verschwand, um sich zu erkundigen.

„Deinen Spaß hat er wohl nicht verstanden", murmelte ich ihr zu.

„Tut mir leid, das merke ich auch gerade. "

Ich war eben bei der letzten Seite angelangt, als der Kellner zurückkehrte und erklärte, die Küche schließe in der Regel erst, wenn alle Gäste zufrieden seien. Ich nickte ihm freundlich zu und bestellte. Mit einer Verbeugung entfernte er sich wieder.

„Klasse Restaurant", sagte ich.

„Und ein klasse erster Tag", ergänzte Sara.

Dann fragte sie mich fast den ganzen Abend über mein Geschäft aus und überraschte mich dabei mit kaufmännischen Kenntnissen, die sie sich als Freiberuflerin mühselig hatte beibringen müssen. Das Essen umfasste vier Gänge und es wurde fast Mitternacht, bis wir aufs Zimmer gingen, gesättigt vom Menü, aber hungrig auf uns. Bis wir einschliefen, dämmerte es draußen bereits.

Ich erwachte ungewöhnlich spät. Die Sonne schien durch die zugezogenen Vorhänge, deren Farbe das Zimmer in ein unwirkliches Licht tauchte. Sara schlief noch. Der Beginn unseres Urlaubs hätte nicht vielversprechender sein können.

Nach dem Frühstück fuhren wir weiter südwärts. Im Auto wurde die Außentemperatur mit sechsunddreißig Grad angezeigt, da gerieten wir bei Lyon in einen Stau. Sara bat, die Klimaanlage einzuschalten, selbst ihr wurde es nun zu heiß. Hinter Lyon lief der Verkehr wieder flüssiger, so dass wir am frühen Abend Eygalières erreichten. Das Anwesen lag am Dorfrand und bot einen grandiosen Blick auf die nahen Alpillen, diesem mitten in der Landschaft stehenden Gebirgszug im Miniformat.

Schnell fand Sara den Stein, unter dem der Schlüssel für das schmiedeeiserne Tor lag, welches sich quietschend öffnete. Ich fuhr das Auto auf dem Kiesweg zum Haus, während Sara durch das mit Lavendel und Olivenbäumen bepflanzte Grundstück lief. Die hellblauen Fensterläden des Steinhauses waren verschlossen. Von außen wirkte alles freundlich und einladend, umso gespannter waren wir auf die Innenräume. Ich schloss die Eingangstür auf und wir traten in die Dunkelheit. Es roch muffig, vermutlich war längere Zeit nicht gelüftet worden. Da der Strom noch abgeschaltet war, holte ich die Taschenlampe aus dem Auto und öffnete dann die Fensterläden, die Sara von außen fixierte, damit sie dem Mistral, dessen Böen jederzeit einsetzen konnten, standhielten.

Im Tageslicht zeigte sich nun das düstere Ambiente des Hauses. Die Räume wirkten durch die Deckenbalken aus Eichenholz bedrückend, an den Fenstern hingen schwere mittelalterlich anmutende Vorhänge, die zu den Polstermöbeln passten, deren Bezüge ein undefinierbares Muster aufwiesen, alles im Haus war in einem deprimierenden Graubraun gehalten, selbst die Kronleuchter wirkten trostlos. Wir stiegen die knarrende Treppe nach oben, wo sich zwei Schlafzimmer und ein zweites Bad befanden. Es sah nicht viel erbaulicher aus als unten. Eines der Schlafzimmer hatte zumindest weiß gekalkte Wände und einen Schrank aus hellerem Ahornholz.

„Da lässt sich was draus machen", lächelte mir Sara zu.

„Hat deine Freundin Fabienne dich nicht gewarnt?"

„Für sie ist das normal, sie hat hier schon als Kind ihre Wochenenden verbracht. Es muss aber noch einen Anbau geben, dieser sei ihr Rückzugsort."

Vergeblich suchten wir den Durchgang dorthin und stießen dabei auf den Verteilerkasten, so dass wir den

Strom einschalten konnten. Der Kühlschrank meldete sich mit einem Brummgeräusch aus der Küche. Wir gingen um das Haus herum, wo es einen kleinen Pool mit einer Außendusche sowie den Eingang in den Anbau gab, der aber verschlossen war. Durch die Fenster sahen wir, dass dieser Raum hell eingerichtet war, darin standen ein Flügel sowie ein gelbes Sofa und an den Wänden hingen gerahmte Fotos von Pianisten. Wir sahen uns erleichtert an.

Sara kramte ihr Smartphone hervor und rief Fabienne an, um ihr unsere Ankunft mitzuteilen und nach dem Schlüssel für den Anbau zu fragen. Fabienne erklärte ihr einige Details und kündigte sich für später auf einen Kurzbesuch an. Dank ihr fanden wir nun den Durchgang zum Haus, der hinter einem Vorhang versteckt lag, wo auch der Schlüssel für den Anbau hing. Wir machten Licht und sahen jetzt erst eine Flasche Wein, die Fabienne für uns bereitgestellt hatte. Daneben lag eine Wegbeschreibung zum Supermarkt am Stadtrand von Cavaillon, der nächstgelegenen Stadt.

Mit dem Schlüssel gelangten wir in den Anbau, neben dem sich eine mit Strohmatten überdachte Veranda befand. Es war klar, dass dies unser bevorzugter Platz werden würde.

Sara schlug vor, gleich einzukaufen, da am nächsten Tag Sonntag sei und der Supermarkt mittags schließe, was ein Ausschlafen unmöglich mache. Ich nahm mir vor, dort eine Fahrradkarte von der Gegend zu kaufen.

Wir brachten unser Gepäck ins Haus, und während Sara sich frisch machte, überprüfte ich die vorhandenen Lebensmittel und schrieb auf, was fehlte.

Im Supermarkt zeigten sich unsere gegensätzlichen Einkaufsgewohnheiten. Während ich alle Regale der Reihe nach durchstreifte, ließ Sara sich rein kulinarisch treiben. Ich ergänzte ihren Zickzackkurs durch Alleingänge im Non-Food-Bereich und steuerte damit Profanes wie Geschirrspülmittel und Müllbeutel bei. An der Kasse lobte mich Sara für meine praktische Vernunft, die ihr leider völlig abgehe. Diesem Satz schickte sie einen Blick hinterher, wegen dem ich zwei Mal die PIN meiner Kreditkarte falsch eintippte.

Wieder im Haus verstaute Sara alles im Kühlschrank, während ich mir das gelbe Sofa im Anbau vornahm. Es brauchte zehn Minuten, bis ich am Boden liegend endlich die Mechanik entdeckte, mit der es sich in ein Bett verwandeln ließ. Als Sara den Raum betrat und das umgebaute Sofa sah, lächelte sie und sagte:

„Gerettet!"

Wir packten unsere Koffer aus und danach zog Sara einen schwarzen Bikini an, der mich sprachlos machte, was sie sofort bemerkte. Wir sprangen in den Pool, wozu Fabienne uns geraten hatte, außerdem könne man ihn von außen nicht einsehen. Das warme Wasser brachte mir kaum Abkühlung, doch Sara fand es viel zu kalt und war schnell wieder draußen. Sie trocknete sich ab, zog ihren

Bikini aus und band sich ein Handtuch um. Damit legte sie sich auf eine der Liegen, die ich im Anbau gefunden hatte. Auf ihrem Smartphone hatten sich Nachrichten ihrer Tochter angesammelt, die sie nun halb erheitert, halb genervt las, während ich im Pool weiter meine Bahnen zog und immer wieder nach ihr schielte, da sich der Knoten des Handtuchs löste und ihren Anblick immer aufregender machte.

Am Abend deckten wir den Tisch auf der Veranda. Ich öffnete Fabiennes Weinflasche, während Sara die im Backofen aufgewärmten Quiches und einen Salat aus der Küche brachte. Wir zündeten Kerzen an. Die Dämmerung ließ die Alpillen wie schlafende Riesen erscheinen, das Zirpen der Zikaden nahm zu und wir staunten beide, an diesem Ort nun zwei Wochen für uns zu haben. Die Nacht zuvor im Hotel hatte etwas neu entfacht, eine nie erloschene Verbindung, wiederbelebt nach über achtzehn Jahren.

Wir aßen, tranken Wein und redeten. Irgendwann blickte Sara mich nachdenklich an, bis sie sagte:

„Weißt du, was ich dachte, als ich dich letztes Jahr in dem Jazzkeller wiedersah? Dass du dich eigentlich kaum verändert hattest. Dich wie früher mit der Trompete auf der Bühne zu sehen, war mir vertraut. Trotz einiger grauer Haare, die ich von meinem Platz aus erkennen konnte, warst du der gleiche Daniel wie damals. Und damit kam alles wieder hoch, die Briefe, die Trennung, aber auch mein Gefühl für dich, es glich einer Zeitreise. Ich hatte keine Ahnung, wie du an meine Erzählung aus dem Schreibkurs gekommen warst, doch es konnte kein Zufall gewesen sein, so dachte ich jedenfalls. Es war schön, dich zu beobachten. Ich ahnte natürlich, dass du nach mir Ausschau halten würdest, da der Flyer für euer Konzert in meinen Briefkasten von dir sein musste, keiner meiner Nachbarn hatte ihn sonst erhalten. Als dann kurz das Licht im Saal anging, erschrak ich, doch dein Blick fiel in dem Moment in die andere Ecke und mir schien, als hättest du mich dort entdeckt. Und prompt kam dein Lied für mich, wie schön du das gespielt hast! Danach bin ich gleich gegangen, ich war viel zu durcheinander, um mit dir zu reden."

„Ja, ich meinte, dich dort sitzen zu sehen, bis ich entdeckte, dass es eine andere Frau war."

Ihre vage Ähnlichkeit mit Edina ließ ich unerwähnt.

„Während ihr weitergespielt habt, ging ich in den Hinterhof. Dein Auto war zum Glück nicht zu übersehen. Ich schrieb dir den Zettel und notierte deine Adresse. Übrigens, warst das wirklich du mit dem Flyer in meinem Briefkasten?"

„Nein, das war Edina, die Frau aus dem Kurs, die mir auch deine Adresse besorgt hat. Sie wohnt nur eine halbe Stunde von dir entfernt."

„War sie etwa auch im Konzert?"

„Ja, sie hat nach dir Ausschau gehalten, ich hatte ihr ein altes Foto von dir gezeigt. Sie fand unsere Geschichte spannend."

„Ich glaube, sie fand eher *dich* spannend."

Ich musste schlucken. Logisch, auch Sara hatte ihre Antennen. Trotzdem gab ich vor, keine Ahnung zu haben. Schließlich war ich im Trudlhauser Hof nur Saras wegen aus Edinas Bett geflüchtet.

„Wann hast du sie das letzte Mal gesehen?"

„Sie kam zu dem Probekonzert von Oswalds Band, zu dem ich eigentlich dich eingeladen hatte. Ihr gegenüber hatte ich es nur beiläufig erwähnt, doch plötzlich stand sie da."

Sara sah mich an.

„Dann werde ich sie vielleicht noch kennenlernen. Denn zu dem Konzert im Sommer komme ich auf jeden Fall, um endlich deinen Onkel zu sehen, auf den ich neugierig bin."

Damit schien die Sache mit Edina erledigt und sie knüpfte wieder an den Abend im Jazzkeller an.

„Nachdem ich den Zettel an dein Auto gesteckt hatte, bin ich nach Hause. Am nächsten Morgen war mir dann klar, dass ich dich wiedersehen wollte, und bin auf deine Homepage, um eine Bestellung aufzugeben."

„Diese Woche wurde echt spannend. Jedes Mal, wenn die Ladentür ging, beschleunigte sich mein Puls."

„Davon habe ich an dem Samstag, als ich kam, aber nichts bemerkt."

„Zur Nervosität kam noch die Degustationsrunde, wenn die vier erstmal in Fahrt sind ..."

„Tut mir leid, auch davon habe ich nichts bemerkt, die waren total schüchtern mir gegenüber.“

„Das stimmt, so habe ich sie noch nie erlebt. Das war deine Ausstrahlung.“

Sie lächelte mich an.

„Danke. Gab es übrigens noch Ärger wegen dem Bibelkreis?“

„Bislang nicht, denn dort herrscht gerade Krisenstimmung, denn nach sechs Jahren will jemand Neues bei ihnen einsteigen. Das stellt sie vor unlösbare Schwierigkeiten.“

„Beneidenswert, solche Probleme.“

Sie nahm einen Schluck aus ihrem Weinglas.

Wir schwiegen und hörten in die Geräusche der Nacht. Irgendwann fragte ich:

„Der Mann, mit dem du verheiratet warst, wie war er?“

Sie holte tief Luft.

„Was soll ich sagen? Im Grunde ein guter Mensch, doch wir sind uns fremd geblieben, obwohl wir wegen Marie viel versucht haben. Unsere Trennung war zwar einvernehmlich, aber nicht weniger kompliziert.“

Die Erinnerungen daran schien sie zu bedrücken.

„Wir müssen nicht darüber reden“, sagte ich.

„Ist vielleicht auch besser so.“

Sie nahm meine Hand.

„Wie war das bei dir, in all den Jahren muss es doch Frauen bei dir gegeben haben?“

„Ja, eine. Sie war allein wie ich, und wir trösteten uns jahrelang darüber hinweg, indem wir uns einmal im Monat in einem Hotel trafen. So gewöhnten wir uns aneinander, es entstand eine gewisse Vertrautheit, auch wenn wir nie viel vom Alltag des anderen mitbekommen haben.“

„Und ihr habt euch nur im Hotel getroffen?“

„Nein, auch bei Oswald. Sie ist eine Vertraute von ihm und wohnt in seinem Dorf. Du wirst sie kennen lernen, sie heißt Marion.“

„Weiß sie von mir?“

„Ja, und seither waren wir auch nicht mehr im Hotel. Ich glaube, sie litt anfangs darunter, doch die letzten Male, wo ich sie bei Oswald sah, schien sie darüber hinweg zu sein. Sie würde nie jammern, dazu ist sie viel zu stolz. Trotzdem, es war eine lange Zeit.“

„Du warst demnach nicht einmal verliebt in achtzehn Jahren? Geht das überhaupt?“

„Ich konnte mir viel von der Seele spielen, der Jazz gab mir Trost, zumindest für den Augenblick. Meine Musikerfreunde warnen mich vor einer Liebesbeziehung, dann wären meine göttlichen Trompetensoli voller Weltschmerz dahin.“

„So unmenschlich sahen die auf der Bühne gar nicht aus.“

„Das täuscht.“

Sara lachte und sagte:

„Sie werden mich also verachten?“

„Ein charmantes Lächeln und du hast sie um den Finger gewickelt, so wie die Truppe im Laden."

Sara gab mir einen Kuss, bevor sie im Haus verschwand. Ich blickte in den mit Sternen übersäten Himmel und dankte jedem einzelnen davon für Saras Rückkehr in mein Leben. Meine Musikerfreunde hatten allen Grund zur Sorge. Als Sara zurückkehrte, hupte es aus der Nähe und eine Frauenstimme rief nach ihr.

„Das muss Fabienne sein."

Sara stand auf und kehrte bald darauf mit ihrer Freundin zurück. Fabienne begrüßte mich mit den üblichen Wangenküssen, dann nahm sie Sara am Arm, warf mir einen entschuldigenden Blick zu und beide verschwanden in der Dunkelheit.

Ich betrachtete die Flasche Wein, das darauf abgebildete Chateau musste ganz in der Nähe sein. Mit meinem Laptop suchte ich im Netz und fand das Weingut nur wenige Kilometer entfernt. Dann warf ich noch einen Blick in meine E-Mails. Oswald hatte mir geschrieben und beklagte sich über den schleppenden Vorverkauf für das *Divinity*-Konzert. Wenn es so weiterginge, sei das Hirschen-Konzert bereits der Höhepunkt ihres Comebacks gewesen. Dann wollte er wissen, ob der Vorverkauf im Laden besser liefe. Typisch Oswald, ich hatte ihm am Telefon gesagt, dass ich wegen Sara zwei Wochen nicht im Geschäft sei, doch das hatte er wieder vergessen. Ich schickte eine Mail an Horst und erkundigte mich nach dem Kartenverkauf. Prompt bestätigte er mir fünf verkaufte Karten, erworben von meiner Samstagstruppe inklusive der Neuen, die übrigens ein Musterbeispiel gelungener Integration darstelle und frischen Wind in die Runde bringe. Ansonsten interessiere sich leider kein Mensch für das Konzert.

Mir war nicht wohl bei diesen Nachrichten. Oswalds Band war zu unbedeutend, um nach dreiunddreißig Jahren die Landsheimer Messearena mit tausend Besuchern zu füllen. Es tourten zahllose Rockgrößen aus den siebziger Jahren quer durch Deutschland, da wartete niemand auf *Divinity*. Möglicherweise würde das Ganze ein herber Schlag für Oswald werden. Wenigstens lag das finanzielle Risiko allein bei ihm, selbst einen Totalausfall konnte er locker verkraften und damit in die Fußstapfen von Großtante Julia treten, die mit ihrem Trudlhauser Orgelsommer ähnlich desaströs untergegangen war.

Ich schrieb ihm zurück, dass der Vorverkauf sicher erst kurzfristig anlaufen werde, man kenne das doch, heutzutage entscheide sich jeder in letzter Sekunde. Oswalds Antwort kam sofort: Ich könne mir meinen Zweckoptimismus sparen, wenn sich keine Sau für das Konzert interessiere, dann sei ohnehin nichts mehr zu retten. Auf dieser Dreckswelt mache er nichts mehr. Auch werde er sich die Arbeit am letzten Kapitel seines Buchprojektes sparen, denn das sei damit ebenfalls gestorben. Er endete grußlos, bei ihm kein gutes Zeichen. Seine Londoner Demütigung saß tief und kam nun mit orkanartiger Stärke zurück. Armer Oswald, zuerst die Ignoranz der Briten und jetzt – seinem Gejammer nach – die der ganzen Welt, die Qualität seines Irrens erreichte damit den interkontinentalen Status, den er sich als Rockmusiker immer erhofft hatte.

Ich verzichtete auf eine Antwort und holte lieber die Landkarte, um meine morgige Fahrradtour zu planen.

Bald darauf kehrten Sara und Fabienne zurück und setzten sich zu mir. Fabienne entschuldigte sich für Saras Entführung, es habe jedoch unaufschiebbaren Gesprächsbedarf gegeben, schließlich habe sie unser Drama damals mitbekommen und freue sich nun umso mehr. Bisher habe sie gedacht, so etwas gebe es nur im Kino. Mit Bedauern verabschiedete sie sich aber schon bald, ihre pubertierenden Kinder seien alleine zu Hause.

Wir saßen noch die halbe Nacht bei Kerzenlicht in der lauen Luft und waren glücklich.

Die Tage vergingen gemächlich und entspannt. Ich machte meine Fahrradtouren auf den abgelegenen Straßen der Alpillen und brachte jedes Mal Croissants aus der Boulangerie im Dorf mit. Meist schlief Sara noch, wenn ich ankam.

Wir hielten uns viel am Haus auf und wechselten zwischen Pool, Bettsofa und Küche, unser Liebeshunger blieb. Saras schwarzer Bikini machte mich jeden Tag aufs

Neue verrückt, während sie meine Kochkreationen, deren Zutaten ich frisch im Dorfladen besorgte, in den Himmel lobte und sich dafür auf dem Bettsofa bedankte. Danach sprangen wir nackt in den Pool, wo sie nach dem Abtrocknen dann erneut ihren Bikini anzog, ein göttlicher Teufelskreis, der für weitere Unternehmungen kaum noch Zeit ließ. Nur mit Mühe schafften wir einen Abstecher nach Avignon und einen Tagesausflug zu den Dörfern des Luberon, wo uns in Lourmarin das Grab von Albert Camus in seiner Schlichtheit beide ergriff.

In Eygalières gab es ein Café, dem wir öfters einen Besuch abstatteten, von unserem Haus aus waren es nur fünf Minuten zu Fuß. Vor dem Café im Schatten einer Platane sitzend, redeten wir über unsere Zukunft, ein Thema, bei dem ich seit Straßburg Vorsicht walten ließ. Doch die langen Monate der Ungewissheit, ob und wie es mit uns weitergehen würde, hatten bei Sara einiges bewegt. Sie sah nun auch die Vorteile einer Fernbeziehung, wie sie es nannte, obwohl unsere Nähe kaum enger sein konnte. Auch wenn sie ihr Leben gerne mit mir verbringen würde, sehe sie in der absehbaren Lösung durchaus reizvolle Aspekte, zumal Marie älter werde, in vier Jahren Abitur mache und sich danach ungeahnte Freiheiten für uns eröffnen könnten.

Ich glaubte, meinen Ohren nicht zu trauen. Die einzige düstere Wolke, die noch über uns schwebte, schien sich in nichts aufzulösen. Ich bestätigte, dass wir nach unseren

Wochenenden und Urlaubswochen die dazwischenliegenden Phasen sowieso zur Rekonvaleszenz benötigen würden, so man der Intimmedizin Glauben schenke. Bezüglich möglicher Langzeitfolgen eines täglichen Zusammenseins in unserem Zustand höre man aus der Forschung zum Teil Bedenkliches. Sara entgegnete, die Forschung habe keine Ahnung. Ich verstand und bezahlte an der Theke, wir hatten keine Zeit zu verlieren. Der Rückweg zog sich hin, bis wir endlich auf dem Bettsofa lagen. Wir staunten zwei Wochen lang, wie viel wir nachzuholen hatten und dankten dem Himmel dafür, dass wir es durften.

Am Tag unserer Abreise kam ein Mistralwind auf und vertrieb die Hitze, um einem Atlantiktief Platz zu machen. Doch es kam zu spät, um irgendwelche Stimmungsumschwünge bei Sara hervorzurufen. Wir verließen die Provence mit einer wetterfesten Zukunft.

Oswalds Rückholplan

Am Tag nach unserer Rückkehr ging ich gut gelaunt in meinen Laden, kümmerte mich um die Onlinebestellungen, die während meiner Abwesenheit bearbeitet und versendet worden waren. Auch sonst schien im Laden alles in Ordnung zu sein, die Zuverlässigkeit von Horst und meiner Angestellten war mehr als lobenswert. Lediglich beim Kartenvorverkauf hatte sich nichts getan. Bis zu dem Konzert waren es noch fünf Wochen. Ich rief Oswald an, der sofort zu klagen begann:

„Alles läuft schief, nur zweiundvierzig verkaufte Karten, dazu die fünf bei dir im Laden. Das wird der totale Reinfall."

„Was sagen die anderen dazu?"

Oswald stöhnte.

„Wir haben täglich Kontakt, doch ich bin der Einzige, der es ablehnt, irgendwelche Idioten zu rekrutieren, um die Halle zu füllen. Die anderen haben da keine Skrupel. So machte Krökel den Versuch, das Schlachthofpersonal, immerhin zweihundert Leute, zum Konzertbesuch zu verpflichten. Da die Arbeiter aber Nachtzulagen und Freizeitausgleich forderten, musste seine Frau mit dem Betriebsrat verhandeln, bis sie zufällig und über wen auch immer von Krökels Verhältnis mit Lucia erfahren hat. Obwohl das schon seit Februar vorbei ist, weigert sich seine Frau nun, personalmäßig auszuhelfen. Krökel hat getobt und ich gejubelt! Dann schlug Tobias vor, mit Joes Ruhm als

Krimiautor zu werben, was er aber ausschlug und lästerte, ob er etwa eine Lesung machen und Divinity lediglich die Pausenmusik dazu spielen solle? Joe wiederum verlangte, ich solle mich an diesen Kranzlmeier wenden, der ja die Schirmherrschaft für das Konzert übernehmen wollte. Zu dritt redeten sie per Skype auf mich ein, doch ich bat um Bedenkzeit. Tags darauf schlug ich Kranzlmeier widerwillig vor, die Landtagsfraktion nach Landsheim zu ordern, damit seine Parteikollegen endlich mal was Intelligentes zu hören bekämen. Doch Kranzlmeier polterte los, dass er sich als Schirmherr einen Veranstaltungsflop nicht leisten könne. Ich erwiderte, dass seine beschissene Partei mich mal könne und er als Schirmherr fristlos gefeuert sei. Das erzählte ich Marion, die im Garten gerade mit den Drogenbeeten beschäftigt war. Sie fragte gereizt, ob ich in meinem *Divinity*-Egotrip überhaupt auf dem Schirm hätte, was dieser Typ seit Monaten treibe? Er habe inzwischen die Rolle des Scharfmachers in der CSU übernommen und schleime sich mit seinen üblen Parolen bei den extremen Rechten ein. Ich musste gestehen, davon nichts mitbekommen zu haben, was mir Marion sichtlich übel nahm. In ihrer Aufgebrachtheit kündigte sie an, die Drogenlieferungen nach München ab sofort einzustellen, da dieser Kranzlmeier-Arsch für sie erledigt sei. Die verbalen Attacken gegen ihren Jugendfreund erspare ich dir, jedenfalls steigerte sie sich in einen Wutanfall und begann, mit der Hacke auf unsere Cannabispflanzen einzuschlagen. Ich hinderte sie nicht daran, im Gegenteil, der Aufwand mit den Beeten war mir in letzter Zeit sowieso über den Kopf gewachsen. Als sie mit dem Massaker fertig war, stellte sie sich vor mich hin und sagte, dass sie Trudlhausen bald verlassen werde."

„Sie will weg?", rief ich ins Telefon.

„Ja, auch ich war fassungslos. Sie geht nach Italien, diese Lucia hat ihr dort Arbeit angeboten."

„Aber sie spricht doch kein Wort Italienisch."

„Anscheinend lernt sie seit Monaten wie verrückt."

Ich war perplex, davon hatte sie mir kein Wort gesagt.

„Daniel, ich befürchte, dass hier alles den Bach runter geht. Ohne Marion wird es im Dorf unerträglich für mich, dazu dieser Frust mit *Divinity*. Nicht nur die siebziger Jahre, mehr noch, das ganze Leben ist endgültig am Arsch."

Bei allem Ärger, aber jetzt übertrieb er es mit seiner Weltuntergangsstimmung.

Dann fügte er hinzu:

„Doch ich erwäge, nochmals neu durchzustarten."

Ich musste lächeln, wenigstens sein Lebenswille war nicht unterzukriegen.

„Und wie?"

„Himmelherrgott Daniel, woher soll ich das wissen? Erst mal muss ich dieses elende Konzert hinter mich bringen. Dann werde ich aus meinen Beeten harmlosen Rasen machen, am besten besorge ich mir noch eine weitere bescheuerte Gartenzwergkolonie. Dabei kann ich versuchen, mich an Marions Abwesenheit gewöhnen, das wird hart. Als einzige Frau in meinem Leben wird die Leichtle übrig bleiben.“

Er machte eine Pause und atmete schwer. Ich zog es vor zu schweigen, die Vorstellung seines Dorflebens ohne Marion betrübte selbst mich. Trotzdem, Oswald war mit seinen sechsundsechzig Jahren ein nicht unattraktiver und zudem wohlhabender Mann, er würde schon jemanden kennenlernen, notfalls musste er halt die Möglichkeiten im Netz nutzen.

„Daniel, ich werde ich frauenmäßig nochmal durchstarten und dabei erstmals in *deine* Fußstapfen treten.“

„Wie soll ich das verstehen?“

„Deine Rückholaktion.“

„Von was redest du?“

„Na, diese Sara.“

Ich brauchte eine Weile, bis ich begriff:

„Meinst du etwa die Frau, mit der du in Spanien warst? Wie hieß sie nochmal?“

Nun mischte sich ein kämpferischer Ton in seine Stimme.

„Volltreffer! Ich rede von Helene Geiger, meine mir in Spanien abhandengekommene *femme fatale*! Ich werde sie aufspüren, sie aus ihrem Dasein mit irgendeinem Idioten entführen und hierher verschleppen, einen Versuch ist es jedenfalls wert.“

„Oswald, man kann eine Frau nicht einfach zurückholen, nur weil man sich das in den Kopf gesetzt hat.“

„Bei dir hat es doch auch geklappt.“

„Du solltest zum Arzt gehen."

„Daniel, mein Plan mit Helene ist alternativlos."

Das Telefonat hinterließ mich ratlos. Ich verstand zwar seine Verzweiflung über das zum Scheitern verurteilte Konzert, schließlich stellte *Divinity* das Sahnestück seines Lebens dar, von dem kein Mensch mehr etwas wissen wollte. Obendrein wusste ich, wie viel Arbeit er in das Buchprojekt gesteckt hatte, welches nun unfertig im Müll landen würde. Dazu der herbe Schlag, den Marions Umzug nach Italien für ihn bedeutete. Das war viel auf einmal, andere würden im Alkohol versinken oder gleich untergehen. Da konnte man fast von Glück reden, dass Oswald stattdessen in Aktionismus verfiel, wenngleich verrückt und lebensfern. Zumindest aber hatte er ein Ziel, nämlich diese Helene zu finden, die ihn noch immer zu faszinieren schien. Ich erinnerte mich, wie er im Sommer 2001 erstmals von ihr erzählt hatte, nachdem er meinen mitgebrachten Wein aus Spanien wiedererkannte als jenen, den er mit ihr in Bilbao getrunken hatte. Damals hatte er sie schon fünf Jahre nicht mehr gesehen und vergeblich nach ihr gesucht. Heute, weitere fünfzehn Jahre später, würde er sie erneut suchen und gelang es ihm, sie aufzuspüren, konnte er immerhin um sie kämpfen.

Dass er dabei das Risiko einer Abfuhr in Kauf nahm, zeigte, wie sehr er ein Leben ohne Marion fürchtete. Ein Leben, dessen einzige Abwechslung der Donnerstag in Gestalt der Leichtle sein würde. Seine Helene-Tragödie würde es in der Mittagspause dann locker mit der Ochsen-wirt-Tragödie der Leichtle aufnehmen können. Eigentlich gäben die beiden ein perfektes Paar ab, zwei Gestrandete, vereint im Hadern über den Lauf der Dinge, im Grunde eine himmlische Fügung, wäre Oswald nicht Oswald und die Leichtle nicht die Leichtle. Selbst wild entschlossene Götter würden bei den beiden auf Granit beißen und erst-mals in der Himmelsgeschichte ein Machtvakuum konsta-tieren. Besser also, er ging auf die Suche nach dieser Helene. Ich schrieb ihm eine Mail und bot meine Hilfe an, er solle mir auf jeden Fall ein paar Fotos von ihr schicken.

Die restliche Woche verging wie im Flug, ich telefo-nierte jeden Abend mit Sara, das Gefühl unserer Zusam-mengehörigkeit hielt an.

Irgendwann kam mein Freund Schorsch im Laden vor-bei und erkundigte sich nach meinem Urlaub. Er freute sich für mich und ich fragte ihn nach seinem Nestlé-Pro-jekt. Er winkte ab und gestand ein, dass dies eine Nummer zu groß für ihn gewesen sei. Er schien bereits darüber hin-weg zu sein, denn nun eröffnete er mir die Neuigkeit, wel-che mir Horst bereits gemailt hatte:

„Übrigens sind wir samstags jetzt zu fünft."

„Ich habe davon gehört, ihr lasst sie also mitmachen?"

„Einstimmiger Beschluss. Sogar Runkelbach war dafür, obwohl ihre Firma schon ewig auf der schwarzen Liste seiner Naturschützer steht. Er werde sie persönlich bear-beiten, bis man bei Grosch ökologisch produziere."

„Klingt spannend."

Er klopfte mir wie üblich auf die Schulter:

„Freu dich auf Samstag!"

Damit sollte er Recht behalten.

An diesem Tag trafen die Mitglieder der Degustationsrunde erst nach und nach ein. Lehrerin Bainder kam zusammen mit dem Neuzugang Ilse Hartmann, die sich für meinen Einsatz bedankte und dabei fast meine Hand zerquetschte. Ihre stämmige Figur passte zu ihrem Nachnamen und ihr Dialekt ließ österreichische Wurzeln vermuten.

Im Laden war wegen des Sommerwetters wenig los, so dass ich mich zu ihnen nach hinten setzte.

Schorsch fragte mich, wie der Kartenverkauf für Oswalds Konzert liefe. Ich berichtete von dem Fiasko und bat alle fünf darum, Werbung zu machen. Die Neue wollte daraufhin mehr über *Divinity* wissen, auch die Bainder und der Stadtkämmerer Müller waren interessiert. Schorsch und Runkelbach hingegen kannten als Landsheimer Ureinwohner sogar noch Oswalds Skandalband *TBC*, wenngleich nur vom Hörensagen.

Irgendwann lenkte Runkelbach das Thema auf die Firma Grosch, und verwies auf deren umweltschädliche Produktion. Ilse Hartmann konterte routiniert und reizte damit Runkelbach, der nun ins Detail ging und einen firmeninternen Abwasserskandal kritisierte. Aber auch hier hatte sie Gegenargumente, bis Runkelbach sie aufforderte, ihm endlich konkret zu antworten, anstatt nur den Hochglanzprospekt ihrer Firma herunterzuleiern.

Lehrerin Bainder wollte eben ihrer neugewonnenen Freundin zur Seite springen, als diese ihren Kontrahenten anlächelte und meinte, sie wolle die Runde nicht mit Grundsatzdiskussionen langweilen, an deren Ende die Firma Grosch wegen ihrer neunhundert Arbeitsplätze sowieso Recht behalte. Der Wein hier sei viel zu gut, um sinnlose Kämpfe zu führen.

„Lieber Herr Runkelbach", prostete die Neue ihm nun zu, „lassen Sie uns zum *Du* kommen, ich bin die Hartmann."

Noch nie hatte ich ihn erröten sehen, trotzdem reagierte er sogleich:

„Einverstanden, ich bin der Runkelbach."

Stadtkämmerer Müller, den ich an diesem Tag verdächtigte, bereits angetrunken den Laden betreten zu haben, wirkte euphorisch, als er in die Runde rief:

„Das nenne ich mal eine innovative Idee – künftig duzen wir uns, bleiben aber beim Nachnamen."

„Außer bei mir!", protestierte Schorsch.

„Akzeptiert", verkündete Müller, „damit setzt sich die Runde wie folgt zusammen: Die Damen Hartmann und Bainder sowie die Herren Schorsch, Runkelbach und meine Wenigkeit Müller."

Darauf stießen sie an, duzten sich aber nur zögerlich. Drei Flaschen später konnte sich keiner mehr vorstellen, dass man es jemals anders gehandhabt hatte. Vor allem

Müller, dessen Hochstimmung anhielt, begann sich weit aus dem Fenster zu lehnen:

„Bainder, toll siehst du heute aus in deinem Karorock.“

„Danke Müller“, bremste ihn die Lehrerin aus, „leider kann ich das Kompliment nicht erwidern. Dein ewiggleicher Anzug ist derart abgetragen, du solltest dir einen neuen leisten.“

Müller schaute pikiert, woraufhin Schorsch einwarf:

„Ich finde, der passt zu ihm.“

„Schade Müller, auch das war kein Kompliment“, giftete die Bainder weiter.

Müller erwiderte:

„Was sollen deine Schüler von dir lernen, wenn für dich nur Äußerlichkeiten zählen?“

„Dass ihnen ohne ordentliches Auftreten der Erfolg im Leben verwehrt bleiben wird.“

Ihr Tonfall bei diesem Satz war spitz geworden und in ihrem Halsbereich zeigten sich rote Flecken. Kämmerer Müller sah der Lehrerin scharf in die Augen, schwieg aber. Von Schorsch wusste ich, dass der städtische Beamte schon lange ein Auge auf die Lehrerin hatte, was von ihr zwar erwidert, aber diametral entgegengesetzt kommuniziert wurde, wie er es nannte. Deshalb bezeichnete Schorsch die Lehrerin gerne als eine sich selbst erfüllende Katastrophe. Unterdessen stieg die Spannung und ich bemerkte, wie Runkelbach der besorgt wirkenden Ilse Hartmann ein Zeichen gab, dass alles in Ordnung sei.

Endlich brach Müller sein Schweigen:

„Und wahrscheinlich würdest du mich im Unterricht als abschreckendes Beispiel eines erfolglos Verlotterten anführen."

Die Bainder kämpfte mit einem Schluckauf, während Müller beleidigt zum Sektregal starrte.

Nun wurde es Schorsch zu bunt:

„Könnten die hier anwesenden Beamten vielleicht mal nett zueinander sein?"

Damit füllte er die Weingläser der beiden nach und forderte sie auf, miteinander anzustoßen:

„Ex und Pax."

Die Bainder unterließ es, diesen Missbrauch des Lateinischen zu rügen, und trank stattdessen ihr Glas auf einen Zug leer, Müller brauchte nur unwesentlich länger dafür. Leichenblass sagte er dann mit furchtloser Stimme:

„Bainder, wir kaufen nachher einen neuen Anzug, du berätst mich dabei und heute Abend gehen wir zusammen essen."

Runkelbach murmelte etwas von einem historischen Moment, doch ansonsten herrschte Totenstille. Von Ilse Hartmann abgesehen – ihr fehlte die nötige Erfahrung – warteten wir auf die Auswirkungen des zu rasch getrunkenen Alkohols und starrten wie gebannt auf die Lehrerin. Derweil ertappte ich mich bei dem tröstlichen Gedanken, dass jeder einzelne dieser Truppe wesentlich gestörter war als ich. Die ausbleibende Antwort der Bainder steigerte die

Spannung. Ihre Halsflecken pulsierten deutlich, als sie zum Sprechen ansetzte:

„Müller, deine Einladung nehme ich an. Aber ...“

Ihr zweiter Satz ging im Applaus unter. Ich öffnete eine Flasche Sekt und gratulierte Müller, der sich mit einer Papierserviette die Stirn abtupfte, während die Bainder zur Toilette eilte.

Ilse Hartmann fragte:

„Ist das hier immer so dramatisch?“

Runkelbach lachte:

„Ja, und es wird immer schlimmer.“

Als die Bainder und Müller den Laden gemeinsam verließen, hatte sie sich bei ihm eingehakt, für uns ein ungewohnter Anblick.

„Das sieht richtig schön aus, aber würde unsere Bainder das auch tun, wenn sie nicht jeden Augenblick umzufallen drohte?“, fragte Runkelbach.

„Das sehen wir nächsten Samstag“, antwortete Schorsch.

Ich hatte meine Bitte an die Runde, Werbung für das Konzert zu machen, schon wieder vergessen, als einige Tage später Ilse Hartmann im Laden auftauchte. Sie habe mit ihrem Geschäftsführer gesprochen. Dieser sei in Landsheim aufgewachsen und habe *Divinity* in guter Erinnerung. Er werde der Grosch-Belegschaft anbieten, das

Konzert mit von der Firma spendierten Freikarten zu besuchen. Da der Betriebsrat ihn in dieser Sache unterstütze, rechne er mit einem regen Zuspruch.

Auch Stadtkämmerer Müller kam in meinen Laden, er wirkte ungewohnt selbstsicher, was vermutlich an seinem neuen Anzug lag. Ohne ein Wort über den vergangenen Samstag zu verlieren, berichtete er mir von einem hochrangigen Beamten in der Stadtverwaltung. Er heiße Bäuerle und sei ein bekennender Althippie, der trotz Gehörschäden und fachärztlichen Warnungen kein Rockkonzert im Umkreis von zweihundert Kilometern auslasse. Als Müller ihm die Notlage bei *Divinity* darlegte, sei er sofort bereit gewesen zu helfen, da er Oswald Straßburger als Frontmann von *TBC* sehr geschätzt habe, vor allem dessen Versuch, die Aula des Gymnasiums mit seiner brennenden Gitarre abzufackeln, was er als Oberstufenschüler damals miterleben durfte. Deshalb lasse er einen Lokalhelden wie Oswald, der in Landsheim weltberühmt gewesen sei, nicht hängen. Müller meinte, ich könne also mit weiteren Konzertbesuchern rechnen, deutliche Preisnachlässen vorausgesetzt, die Bezahlung im öffentlichen Dienst sei nun mal miserabel.

Tags darauf rief mich Runkelbach an und teilte mir mit, dass auch einige seiner Naturschützer ins Konzert kämen. Einzig die Bainder bat mich telefonisch um Entschuldigung, doch die Veranstaltung sei ihr derart wesensfremd, dass sie außer dem Hausmeister keinen aus ihrem Lehrerkollegium habe darauf ansprechen können. Der Hausmeister habe jedoch bereits zwei Karten gekauft, da er meinen Onkel persönlich kenne und ihm vor langer Zeit ein Schiff gebastelt habe, welches auf einer Langspielplatte abgebildet gewesen sei. Ich bedankte mich bei der Lehrerin für ihre Bemühungen und legte lächelnd auf. Landsheim war im Grunde ein kleines Dorf.

Ich mailte Oswald von den zu erwartenden Besucherzuwächsen, welche er meiner Degustationsrunde zu verdanken habe. Seine Mailantwort war nichts als Undank, doch ich hatte nichts anderes erwartet. Das mit den Grosch-Mitarbeitern erboste ihn besonders. Diese Art der Rekrutierung erinnere ihn an diktatorische Militärparaden, wo Tausende mit dem Arbeitslager im Nacken jubeln mussten. Solle sein Konzert zu solch einer Farce verkommen? Die Messearena als Betriebsausflugsziel, gefüllt mit eingeschüchterten Belegschaften? Dies sei das Ende der Rockmusik als freie Kunst, so gehe das Abendland in Ketten unter. Ich ignorierte seine Nörgelei und schrieb zurück, er möge die Preisnachlässe für die Stadtverwaltung festlegen. Er gab mir freie Hand, da das finanzielle Debakel sowieso nicht mehr abzuwenden sei.

Oswald war echt schlecht drauf. Vorerst sah ich ihm das noch nach, doch irgendwann musste er wieder aufwachen.

Vielleicht würde das jene Helene bewirken, falls er überhaupt schon eine Spur von ihr gefunden hatte. Die erbetenen Fotos von ihr hatte er mir inzwischen gemailt.

Die Chronik eines angekündigten Flops

Der Juli brachte extreme Hitze, allerorts wurde dauergegrillt und die Freibäder und Seen bevölkerten sich mit nach Abkühlung suchenden Massen. Eine Woche vor dem Konzert waren knapp siebzig Karten verkauft, die von meiner Degustationsrunde organisierten Extrabestellungen fielen trotz des großzügig gewährten Rabatts geringer aus als erwartet. Oswald hatte mit dem Hausmeister der Messearena die Verkleinerung der Halle durch das Einziehen flexibler Wände vereinbart.

Am Montagabend trafen die Mitglieder von *Divinity* ein weiteres Mal bei Oswald in Trudlhausen ein. Bassist Tobias hatte seinen Mann am Mischpult mitgebracht, die anderen Helfer sollten ab Donnerstag dann die Sound- und Lichtanlage in der Landsheimer Messearena aufbauen.

Sie probten drei Tage in Oswalds Keller. Schlagzeuger Krökel sowie Tobias wohnten in seinem Haus, während Joe erneut den Trudlhauser Hof vorzog. Am Mittwochabend, rechtzeitig vor dem Eintreffen der Leichtle, zogen sie dann nach Landsheim um, wo Oswald Hotelzimmer reserviert hatte, für Joe auf dessen Wunsch in einem extra Hotel. Am Donnerstag spielten sie das erste Mal auf der großen Bühne. Ich ließ meine Angestellte allein und fuhr zum Soundcheck in die Messearena. Eben probten sie das

Eröffnungsstück, es klang bereits gut, bei solchen Perfektionisten wie Joe und dem Mann am Mischpult hatte ich es auch nicht anders erwartet. Im hinteren Bereich der Bühne hing eine Leinwand, auf der die von Joe entworfene Computeranimation zu sehen sein würde. Wir vereinbarten, am Abend das Programm mitsamt der Lichttechnik an einem Stück durchzuspielen.

Ich verließ die Halle wieder und lief zu meinem Auto. Etwas abseits saß eine dunkel gekleidete Frau auf einer Bank und rauchte, beim Näherkommen erkannte ich sie wieder als jene Freundin von Joe, die mich nach meiner Bettflucht im Trudlhauser Hof an der Bar angesprochen hatte. Wir wechselten ein paar Worte, dann fuhr ich zurück in meinen Laden.

Als ich abends zurückkehrte, spielten wir Billy Joels *Zanzibar* mehrmals durch und waren fest entschlossen, ein gutes Konzert zu geben, egal, wieviel Leute zuhören würden. Selbst Oswald schien sich mit der Situation abgefunden zu haben.

Am Freitagnachmittag traf Sara in Landsheim ein. Sie kam direkt in den Laden, wo ich gleich mit ihr im Lager verschwand, um sie in Ruhe begrüßen zu können. Es herrschte ungewöhnlich viel Kundenandrang, so dass ich sie bat, in meiner Wohnung auf mich zu warten. Ich erklärte ihr den Weg, küsste sie nochmals und lotste sie dann durch den Laden zum Ausgang.

Nach einer Stunde konnte ich mich endlich loseisen. Sara hatte es sich auf meinem Sofa bequem gemacht und hörte Musik. Wie sie dort lag in ihrem Trägershirt und mich anstrahlte – sie sah einfach klasse aus. Ich machte ihr Komplimente, ihre Augen leuchteten und es gab keinen Zweifel, dass wir weiterhin ein Paar bleiben würden. Auf dem Sofa wurde es uns dann rasch zu eng, so wechselten wir ins Schlafzimmer, wo ich einen kleinen blauen Fleck unterhalb ihres Bauchnabels entdeckte, um den ich mich eingehend kümmerte, nicht ohne das darunterliegende Paradies zu vernachlässigen.

Danach machten wir uns frisch und gingen in die Küche. Ich gab Sara ihre Eintrittskarte für das morgige Konzert und wir kamen auf Oswald zu sprechen, den Sara nun endlich kennenlernen würde. Ich erzählte ihr von der Situation in Trudlhausen und von seiner verrückten Rückholaktion, zu der er mich als Vorbild auserkoren hatte. Da sie mehr darüber wissen wollte, zeigte ich ihr die Fotos von Helene auf meinem Laptop, Sara betrachtete sie lange und sprach von einem Charaktergesicht, sie könne verstehen, dass man einer solchen Frau nachhänge.

Während *Divinity* mit der Generalprobe begann, gingen wir in ein Restaurant nahe der Messearena. Der Kellner wollte uns eben zu einem Tisch führen, da entdeckte ich Joes Freundin an einem Fensterplatz. Ich stellte ihr Sara vor und wir sprachen kurz über das anstehende Konzert, bevor wir zu unserem Tisch gingen, wo der Kellner mit den Karten bereits auf uns wartete.

Sara sagte leise zu mir:

„Das ist die Frau auf den Fotos von eben, da bin ich mir sicher."

Ich starrte sie verblüfft an, zweifelte aber keinen Augenblick an ihrer Vermutung, auf Saras Antennen konnte ich mich verlassen. Demnach saß dort Helene Geiger. Damit war klar, warum sie sich in Trudlhausen vor Oswald versteckte, außerdem hatte sie damals weder sein Haus betreten, noch war sie nach dem Konzert im Hirschen zum Büffet geblieben. Oswald war also ausgerechnet auf der Suche nach Joes Freundin.

Auch Sara machte sich ihre Gedanken:

„Daniel, ich würde auf der Stelle klären, ob sie das wirklich ist. Sie weiß schließlich nichts von Oswalds Entschluss, sie zu suchen."

Ich nickte ihr zu, ging zu dem Tisch am Fenster und fragte, ob sie Helene Geiger sei. Sie wirkte wenig überrascht:

„Wie hast du mich erkannt?"

„Oswald hat mir von Ihnen erzählt und mir alte Fotos gemailt."

„Wirklich, hat er das? Wir haben uns seit mindestens zwanzig Jahren nicht mehr gesehen."

„Er hat Sie nicht vergessen."

„Davon gehe ich aus."

Ihre Überheblichkeit machte sie mir nicht sympathischer.

„Sie sollten Oswald meiden, sonst wird es vor dem Konzert noch große Irritationen geben."

„Das sehe ich auch so, keine Sorge."

Ich bedankte mich und ging zurück zu Sara.

„Eine seltsame Frau und vermutlich noch immer die Prinzessin, für die sie Oswald schon damals hielt. Sie hat aber versprochen, im Hintergrund zu bleiben."

„Hoffen wir es. Ich habe sie beobachtet und befürchte, sie mag das Spiel mit dem Feuer."

Kurz darauf verließ Helene Geiger das Restaurant, sie verabschiedete sich mit einem Kopfnicken in unsere Richtung.

Nach dem Essen liefen wir durch die Sommerhitze zur benachbarten Messearena, wo die Generalprobe noch andauerte. Wir blieben hinter der Bühne und ich packte die Trompete aus. Nach dem letzten Stück ging ich auf die Bühne und wir probten *Zanzibar*. Oswalds Gesang kam dabei der Stimme von Billy Joel immer näher und auch meine Trompetensoli gelangen perfekt – Saras Anwesenheit ließ mich einmal mehr aufblühen.

„Gut gemacht, Daniel!", rief Joe mir über die Bühne zu und streckte einen Daumen nach oben. Auch von Schlagzeuger Krökel kam Lob und Oswald zwinkerte mir aufmunternd zu.

Nun klärten wir zusammen mit den Technikern noch den Ablauf des morgigen Konzerttages ab und tauschten unsere Handynummern aus. Danach holte ich Sara auf die Bühne. Bei ihrem Anblick gingen Joe fast die Augen über, während Oswald sie umarmend begrüßte und im Straßburger-Clan, der dringend weiblichen Zuwachs brauche, willkommen hieß. Sofort bot er ihr das DU an und lud sie ein, noch auf ein Glas Wein ins Hotel mitzukommen. Sie nahm an.

Wären wir gleich zum Hotel aufgebrochen, hätte sich das kommende Drama vielleicht noch abwenden lassen, doch Oswald bestand darauf, zuerst seine Gitarren einzupacken und sie im Instrumentenraum zu verschließen. Unterdessen warteten Sara und ich draußen vor dem Künstlereingang, wo es bereits dunkelte und dabei ein angenehmer Wind aufkam. Nacheinander machten sich der Mischpultmann und die Lichttechniker sowie Tobias und Krökel auf den Weg zum Hotel. Es fehlten nur noch Joe und Oswald. Als nach zehn Minuten noch keiner von beiden zu sehen war, ging ich wieder hinein. Schon von Weitem hörte ich ihr Gebrüll. Ich rannte auf die Bühne, wo sich Joe mit blutender Nase soeben vom Boden erhob und auf Oswald stürzte.

„Seid ihr verrückt?", schrie ich, doch sie beachteten mich nicht und schlugen mit ihren Fäusten aufeinander ein. Obwohl ich einen Kopf kleiner war als die beiden, ging ich dazwischen und konnte erreichen, dass sie voneinander abließen.

„Wollt ihr euch umbringen?", schrie ich sie an.

Jetzt erst sah ich Helene mit versteinertem Gesicht am Bühnenrand stehen. Oswald, der stark an der Schläfe blutete und ein geschwollenes Auge hatte, setzte sich auf einen Bühnenhocker und drohte weiter:

„Joe, das wirst du mir büßen."

Dieser stand am Bühnenrand, hielt sich ein Taschentuch unter seine blutende Nase und zischte mir zu:

„Dein Onkel muss in die Psychiatrie."

Bei diesen Worten sprang Oswald blitzschnell auf und stürmte erneut auf Joe zu. Doch der machte geistesgegenwärtig einen Schritt zur Seite, woraufhin Oswald ihn knapp verfehlte, mit ungebremstem Schwung von der Bühne stürzte und im Halbdunkel verschwand.

Helene schrie auf und eilte über die Seitentreppe zu ihm hinunter, ich folgte ihr, während Joe regungslos vor sich hin starrte. Oswald lag leichenblass auf dem Hallenboden. Benommen klagte er über starke Schmerzen im linken Fuß, während mir am Hinterkopf eine weitere Platzwunde, vermutlich vom Sturz, auffiel. Sofort rief ich mit dem Handy einen Krankenwagen und rannte hinter die Bühne, um Decken und einen Verbandskasten zu suchen. Dabei informierte ich Sara kurz über das Chaos in der Halle und bat sie, beim Eintreffen des Krankenwagens den Sanitätern den Weg zu zeigen.

Als ich zurückkam, saß Helene über Oswald geneigt auf dem Boden. Von Joe war nichts mehr zu sehen. Mit Mullbinden versuchte ich, die Blutungen zu stillen, während

Helene seinen Puls prüfte. Oswalds linkes Auge verschwand nahezu hinter der Schwellung, mit dem anderen sah er mich schmerzverzerrt an und atmete schwer. Vorsichtig betteten wir seinen Kopf auf eine Decke und warteten auf die Sanitäter.

Helene flüsterte mir zu:

„Sorry, ich war wohl zu leichtsinnig, du hattest mich schließlich gewarnt."

Oswald stöhnte auf und fragte:

„Gewarnt? Warum gewarnt?"

„Ach nichts", antwortete ich und warf Helene einen wütenden Blick zu.

„Du wusstest, dass Helene hier ist?", ächzte er.

„Ja, aber erst seit einer Stunde. Oswald, du musst dich jetzt schonen."

Er begann heftig zu atmen, hatte aber keine Kraft mehr zum Sprechen.

Dann erschienen die Sanitäter, versorgten die Wunden und gaben ihm ein Schmerzmittel. Der Fuß musste im Krankenhaus untersucht werden. Sie legten Oswald auf eine Trage und ich versprach ihm, später nachzukommen, doch er winkte wütend ab. Sicher war er zu Tode beleidigt, doch das war mir im Moment egal. Die Sanitäter verließen mit der Trage die Messearena und fuhren ihn ins Krankenhaus.

„Was war da eben los? Warum sind Sie überhaupt in der Halle gewesen?", stellte ich Helene zur Rede.

„Ich war schon gestern in der Probe, es gibt hier eine dunkle Ecke mit einer Türe, durch die ich jederzeit verschwinden konnte. Joe wusste das. Doch vorhin spielte plötzlich die Lichtanlage verrückt und beleuchtete den Zuschauerraum, wo ich saß. Oswald scheint immer noch Adleraugen zu besitzen, jedenfalls muss er mich sofort erkannt haben, die Halle ist ja nicht sehr groß. Er sprang von der Bühne und hatte mich schnell eingeholt. Während er mich ungläubig anstarrte, schien er sofort zu begreifen und fragte, ob Joe damals in Santander der Grund für die Trennung gewesen sei. Ich nickte und er rannte zurück zur Bühne, um auf ihn loszugehen."

„Ich hatte Sie doch gewarnt", erwiderte ich wütend.

Sie hielt kurz inne, entschuldigte sich dann halbherzig und meinte, sie müsse jetzt Joe suchen. Er wisse natürlich von der alten Geschichte zwischen ihr und Oswald, weshalb er sich jetzt wohl irgendwo betrinken und hernach irgendeinen Unsinn machen werde. Damit verließ sie die Halle.

Sara und ich sahen uns fragend an. Aus dem Dunkel tauchte der Hausmeister auf und erkundigte sich, was der Krankenwagen hier wollte.

„Nichts Besonderes", antwortete ich, „wir sind fertig für heute, Sie können die Halle absperren!"

Wir gingen nach draußen und Sara sagte:

„Diese Frau mag es, wenn man um sie kämpft. Ich vermute, nichts von dem, was eben geschah, tut ihr leid."

„Gut möglich, auch ihre Entschuldigung war eine Farce."

„Willst du ins Krankenhaus fahren?"

Ich war wütend auf diese Helene genauso wie auf Oswald, der sich wie ein Idiot benommen hatte und mich sowieso nicht sehen wollte.

„Nein, das genügt morgen früh. Lass uns in meine Wohnung fahren."

Sara hatte nichts dagegen. Auf dem Weg zum Auto legte sie ihren Arm um mich.

Sie behielten Oswald über Nacht im Krankenhaus und am nächsten Morgen, dem Tag des Konzerts, saßen Tobias, Krökel und ich an seinem Krankenbett. Der Fuß war nicht gebrochen, aber stark verstaucht, so dass eine Belastung nicht nur schmerzhaft, sondern auch für einige Tage verboten war. Oswalds konnte sich daher nur mit Krücken fortbewegen. Obendrein war neben einigen Blessuren am Kopf und seiner Augenverletzung noch eine leichte Gehirnerschütterung diagnostiziert worden. Krökel begann vorwurfsvoll:

„Jetzt hattet ihr dreißig Jahre Zeit, diesen Weiberkram zu klären, aber nein, genau am Tag vor unserem Konzert müsst ihr euch prügeln."

Oswald sah ihn mit seinem gesunden Auge an, das andere konnte man hinter der tiefroten Schwellung nur erahnen.

„Joe hat sie mir vor zwanzig Jahren ausgespannt, was ich aber erst gestern erfuhr. Da musste ich handeln."

„Das war kein Handeln, sondern die Reaktion eines Vollidioten!", wütete Tobias, der sonst die Ruhe selbst war.

Oswald erhob sich mühsam aus seiner Liegeposition und setzte sich auf den Bettrand. Ich konnte die Wut von Krökel und Tobias verstehen, doch mit Vorwürfen kam man bei Oswald nicht weiter:

„Sollten wir nicht eher überlegen, wie das Konzert zu retten ist."

„Richtig Daniel", bemerkte Oswald, „und ich habe nachgedacht. Da ich auf der Bühne beweglich sein muss, kommt nur ein Rollstuhl in Frage. Die Nachtschwester empfahl mir ein Sanitätshaus. Den Wundverband an der Stirn muss mir Marion irgendwie überschminken und mein lädiertes Auge verstecke ich hinter meiner Sonnenbrille."

Oswalds Bemühungen um Schadensbegrenzung schienen Tobias und Krökel etwas zu befrieden. Ich bot an, ihn gleich zum Sanitätshaus zu fahren.

„Und wie geht es Joe?", fragte er.

„Um den kümmern wir uns", ging Krökel nicht weiter darauf ein.

„Das sagst du so einfach", entgegnete Tobias, „er hat sein Handy ausgeschaltet und ist seit gestern Abend verschwunden."

„Verschwunden?", hakte Oswald nach.

„Ich habe vorhin im Hotel angerufen, er hat noch in der Nacht ausgecheckt."

„Und diese Helene?", fragte Krökel.

„Die ist noch dort."

„Dann nichts wie hin."

Tobias und Krökel verließen das Krankenzimmer und ich setzte mich zu Oswald aufs Bett. Als hätte er seit gestern an nichts anderes gedacht, platzte es aus ihm heraus:

„Wann genau hast du erfahren, dass Helene hier ist?"

Ich verdrehte meine Augen und antwortete:

„Ich bin dieser Frau bereits mehrmals begegnet, das erste Mal bei eurem Probekonzert in Trudlhausen, hatte aber keine Ahnung, wer sie ist. Sie stellte sich mir als Joes Freundin vor. Gestern dann, während eurer General-probe, trafen wir sie zufällig beim Essen. Dort hat Sara sie erkannt, nachdem ich ihr deine alten Helene-Fotos gezeigt hatte. Ab dem Zeitpunkt war mir klar, dass sich ein Drama anbahnen würde, und ich habe sie gebeten, sich bis zum Konzert von dir fernzuhalten, was sie mir auch versprach. Aber sie hat sich nicht daran gehalten."

Er schien mir zu glauben.

„Oswald, also ehrlich, deine bescheuerte Rückholaktion ist voll daneben gegangen. Oder meinst du etwa, mit einer Schlägerei deinem Ziel näher ..."

„... du hast keinen blassen Schimmer von Helene!", fuhr er laut dazwischen, „das war ganz nach ihrem Geschmack. Sie will umkämpft werden, ich befinde mich praktisch schon auf der Zielgeraden."

„Oswald, hat man deinen Kopf gründlich untersucht?"

„Spar dir den Quatsch und bring mich zu diesem Sanitätshaus, zuallererst brauche ich einen bühnentauglichen Rock-'n'-Rollstuhl."

Diese Zuversicht machte mir Sorgen. Oswald zweifelte weder an seiner Bühnentauglichkeit noch an der Rückeroberung Helenes. Die Blamage, dass er mit seiner zweiten Attacke auf Joe kläglich gescheitert und dabei wie ein nasser Sack von der Bühne gefallen war, schien er schon vergessen zu haben. Doch momentan zählte vor allem das Konzert am Abend. Also half ich ihm aus dem Bett und reichte ihm die Krücken, mit denen er die ersten Gehversuche machte. Er hatte es eilig, das Krankenhaus zu verlassen, doch das Schneckentempo, mit dem er den Gang entlang humpelte, ärgerte ihn. Fluchend schleppte er sich bis zum Aufzug. Da dieser nicht gleich kam, schlug er mit einer Krücke mehrmals gegen die Aufzugtür. Ein schrilles Alarmzeichen ertönte und die Anzeigetafel des Aufzugs blinkte rot. Aus dem Stationszimmer hörte man einen Aufschrei und die Krankenschwester, die auf uns zustürmte, fauchte Oswald an, ob er verrückt geworden sei und in die *Geschlossene* wolle. Mit einem Schlüssel stellte sie den Sirenenton wieder ab und warf Oswald beim Abwenden einen verächtlichen Blick zu. Er murmelte etwas von fehlender Rücksichtnahme gegenüber Behinderten, machte aber, bis der Aufzug kam, keinen Muckser mehr. Auf dem Parkplatz quälte er sich zum Auto. Das Einsteigen auf den Beifahrersitz gestaltete sich wegen seiner

Größe als problematisch, er lamentierte dabei ständig über seinen Zustand. Als er endlich saß, klagte er über Schmerzen, obwohl sie ihm im Krankenhaus Tabletten verabreicht hatten. Erst als Sara ihn vom Rücksitz aus begrüßte, verflog seine schlechte Laune und er begann, mit ihr zu scherzen. Ich beobachtete Saras Mimik im Rückspiegel und das Herz ging mir auf: Meine schöne Sara hatte Oswald schon nach einem Tag im Griff, so mühelos war dies sicher nicht mal Marion gelungen. Ich fuhr los, hörte den beiden zu und dachte an die vergangene Nacht. Sie war kurz gewesen, doch Sara und ich hatten es uns schön gemacht, daher waren wir glücklich und trotz unseres Schlafmangels zu allem bereit.

Im Sanitätshaus ließ Oswald sich den Rollstuhlfuhrpark vorführen. Er entschied sich für ein knallrotes Modell mit Alufelgen. Der Verkäufer wandte ein, dass dies ein Jugendmodell und für seine Körpergröße nur bedingt geeignet sei, doch Oswald ließ sich nicht davon abbringen. Nachdem die Armlehnen abmontiert waren, setzte er sich darauf und testete die Bewegungsfreiheit seiner Arme. Ich kannte solche Verrenkungen bislang nur aus Videos im Netz, wo junge Leute wie verrückt Luftgitarre spielten und dabei richtig gut aussahen. Bei Oswald hingegen – mit seinem Kopfverband, einem zugeschwollenen Auge und in einem deutlich zu kleinen Rollstuhl sitzend – wirkte es wie ein unkontrollierter Defekt seiner Grobmotorik. Im Verkaufsraum stehende Kunden blickten scheu herüber, während der Verkäufer zur Kasse verschwand, um den Mietvertrag für den Rollstuhl auszudrucken. Sara stand neben mir und beobachtete das Spektakel vergnügt.

„Funktioniert perfekt", befand Oswald und blickte Sara fragend an:

„Und? Wie komme ich rüber?"

„Umwerfend!", lobte sie ihn.

Wir luden das Teil in mein Auto und fuhren damit ins Hotel. Beim Aussteigen wollte Oswald nichts mehr von den Krücken wissen und bestand auf seinem Rollstuhl, mit dem er in einem mörderischen Tempo die Hotellobby durchquerte und im Aufzug verschwand, ohne auf uns zu warten.

Auf seinem Zimmer rief ich Tobias an, um mich nach Joe zu erkundigen, doch es fehlte immer noch jede Spur von ihm. Seine Freundin glaubte, dass er in letzter Minute wieder auftauchen werde. Doch Tobias blieb skeptisch:

„Diese Frau ist total durchgeknallt. Auf dem Balkon liegen abgerauchte Joints im Aschenbecher."

Ich konnte nicht mehr leugnen, diese Helene zu hassen. Zuerst provozierte sie Chaos, dann verbreitete sie grundlos Optimismus. Hauptsache, es drehte sich alles um sie. Oswald griff nach meinem Handy und bat Tobias, er möge ihm eine Gitarre ins Hotel bringen, damit er sich ans Spielen im Rollstuhl gewöhnen könne.

Sara hatte unterdessen eine Flasche Wasser auf den Tisch gestellt und Oswald ermahnt, sie auszutrinken, er brauche viel Flüssigkeit bei dieser Hitze. Ihren bemutternden Tonfall hätte er sich von niemandem sonst bieten lassen, doch er griff zum Glas und trank. Als sie nachschenkte, lächelte er ihr lammfromm zu. Unglaublich, was Sara sich bei ihm herausnehmen konnte. Er trank zwei weitere Gläser und saß dann etwas betreten in seinem Rollstuhl.

Jetzt, wo ich wieder etwas durchatmen konnte, kehrte mein Ärger über Oswald zurück. Er bemerkte es und mied fortan den Augenkontakt. Irgendwann wurde er unruhig und ich befürchtete schon, Sara würde ihn ungefragt zur Toilette schieben. Er druckste etwas herum, bis er schließlich Sara darum bat, Helene sehen zu dürfen. Tragischerweise sei er als Rollstuhlfahrer auf Hilfe angewiesen, die man ihm unter humanen Gesichtspunkten nicht verweigern dürfe.

Da platzte mir der Kragen.

„Wenn du zu Helene willst, dann ruf dir ein Taxi und lass dich in ihr Hotel fahren. Du kannst wunderbar alleine zu ihr aufs Zimmer rollen. Solltest du Joe dort antreffen, kannst du gleich die nächste Schlägerei anzetteln, das wird Helene endgültig überzeugen, sie wird sich an deinen Rollstuhl werfen und ihn mit ihren Glückstränen benetzen, weshalb du in weiser Voraussicht auf rostfreie Alufelgen bestanden hast. Mach das, aber lass uns aus dem Spiel. Wegen deiner idiotischen Schlägerei haben wir alle Stress, doch anstatt uns auf den Auftritt zu konzentrieren, sitzen wir im Krankenhaus, fahren dich durch die Gegend, besorgen Rollstühle und suchen Joe. Deine Helene sitzt unterdessen im Hotel und kifft sich zu, als ginge sie das alles nichts an, Glückwunsch zu dieser Traumfrau! Wenn das so weitergeht, wird das Konzert heute Abend platzen!"

Es passte ihm überhaupt nicht, vor Sara so kritisiert zu werden, das sah ich. Prompt verteidigte er sich:

„Dieses Konzert ist zu einer erbärmlichen Betriebsfeier der Firma Grosch verkommen, daran ändern auch deine angeheuerten Beamten und Naturschützer nichts."

„Oswald, du hast sie echt nicht mehr alle! Zig Leute bemühen sich seit Wochen, dass ihr nicht vor einer leeren Halle spielen müsst, und du beschimpfst das als den letzten Mist. Seit gestern führst du dich auf wie ein Vollidiot." Sara sah mich verwundert an, so wütend hatte sie mich noch nie erlebt. Ich stürmte aus dem Zimmer und schlug die Türe hinter mir zu, es tat mir gut, Dampf abzulassen. Bald darauf kam mir Sara auf dem Hotelflur entgegen.

„Ich glaube, das hat gesessen. Er fragte mich, ob er wirklich ein Vollidiot sei. Denn wenn das zutreffe, werde er unverzüglich Abbauarbeiten an seiner Hausfassade in die Wege leiten. Dies solle ich dir ausrichten. Verstehst du, was er damit sagen will?"

„Er meint sein Edelstahlpamphlet, von dem ich dir erzählt habe."

Nun musste Sara lachen, sie erinnerte sich an den Spruch und sagte:

„Ich glaube, Oswald sieht ein, dass er etwas falsch gemacht hat."

„Ach was, ich kenne ihn, das hält nicht lange an."

Wir verließen das Hotel. Es war früher Nachmittag und
ich wollte nochmal mit Helene sprechen, da sie mir die
Einzige zu sein schien, die Joe zu einer Rückkehr bewegen
konnte. Ich setzte Sara bei mir ab und machte mich auf
den Weg zu Helenes Hotel.

„Ach, du bist es, Daniel. Die beiden anderen Bandkol-
legen waren auch schon da."

Ich trat ein.

„Helene, Sie müssen uns helfen, schließlich haben Sie
dieses Chaos zu verantworten."

„Ach, hab ich das? Na gut, was kann ich tun?"

„Was macht Sie so sicher, dass Joe wieder auftaucht?"

„Intuition."

„Mehr nicht?"

„Bin ich eine Hellseherin?"

Ihre Stimme bekam einen spöttischen Unterton:

„Das einzig Interessante an diesem Konzert war für
mich die Begegnung mit Oswald. Die sollte zwar erst *danach* stattfinden, denn auch ich ahnte, dass bei ihm etwas
hochkochen würde."

„Aber warum gingen Sie dann in die Halle?"

„Weil ich ihn beobachten wollte. Um zu erahnen, was
für ein Mensch er geworden ist."

Dieses Argument kam mir bekannt vor, Sara hatte ihren Besuch im Jazzclub genauso begründet. Nur dass sie dabei unsichtbar geblieben war, während Helene es vermasselt hatte.

„Das war schwachsinnig."

„Aber erkenntnisreich."

„Sie meinen die Erkenntnis, dass Oswald sich nach zwanzig Jahren noch immer für Sie prügelt."

„Daniel, du wirst unhöflich. Gönnst du einer alternden Frau nicht mal ein wenig Abwechslung?"

„Abwechslung nennen Sie diesen Egotrip?"

„Aber warum denn gleich so wütend? Komm mit auf den Balkon."

Damit verschwand sie nach draußen, ich folgte ihr widerwillig. Sie zündete sich eine Zigarette an und sagte:

„Ich gebe zu, unvorsichtig gewesen zu sein."

Sie sah mich nachdenklich an.

„Ich kann euch mit Joe nicht helfen, da ich nicht weiß, wo er ist. Sein Handy ist ausgeschaltet, trotzdem versuche ich ständig, ihn zu erreichen."

Wie um ihre Bemühungen zu beweisen, holte sie ihr Smartphone und versuchte es erneut. Dann streckte sie es mir entgegen, und ich hörte, dass der Teilnehmer momentan nicht erreichbar sei.

Sie hob bedauernd die Schultern und fragte:

„Wie geht es Oswald?"

„Er läuft mit Krücken und sein Kopf ist lädiert. Ihr Auftauchen hat ihn völlig verrückt gemacht."

„Das hoffe ich doch! Kann er überhaupt auftreten?"

„Er wird im Rollstuhl spielen."

„Was?!"

„Ja, er zieht es durch."

„So kenne ich ihn, wenn er sich etwas in den Kopf gesetzt hat …"

In dem Augenblick klingelte ihr Handy und sie meldete sich.

„Joe! Wo bist du? Alle suchen nach dir! Was sagst du? So ein Blödsinn, ich warne dich, wenn du weiterhin verschwunden bleibst und deine Freunde hier hängen lässt, war es das mit uns beiden, hast du das verstanden?"

Nun sah sie mich verdutzt an.

„Er hat einfach aufgelegt."

„Wo er ist?"

„Keine Ahnung."

„Sie hätten mit ihm reden sollen, anstatt ihm zu drohen."

„Blödsinn, du hast keine Ahnung, wie man einen Mann wie Joe behandeln muss."

„Im Gegensatz zu Ihnen, daher auch dieser Erfolg eben."

Sie fing an zu lachen:

„Du amüsierst mich!"

Genervt stand ich auf.

„Aber Daniel, bleib doch noch."

Doch ich war schon an der Tür und verließ ihr Zimmer. Zurück in der Wohnung hatte Sara in der Küche eine Kleinigkeit zubereitet und beim Essen berichtete ich von dem Gespräch. Sara hörte aufmerksam zu.

„Ich glaube, diese Helene schwebt über den Dingen, von ihr dürft ihr keine Hilfe erwarten."

Wir aßen schweigend weiter, als mein Handy läutete. Tobias unterrichtete mich, dass Krökel im Schlachthofbüro bereits Plakate für die Absage des Konzerts drucke. Wir vereinbarten uns um achtzehn Uhr in der Messearena zu treffen.

Bis dahin waren es noch knapp drei Stunden. Die letzte Nacht war kurz gewesen, wir legten uns ins Bett und versuchten, ein wenig zu schlafen, als es an der Wohnungstür läutete. Ich erwartete zwar niemanden, zog mir dennoch etwas über und öffnete. Da standen Marion und Edina und beklagten, sie hätten mich im Laden überraschen wollen, doch man habe sie hierher geschickt.

Ich brachte kein Wort heraus. Warum tauchten sie gemeinsam auf? Sie kannten sich eigentlich nur flüchtig von dem Konzert im Trudlhauser Hirschen. Gleichzeitig sah ich in Bezug auf Sara nichts als Komplikationen auf mich zukommen. Wir starrten uns an, keiner rührte sich.

„Sollen wir uns ins Treppenhaus setzen?", lachte Edina und zwinkerte mir zu.

„Bist du etwa nicht allein?", fixierte Marion mich prüfend und stellte zu Edina gewandt fest:

„Er ist *nicht* allein."

Damit war Edinas Neugier geweckt:

„Ist etwa Sara bei dir? *Unsere* Sara?"

Vermutlich sah man mir die Antwort an.

Marion fragte Edina:

„Du meinst seine alte Liebe, wegen der er bei deinem Schreibkurs war?"

Edina nickte und ich wunderte mich erneut über die Vertrautheit der beiden, sie mussten ihren Kontakt in den letzten Monaten intensiviert haben. Noch immer stand ich schweigend vor ihnen. Marion spottete:

„Die Frau hat er zwar gefunden, seine Sprache aber verloren."

Ihr Tonfall verhieß wenig Gutes, doch Edina lenkte ein:

„Wir wollen euch nicht stören."

„Und warten auch, bis sie angezogen ist", ergänzte Marion. Edina reagierte prompt:

„Lass deine Sticheleien, unsere Eifersucht bringt hier keinen weiter. Seien wir besser nett zu ihm, dann bittet er uns vielleicht rein."

Nachdem nun beide in der dritten Person von mir sprachen, schien meine weitere Anwesenheit entbehrlich zu sein.

„Ich komme gleich wieder", ließ ich verlauten und schloss die Tür.

Edina machte sich einen Spaß aus der Situation, wirklich böse konnte ich ihr deswegen nicht sein. Marion hingegen machte mir Sorgen. Hing sie doch noch unserer langen

Beziehung, die eigentlich nie eine werden sollte, nach? Gleichzeitig beschäftigte mich Saras Reaktion. Ich ging ins Schlafzimmer, um sie zu wecken.

„Was ist denn?", fragte sie müde.

„Es steht Besuch vor der Tür, du solltest dich anziehen."

„Wer ist es?"

„Die Namen kennst du: Marion und Edina."

Plötzlich war sie hellwach:

„Olala! Deine jahrelange Hotelliebschaft und diese Helferin vom Schreibkurs, stimmt's?"

„Genau. Sie wissen, dass du hier bist."

„Gut so. Mach Kaffee, ich ziehe mich an."

Noch bevor ich sie warnen konnte, sprang sie aus dem Bett, griff nach ihren Sachen und verschwand im Bad. In der Küche setzte ich Kaffee auf und öffnete dann die Wohnungstür.

Edina lehnte lachend und mit Tränen in den Augen über dem Treppengeländer. Marion saß breit grinsend daneben, Edinas Humor ging auch an ihr nicht spurlos vorbei. Bei meinem Anblick erhoben sie sich und versuchten, ernst zu bleiben, während ich sie in die Küche führte.

„Entschuldige Daniel", sagte Edina und setzte sich, „du könntest den Eindruck bekommen, dass wir uns über dich lustig machen ..."

„... was wir nie tun würden", lästerte Marion und Edina prustete erneut los.

In dem Augenblick betrat Sara die Küche. Edina stand auf und begrüßte sie.

„Schön, dich endlich kennenzulernen", duzte Edina sie gleich und musterte Sara neugierig, „ich war Daniels Ermittlerin bei dem Schreibkurs und es scheint, mein Einsatz hat sich gelohnt."

„Danke", lächelte Sara, „es war mutig von dir, bei dem Schriftsteller nach meiner Adresse zu suchen. Als ich den Kurs besuchte, hat er gleich am ersten Abend klargemacht, dass sein Büro tabu sei."

„Ja, da ist er sehr streng", antwortete Edina, „und er hat mich auch prompt erwischt. Aber da hatte ich deine Adresse bereits."

Es war ungewohnt für mich, die beiden miteinander reden zu sehen. Marion war unterdessen sitzen geblieben.

„Und du musst Marion sein", wandte Sara sich nun ihr zu, „Daniel hat mir viel von dir erzählt."

Ich fand es gut, dass Sara gleich mit offenen Karten spielte. Marion stand auf, ich spürte ihre Anspannung.

„Hallo", antwortete sie kurz angebunden.

Nun schien auch Edina aufzufallen, dass mit Marion etwas nicht stimmte. Keine Ahnung, ob Edina von unserer Hotelvergangenheit wusste, jedenfalls zwinkerte sie ihr zu und sagte:

„Marion und ich haben es nicht leicht. Wir sind zwei alleinstehende Damen, die einem Weltklasse-Trompeter hinterher trauern."

Sara lächelte:

„Ich habe den Treppenhaustumult bis ins Bad gehört, eure Fähigkeit zu trauern ist wirklich umwerfend. Das macht es mir leichter, denn ich bin ja wohl die Ursache eures Unglücks."

Im Gegensatz zu Edina schien Marion wenig erheitert über diese Bemerkung, doch da schlug sie plötzlich mit der Faust auf den Tisch, erhob sich und verkündete:

„Trompeter hin, Trompeter her. Sara, wir treten ihn dir ab!"

„Genau", bekräftigte Edina, „behalte ihn, er lohnt sich!"

„Ich weiß!", lächelte Sara.

„Ist Sekt im Haus?", fragte Marion.

„Genügend. Lass uns einen aus dem Keller holen", sagte ich, nahm Marion bei der Hand und zog sie aus der Küche.

„Wir suchen inzwischen nach Sektgläsern", rief uns Sara hinterher.

Erleichtert stieg ich mit Marion das Treppenhaus hinunter. Dieses Aufeinandertreffen der bedeutendsten Frauen meines Lebens hätte auch anders verlaufen können.

„Marion, ich weiß das zu schätzen, deine Zurückhaltung eben."

„Ich will nicht darüber reden."

Ich ignorierte ihren Einwand:

„Wir hatten eine Vereinbarung, die jahrelang funktionierte. Ich rechne es dir hoch an ..."

„... spar dir dein Gelaber", unterbrach sie mich, „wo ist der Sekt?"

Wir standen in meinem Kellerabteil und sie staunte über meine Regale voller Flaschen.

„Ist das dein Außenlager oder hast du ein Alkoholproblem?", spöttelte sie.

„Beides."

„Du bist ein Idiot."

„Und du bist ein Sturkopf, der niemanden an sich heranlässt."

„Deshalb mein Wing Tsun, da hat man Ruhe."

Erstmals zeigte sich ein Lächeln auf ihrem Gesicht. Ich griff in eines der Regale und gab ihr eine Flasche Champagner.

„Teuer?", fragte sie.

„Unbezahlbar."

„Den nehmen wir."

Ich schloss eben die Kellertür zu, da drückte mir Marion einen kräftigen Kuss auf die Lippen und wollte mit der Flasche nach oben, doch ich erwischte noch ihren Arm und hielt sie zurück.

„Du gehst nach Italien?"

Sie sah mich an und setzte sich ins Halbdunkel des Kelleraufgangs.

„Das mit Turin war fest geplant, ist aber geplatzt. Ich hatte mich auf Lucia verlassen, aber sie ist chaotisch. Die Absage kam erst vor ein paar Tagen und ich bin noch immer sauer. So freute ich mich dann wenigstens auf ein ausgelassenes Wochenende mit Edina, dir und Oswald, dazu das Konzert ... und plötzlich taucht deine große Liebe hier auf. Soll ich da jubeln? Natürlich hätte ich es ahnen können, zumal mir Edina von euch erzählt hat. Mein Frust wegen Italien und dann noch diese Sara ...“

So offen hatte Marion noch selten gesprochen.

„Zumindest Oswald wird jubeln, wenn er hört, dass du hierbleibst.“

„Das hoffe ich. Er weiß noch nichts davon. Es ist sowieso am besten, ich heirate ihn, dann sind wir beide versorgt. Nachdem du ausfällst, kann ich ihm treu bleiben.“

Typisch Marion, spontan und konsequent. Doch damit tauchte die nächste Komplikation auf. Sobald sie von der Prügelei erfuhr, kämen auch Oswalds Absichten wegen Helene zur Sprache und Marion würde ausflippen. Ich sah kaum Möglichkeiten, das nächste sich anbahnende Drama zu verhindern, doch ich wollte es zumindest versuchen.

„Übrigens, du sollst Oswald nachher besuchen. Er hat einen Kopfverband und will, dass du ihn für das Konzert mit Schminke kaschierst.“

„Hat er sich verletzt?“

„Ja, ein wenig. Er hat auch ein dick geschwollenes Auge.“

Ich zögerte kurz.

„Außerdem sitzt er für einige Tage im Rollstuhl, es ist aber nichts Ernstes.“

Marion schaute mich entsetzt an:

„Was ist passiert?"

„Er hat sich mit Joe Wolf King geprügelt."

„Warum denn das?!"

„Frag ihn am besten selbst."

„Und wie will er nachher auftreten?"

„Er spielt im Rollstuhl. Vorausgesetzt, Joe taucht wieder auf."

„Wieso? Wo ist dieser Joe?"

„Eben, keiner weiß es, seit der Schlägerei ist er abgetaucht."

Marion stand auf:

„Ich muss sofort zu Oswald."

Da schallte Edinas Stimme durchs Treppenhaus:

„Hallo, wir sitzen auf dem Trockenen!"

In der Küche standen die Sektgläser bereit. Marion deutete an, Oswald besuchen zu müssen, trank aber noch ein Glas mit, bevor sie mit einem Taxi zu seinem Hotel fuhr. So berichtete ich Sara und Edina von Marions geplatztem Umzug nach Italien und ihren spontanen Heiratsplänen mit Oswald, die im krassen Widerspruch zu dessen Plänen mit Helene standen.

„Marion wird ihm berichten, dass sie in Trudlhausen bleibt. Und so, wie sie im Moment drauf ist, macht sie ihm vielleicht auch gleich einen Antrag. Wenn Oswald klug ist, verschweigt er ihr seine Pläne. Das wäre zwar nicht die feine Art, könnte aber seine Rettung sein."

Edina meinte, dass ich Oswald doch noch vorwarnen könne, doch das lehnte ich ab:

„Er soll sein Chaos alleine in den Griff kriegen. Sich einzumischen bringt nichts als Ärger."

Ich schenkte uns gerade Champagner nach, als mein Handy läutete. Tobias, der Bassist, war dran:

„Eben hat mich der Hausmeister von der Messearena angerufen. Es seien zwei Männer aufgetaucht, die Joes Instrumente abholen wollen, sie hätten einen von Joe unterschriebenen Speditionsauftrag dabei. Ich fahre gleich hin und rede mit denen. Daniel, kannst du diese Helene anrufen, vielleicht weiß sie was davon."

Er gab mir ihre Handynummer.

Sara und Edina warfen mir fragende Blicke zu.

„Joe macht ernst, er lässt seine Instrumente abholen."

Ich tippte Helenes Nummer ein – ihr Handy war abgeschaltet. Dann rief ich im Hotel an und ließ mich mit ihrem Zimmer verbinden, aber auch dort hatte ich keinen Erfolg. In meiner Not versuchte ich es bei Oswald, doch dessen Handy war ebenfalls abgestellt. Also blieb nur Marion übrig, sie ging zum Glück ran.

„Daniel, gut dass du anrufst. Ich bin gerade in Oswalds Hotel angekommen, doch er ist nicht in seinem Zimmer. Der Typ von der Rezeption meinte, er habe vorhin in seinem Rollstuhl das Hotel verlassen und sei von einem Behindertentaxi abgeholt worden."

Ich verdrehte die Augen, jetzt übertrieb er es mit seinem verstauchten Fuß.

„Ist er vielleicht schon zur Konzerthalle gefahren?", fragte sie nun.

„Kann sein."

Dass ich weder Oswald noch Helene erreichen konnte, ließ vermuten, dass die beiden sich gerade trafen und nicht gestört werden wollten. Keine Ahnung, ob sie bereits ihre Wiedervereinigung betrieben oder dabei waren, sich zu ermorden, egal, auf eine weitere Personalreduzierung bei *Divinity* kam es inzwischen auch nicht mehr an.

„Dann fahre ich jetzt zu dieser Messearena", sagte Marion.

„Ja gut, ich komme auch gleich."

Als ich dort ankam, traf auch Marions Taxi ein. Am Hinterausgang stand der Lieferwagen einer Landsheimer Spedition. Durch den Künstlereingang gingen wir zur Bühne, dort stritt sich Tobias gerade mit den Fahrern. Er zeigte mir den von Joe unterschriebenen Frachtauftrag. Da keiner von uns dessen Unterschrift kannte, bezweifelte auch ich deren Echtheit. Die Fahrer verdrehten die Augen.

„Bei Problemen müssen Sie Ihren Auftraggeber doch irgendwie erreichen können", hakte ich nach.

„Ja, er hat uns eine Nummer hinterlassen."

„Darf ich die mal sehen?", fragte ich höflich. Einer der beiden zog ein Handy aus seiner Tasche und tippte eine Weile darauf herum, bis er mir die Nummer zeigte. Ich verglich sie mit Joes Nummer in meinem Handy – es war eine andere.

„Tut mir leid, aber Joe hat eine andere Nummer. Irgendjemand erlaubt sich da einen Scherz. Ich denke, wir sollten die Polizei rufen", sagte ich.

Der Fahrer verdrehte die Augen und rief die Nummer an:

„Hallo? Herr King? Wir sind schon in der Halle, doch man gibt Ihre Instrumente nicht heraus. Man will sogar die Polizei rufen. Was? Ja, ich gebe Ihnen den Mann."

Er reichte mir sein Handy und ich stellte es auf laut.

„Joe, bist du es?"

„Daniel?"

Ich war perplex, es war tatsächlich Joes Stimme, auch Tobias erkannte ihn und nickte mir zu. Er hatte sich eine neue Nummer besorgt.

„Daniel, hör zu", ließ er verlauten, „ich weiß, dass die Geschichte aus dem Ruder läuft, das Konzert könnt ihr jedenfalls vergessen und das habt ihr Oswald zu verdanken. Kommt bloß nicht auf die Idee, *mir* die Schuld zu geben. Seine Prügelei lasse ich mir nicht bieten. Die Geschichte mit Helene ist über zwanzig Jahre her und ich hatte damals keine Ahnung, dass es ausgerechnet Oswald war, mit dem sie in Santander ihren Urlaub verbrachte. Das hat sie mir erst Jahre später erzählt. Ich fand es total daneben, ihm die Frau ausgespannt zu haben, aber was hätte ich tun sollen? Sie ihm nach Jahren zurückbringen? Also lief alles weiter, bis er mit seiner *Divinity*-Idee kam. Ich wollte Helene weder bei den Proben noch beim Konzert dabei haben, doch dieser Frau kannst du nichts verbieten, diese Frau ist immer präsent, egal was du tust, sie raubt einem den letzten Nerv, glaub es mir."

Ich schenkte seinem Überdruss keine Beachtung, sondern versuchte weiter zu retten, was noch zu retten war:

„Kannst du deine Konsequenzen nicht erst morgen ziehen und erst mal das Konzert spielen?"

„Dazu hatte ich mich schon fast durchgerungen – bis ich vor einer Stunde kurz mit Helene telefoniert habe."

Tobias, der wie Marion und die Speditionstypen zuhörte, sah mich fragend an. Keiner konnte ahnen, dass ich diesem Telefonat, neben Helene sitzend, zugehört hatte. Ihre Drohung, ihn zu verlassen, wenn er nicht zum Konzert auftauchen würde, war eindeutig gewesen.

„Was meinst du damit?", fragte ich Joe.

„Sagen wir es mal so: Es gibt Angebote, die kann man nicht ausschlagen."

Ich stutzte kurz und sagte dann:

„Joe, mich interessiert dein Frauenkram nicht, können wir jetzt über das Konzert sprechen."

„Das gehört zusammen. Manchmal nimmt das Leben merkwürdige Wege, es tauchen Abzweigungen auf, deren Chancen sich oft erst auf den zweiten Blick erschließen. Da sind dann Kollateralschäden wie ein abgesagtes Konzert vor ein paar Dutzend Zuhörern ein Nichts dagegen. Für mich persönlich ist es die einmalige Chance, auf diesem Wege Helene loszuwerden."

„Joe, hast du gekifft? Du lässt uns hängen, weil du zu feige bist, offen mit Helene Schluss zu machen?"

„Daniel, sei doch mal ehrlich: Kein Mensch will uns noch hören und Oswald ödet dieses Konzert, das zu einem Reinfall verkommen ist, sowieso an. Den Schaden kann er locker bezahlen, und wenn nicht, soll er die Rechnung zu mir schicken, was soll's. Er ist auf mich losgegangen, was ich ihm übel nehme, aber trotzdem tue ich ihm einen Riesengefallen, denn so kann er auf das blamabelste Konzert seines Lebens verzichten und erhält obendrein Helene zurück, eine klassische Win-Win-Situation! Soll *er* sich doch sein restliches Leben mit dieser Frau herumschlagen, das Geld dazu hat er ja, denn es wird teuer mit ihr, so freigiebig, wie sie all die Jahre von meinem Geld gelebt hat! Aber egal, das ist vorbei, und jetzt lass die Speditionsleute ihre Arbeit tun, meine Instrumente sind mir wichtig, im Gegensatz zu Helene will ich die nämlich behalten."

Ich sah, wie Marion, die ebenfalls zugehört hatte, immer blasser wurde, sie hatte keine Ahnung, wer diese Helene war.

„Joe, die Spediteure nehmen überhaupt nichts mit – nur über meine Leiche."

„Meinetwegen holen sie das Zeug dann eben morgen ab, sag es ihnen. Aber ohne mich wird es euch nichts nützen."

Jetzt platzte Tobias der Kragen und er riss mir das Handy aus der Hand.

„Joe, ich habe alles mitgehört. Du bist echt das letzte Arschloch."

„Sorry Tobias, aber ich kann nicht anders. Grüß Krökel von mir, ihr seid wirklich klasse Musiker. Vielleicht im nächsten Leben wieder, okay?"

Damit legte er auf. Sofort notierte ich mir Joes neue Nummer und gab den irritierten Fahrern deren Telefon zurück.

„Also, ihr habt gehört, was er gesagt hat. Kommt morgen wieder."

Kopfschüttelnd verließen die beiden die Halle.

Ich fragte Tobias:

„Zieht Joe das wirklich durch?"

„Dass er ein Feigling ist, war mir immer schon klar, große Klappe und nichts dahinter. Aber dass er uns hängen lässt, um damit seine Freundin loszuwerden, hätte ich nicht gedacht. Es ist erbärmlich."

Nun mischte sich Marion ein:

„Und was ist das mit dieser Helene?"

Zum Glück läutete in diesem Augenblick mein Handy, es war Sara. Oswald sei wieder in seinem Hotel, wo man ihn jederzeit erreichen könne. Sofort rief ich ihn an. Das Handy stellte ich jedoch nicht laut, denn womöglich begann Oswald sofort über Helenes unverminderte Beischlafqualitäten zu schwärmen.

„Oswald, weißt du, was hier los ist? Joe will seine Instrumente abholen lassen, er weigert sich zu spielen."

Er antwortete, dass er sowieso keine Lust mehr habe.

„Das ist alles, was dir dazu einfällt?", schrie ich ihn an.

Er legte auf, wie eben auch Joe. Waren sie jetzt beide verrückt geworden? Zwei sechsundsechzigjährige Männer im postpubertären Wahnsinn? Doch was ging mich das alles noch an, das Ziel eines in zwei Stunden stattfindenden Konzerts konnte ich sowieso vergessen. Immerhin gab es bislang keine Toten, ein abgesagtes Konzert war kein wirkliches Drama. Ab morgen wäre alles so, als hätte es diesen Albtraum nie gegeben. Dann konnte Oswald sich in Ruhe mit Helene herumschlagen, auch wenn es abzuwarten galt, ob die sich überhaupt von Joe verlassen ließ. Widerrief sie nämlich ihre Drohung, war alles wieder offen und dieses Sechzig-Plus-Gemetzel ging munter weiter. Schlagartig überfiel mich Müdigkeit, die wohl auch meinem Schlafmangel und den Komplikationen dieses Tages geschuldet war. Ich spürte noch, wie ich zu Boden sank und mich wunderbar dabei fühlte. Am Ende zählte doch nur eines: Ich war wieder mit Sara zusammen und fand, dass ich das auch verdient hatte. Wohlige Dunkelheit machte sich breit, die Welt um mich herum verstummte, ich sah mich mit Sara durch nächtliche Weinberge wandeln, über uns der Sternenhimmel …

„Daniel!“

Marion schüttelte mich heftig, während Tobias meinen Puls fühlte. Sie hatte rechtzeitig nach mir greifen und mich auf eine Decke legen können, auf der, wie ich hernach entdeckte, noch Oswalds Blutflecken vom Vortag zu sehen waren. Sogleich stand damit das Problem, vor dem ich mich in meinem Tagtraum flüchten wollte, wieder klar im

Raum: Marions Informationsbedarf wegen Helene. Sie schien absolut nichts über diese Frau zu wissen und aus dem mitgehörten Telefonat konnte sie folgern, dass ich über Helene Bescheid wusste, weshalb sie mich brauchte, und zwar lebend. Jedes falsche Wort von mir konnte Unheil anrichten, daher war eine möglichst milde Umschreibung jenes Wahnsinns, dem Oswald verfallen war, geboten. Hätte ich bei dem Schriftstellerkurs besser aufgepasst, wäre vielleicht die eine oder andere brauchbare Formulierung hängen geblieben. Aber egal, ich musste ihr unmissverständlich klarmachen, dass ihr Entschluss, Trudlhausen zu verlassen, Oswald überhaupt erst zu seinem Helene-Projekt angespornt hatte. Nachdem Marions Italienplan gestorben war, sah sich Oswald einem unerwarteten Frauenüberschuss gegenüber, der irgendwie wieder abgebaut werden musste. Mein Gehirn arbeitete auf Hochtouren, während ich benommen blinzelte und so tat, als brächte ich kein Wort hervor:

„Entschuldige Marion, das ist nicht mein Tag", flüsterte ich.

Sie half mir auf und ich stand leicht schwankend vor ihr. In diesem Moment stürmte Schlagzeuger Krökel in die Halle und wollte wissen, was los sei, er habe draußen von zwei Speditionstypen wirres Zeug zu hören bekommen. Tobias erklärte ihm, dass es kein Konzert geben werde und er daher seine Plakate mit der Absage aufhängen könne. Und wer es wage, dieses Weichei von Joe in seiner Gegenwart noch einmal zu erwähnen, müsse mit dem

Schlimmsten rechnen. Nichts anderes gelte übrigens für Oswald. Tobias Tonfall hatte sich mit jedem Wort drastisch verschärft, auch er schien mir mittlerweile an der Grenze zum Umkippen. Krökel legte spontan einen Arm um seine Schulter. Wenigstens der verbliebene Rest von *Divinity* übte sich noch in Solidarität.

Marion wohnte der ganzen Szene ungeduldig bei, fieberte sie doch darauf, mich wegen Helene auszufragen. Dennoch würdigte sie den Umstand, dass hier soeben Oswalds Traum zu Grabe getragen wurde.

„Kopf hoch, Tobias“, versuchte Krökel seinen alten Freund aufzumuntern, „lass uns die Plakate kleben und die Damen von der Abendkasse informieren. Vielleicht haben die ja eine Idee, was wir mit diesem angebrochenen Abend anfangen können.“

Tobias sah blass aus, er nickte abwesend und folgte Krökel. Zurück blieben Marion und ich.

„Fahren wir in meine Wohnung.“

„Einverstanden“, pflichtete mir Marion bei, „aber in deinem Zustand fahre besser *ich*. Du kannst mich unterdessen über diese Helene aufklären.“

Dies tat ich dann. Offenbar realisierte sie jetzt erst die Notlage, in die sie Oswald mit ihrem geplanten Wegzug gebracht hatte, was sie zusammen mit dem Umstand, dass die Affäre mit Helene zwanzig Jahre her war, milder stimmte. Trotz allem betrachtete sie diese Frau als Rivalin und reagierte entsprechend alarmiert, ich erkannte ihren Wing-Tsun-Gesichtsausdruck, im besten Fall würde es

Helene mit Marions fernöstlicher Kampftechnik zu tun bekommen. Zuvor musste allerdings erst geklärt werden, ob das Treffen von Oswald und Helene überhaupt eine Wiederannäherung der beiden erbracht hatte. Die Situation war also völlig offen, was Marion schlecht zu ertragen schien, sie wollte Klarheit, und zwar sofort.

Als wir die Wohnung betraten, saßen Sara und Edina plaudernd im Wohnzimmer, die leere Champagnerflasche neben sich. Es ging um den Schreibkurs in der italienischen Residenz des Schriftstellers und ihre Erlebnisse schienen für reichlich Gesprächsstoff zu sorgen.

Wir brachten beide auf den neuesten Stand der Dinge, wobei Joes Verhalten sie beide nicht erstaunte, sie kannten diesen Typ Männer. Edina äußerte zwar Bedauern über den Ausfall des Konzerts, sie fühle sich durch das Kennenlernen Saras aber mehr als entschädigt und zudem bliebe so mehr Zeit, sich mit ihr über den schreibenden Maestro auszutauschen.

Marion bat Edina, ihr in die Küche zu folgen, sie müsse dringend etwas mit ihr besprechen.

Unterdessen berichtete ich Sara von meinem Schwächeanfall, woraufhin sie mich erschrocken bat, am Montag zum Arzt zu gehen. Aus der Küche ertönte Marions aufbrausende Stimme, ich war froh, diese ganze Angelegenheit Edina überlassen zu können.

Dann holte ich das Telefon und rief sowohl meine Freunde vom Jazzquartett als auch meinen Künstlerfreund Schorsch an, um sie über den Ausfall des Konzerts zu informieren. Doch Schorsch und seine Trinkertruppe hatten sich schon frühzeitig in der Hallengaststätte getroffen und wussten bereits Bescheid.

Ich legte mich erschöpft auf das Sofa und bettete meinen Kopf auf Saras Schoß.

„Wenn ich irgendwann so werde wie Oswald oder Joe, dann steck mich in ein Heim oder schick mich einfach zum Teufel, aber tu dir das nicht an. Das hält kein Mensch lange aus."

„Keine Sorge, so leicht bekommst du mich nicht mehr los."

Genau dies hatte ich hören wollen. Während in der Küche weiter beraten wurde, glitt ich in einen Entspannungszustand, der dem Paradies, wie ich es mir vorstellte, sehr nahe kam. Meinen Kopf in Saras Schoß und die Aussicht, sie nie mehr zu verlieren. Ich schloss meine Augen und schlief eine halbe Stunde, als mich jäh das Klingeln meines Handys weckte. Benommen stellte ich auf laut, damit Sara mithören konnte.

Es war Krökel, der im Foyer der Messearena erstaunliche Aktivitäten an den Tag legte. Er berichtete von der Sitzung eines spontan einberufenen Unterhaltungsausschusses, der die abendliche Hallennutzung diskutiere. Dieses Gremium bestehe aus ihm und Tobias sowie einer

fünfköpfigen Truppe, die seit einer Stunde in der Messe-
gastronomie herumgelungert und sich als Premiumkund-
schaft meines Weingeschäfts vorgestellt habe, ein überaus
kreativer Haufen, um deren Identifizierung er mich aber
bitte. Nach einer kurzen Beschreibung konnte ich sie als
meine Degustationsrunde bestätigen, was Krökel erleichtert aufnahm. Die beiden Damen Bainder und Hartmann
hätten draußen bereits das Hinhalten der eintreffenden
Konzertbesucher übernommen, nachdem sie dem Hausmeister dazu überredet hatten, die Ausstattung eines Kon-
ferenzraumes vor die Halle zu tragen, um der Sache einen
professionellen Anstrich zu geben. Außerdem sei ein Beamter namens Bäuerle aufgetaucht. Er habe wegen *Divinity*
auf ein anderes Konzert in Nürnberg verzichtet und bestehe nun auf einer Ersatzveranstaltung, was ihn zur Aufnahme in den Unterhaltungsausschuss qualifiziere. Er
müsse alteingesessener Landsheimer sein, da er vorgeschlagen habe, das Skandaltrio *TBC* zu reanimieren, so sei
das Untertauchen dieses Deserteurs Joe am einfachsten zu
kompensieren. Jener Bäuerle erinnere sich, dass *TBC* immer schon ohne nennenswertes Proben aufgetreten sei,
zumindest habe sich ihre Musik damals so angehört. Er,
Krökel, habe hier widersprechen wollen, doch da habe ihn
der Beamte bereits mit der nächsten Idee überfallen, nämlich kanisterweise Feuerzeugbenzin für Oswalds Feuerat-
tacken zu besorgen, seine Kollegen vom Brand- und Ka-
tastrophenschutz würden da sicher ein Auge zudrücken.
Das Problem sei nur noch Tobias, der sich strikt weigere,

gemeinsam mit Oswald aufzutreten, doch Bäuerle rede auf ihn ein und Tobias zeige bereits erste Anzeichen von Erschöpfung, er werde demnächst wohl einknicken, weshalb er, Krökel, jetzt dringend in den Ausschuss zurückmüsse, der übrigens meinen in die Hallengaststätte gelieferten Wein als kostenfreies Sitzungsgetränk benutze. Selbst die Damen Bainder und Hartmann hätten zwei Flaschen nach draußen geordert. Damit verabschiedete sich Krökel gut gelaunt.

Die Uhr zeigte halb acht. Marion war, während ich geschlafen hatte, mit Edina zu Oswald gefahren, um ihn wegen Helene zur Rede zu stellen. So erfreute ich mich an dem Umstand, endlich wieder alleine mit Sara zu sein. Seit Tagen hatte ich mich für das Gelingen von Oswald Traum abgerackert, doch spätestens die Prügelei am Vorabend hatte mich an die Grenzen meiner Kräfte kommen lassen. Doch nun führte Krökel das Kommando und ich spürte nichts als Erleichterung darüber. Es war mir mittlerweile gleichgültig, was aus dem Abend wurde, Hauptsache, man behelligte mich nicht mit neuen Katastrophen. Noch immer auf dem Sofa liegend und den Kopf auf Saras Schoß gebettet, erzählte ich ihr von unserem nächtlichen Spaziergang durch die Weinberge, der noch ewig hätte andauern können, wenn Marion mich nicht aus meiner Versenkung zurückgeholt hätte.

Sara meinte, wir könnten das nächstes Jahr in Eygalières nachholen, die Weingüter in den Alpillen böten sich dafür an. Mir ging das Herz auf bei diesen Aussichten. Trotzdem, fuhr sie fort, solle ich auf jeden Fall zum Arzt gehen, mit sechsundvierzig Jahren einfach umzukippen, sei nicht normal, auch wenn es wohl an der Doppelbelastung liege, der ich ausgesetzt gewesen sei. Ich fragte sie, was außer Oswald mich noch belastet haben sollte. Ihr Lächeln war eindeutig. Ich tadelte ihre Wortwahl, unser Liebestun sei keine Belastung, vielmehr eine Art Frischzellenkur. Diesen Eindruck habe sie ja auch gehabt, erwiderte sie, doch nichtsdestotrotz sei es eine Belastung für Mensch und Material, wobei sie mit Ersterem mich und mit Letzterem meine Matratze meine. Dieser Satz hätte auch von Edina stammen können, dachte ich erheitert und versprach Sara, am Montag meinen Hausarzt aufzusuchen. Und was meine Matratze betreffe, fuhr ich fort, kenne diese mich nur alleine auf ihr schlafend. Was sie nun erlebe, sei gleichsam Neuland, doch da müsse sie durch. Damit, dass auf ihr auch geliebt werde, müsse sie sich als Matratze nun mal abfinden, ob sie wolle oder nicht, möglicherweise habe man sie nicht richtig darauf vorbereitet, aber das könne nicht unser Problem sein.

Sara stimmte mir zu und wir fuhren zur Messearena. Falls Oswald Marions Verhör unbeschadet überstanden hatte, würde dort voraussichtlich ein *TBC*-Revival stattfinden. Ich kannte die Band nur aus Oswalds Manuskript und es war mir in Erinnerung geblieben, dass ihr letztes Konzert – jenes Feuerspektakel in der Schulaula – im Frühjahr 1971 stattgefunden hatte, also just zu der Zeit, in der ich das Licht der Welt erblickte. Sara meinte, dies sei ein Grund mehr, nichts zu verpassen.

Burning down the stage

Auf dem weitläufigen Parkplatz hinter der Messearena herrschte Leere. Außer dem Lkw, der die Sound- und Lichtanlage von *Divinity* transportierte, stand dort nur ein Kleintransporter, der für einen Nachtclub warb. Wenn ich daran dachte, dass an diesem Abend Oswalds großer Traum endlich wahr und der Parkplatz brechend voll hätte werden sollen, wirkte diese Leere trostlos. Die wenigen im Eingangsbereich geparkten Autos gehörten vermutlich den Angestellten der Hallengastronomie oder jener Handvoll Leute, die von der Konzertabsage nichts mitbekommen hatten und nun darauf warteten, ob es eine Ersatzveranstaltung geben würde.

Ich lief mit Sara in Richtung Haupteingang, wo ich durch die Glasfront des Foyers Krökels Unterhaltungsausschuss tagen sah, der dort um einen Tisch versammelt saß: Krökel und Tobias, die drei Männer meiner Degustationsrunde sowie ein agiler Herr mit schütteren Haaren, der gerade mit großer Geste einen Monolog hielt. Das musste dieser Beamte Bäuerle sein, der seinen Samstagabend zu retten versuchte. Für mich glich der Ausschuss einem Himmelfahrtskommando.

Vor dem Eingang stand ein Konferenztisch und daneben wiesen zwei Stellwände darauf hin, dass das *Divinity*-Konzert krankheitsbedingt ausfiel und in Kürze eine Ersatzveranstaltung bekannt gegeben würde.

An dem Tisch saß der weibliche Rest meiner Fünfer-truppe, die Lehrerin Bainder und Ilse Hartmann. Beide waren mit Handy, Headset sowie Laptop ausgestattet und wirkten derart beschäftigt, als koordinierten sie von hier aus europaweit Veranstaltungen, obwohl sie sich nur um ein paar Herumstehende zu kümmern hatten. Die Bainder begrüßte mich ungewohnt mitteilsam:

„Hallo Herr Straßburger, es freut mich, dass Sie die junge Dame wieder dabei haben, ich kenne sie noch flüch-tig von jenem Samstag … übrigens, wir machen heute Abend einen ökumenischen Bibelkreis mit Hallenmesse in der Messehalle, klingt gut, oder nicht? Der Generalvikar des bischöflichen Ordinariats samt Dekan und Stadtpfar-rer sind bereits unterwegs."

Ilse Hartmann warf der Lehrerin einen verwirrten Blick zu und Sara drückte mehrmals meine Hand. Ich lachte höflich und erwiderte:

„Sie sind witzig, Frau Bainder. Ich hoffe, damit sind wir wieder quitt."

Auch wenn es allem Anschein nach zwischen ihr und Stadtkämmerer Müller gefunkt hatte, was ich den beiden von Herzen gönnte – ihr Humor war dadurch nicht besser geworden.

Da läutete das Handy von Ilse Hartmann, sie rückte ihr Headset zurecht und machte sich hoch konzentriert No-tizen.

„Offizieller Beschluss von drinnen", verkündete sie schließlich und las vor:

„Das legendäre Landsheimer Rocktrio *TBC* gibt nach fünfundvierzig Jahren ein sensationelles Revivalkonzert, Beginn um einundzwanzig Uhr, Eintritt frei."

Dann schaute sie kurz hoch und ergänzte kopfschüttelnd:

„Psychorock meets Pyrotechnics. Was soll das denn heißen?"

„Diesen Quatsch lassen wir einfach weg", entschied die Bainder. Da eilte Krökel aus dem Foyer.

„Meine Damen, legen Sie los und informieren sie jeden, der hier auftaucht."

„Hier taucht wohl keiner mehr auf", gab Ilse Hartmann zu bedenken, „es sind fast alle wieder gegangen."

Krökel blieb zuversichtlich:

„Ich benachrichtige jetzt das Lokalradio, dann geht es ab!"

„Ab nach Hause vielleicht", bemerkte die Bainder zu ihrer Tischkollegin und sie begannen zu kichern, während die Lehrerin eine halbleere Flasche Wein und zwei Gläser unter dem Tisch hervorholte und einschenkte. Ich musste lächeln, sie hatten sich die teuersten Flaschen meiner Weinlieferung gebunkert.

Krökel beachtete die Damen nicht weiter und sagte zu mir:

„Ein Kanister Leichtbenzin ist unterwegs, Oswald darf mit städtischer Genehmigung mal wieder seine Gitarre abfackeln. Tobias hat seinen Widerstand aufgegeben und Bäuerle in diesem Zusammenhang der Folter bezichtigt, aber Hauptsache, er tritt auf. Dieser Bäuerle ist auf dem Weg zu Oswald, wohin er auch die Ärztin vom Gesundheitsamt beordert hat. Er besteht auf einem agilen Gitarristen, eine Feuereinlage vom Rollstuhl aus scheint ihm zu riskant. Die Ärztin sollte Oswalds Fuß bühnentauglich machen. Bis später!"

Damit verschwand er um die Ecke und ich staunte über seinen Schwung trotz der absehbar leeren Halle, vor der sie spielen würden. Nun fragte ich mich, ob man Oswald mit Medikamenten vollpumpen durfte, nur damit er eine Stunde stehen konnte.

„Ich Trottel beginne mir schon wieder Sorgen um Oswald zu machen", sagte ich zu Sara.

„Dann lass uns doch zu ihm fahren. Den Trottel will ich aber nicht mehr hören."

„Da hat Ihre Freundin völlig Recht, Herr Straßburger", mischte sich die Bainder ein und prostete mir zu.

In Oswalds Hotelzimmer herrschte reger Betrieb. Er selbst saß wie zerknittert in seinem Rollstuhl und wurde soeben von der Amtsärztin untersucht. Edina hatte sich offenbar als Kollegin zu erkennen gegeben, da sie gemeinsam über seinen Fuß berieten und unter den ungeduldigen Blicken Bäuerles Fachbegriffe austauschten. Oswald wirkte erschöpft, vermutlich weil Marion ihm wegen Helene gründlich den Kopf gewaschen hatte. Doch als Oswald nun Sara entdeckte, hellte sich seine Miene auf. Sie ging auf ihn zu, legte von hinten ihre Hände auf seine

Schultern und unterhielt sich mit ihm. Ich fragte Marion, wie ihr Gespräch mit Oswald verlaufen sei. Sie zog mich ins Badezimmer und schloss die Tür.

„Auf meine Frage, was es mit der Schlägerei um diese Helene auf sich habe, stotterte er herum und regte sich dann fürchterlich über diese Frau auf. Sie habe ihn beschimpft und von oben herab behandelt, es sei ein übler Drachen aus ihr geworden. Schwer zu sagen, ob er die Wahrheit sagt, ich habe da meine Zweifel. Dann erzählte ich ihm, dass mein Plan mit Italien sich zerschlagen habe und ich in Trudlhausen bleiben würde. Da starrte er mich an und meinte schließlich, dass damit ja nun alles in Ordnung sei, das mit Helene sei nichts als ein Missverständnis gewesen. Trotzdem bin ich mir sicher, dass er etwas verheimlicht, aber das krieg ich noch aus ihm heraus. Dann begann er, über Schmerzen in seinem Fuß zu jammern, und Edina hat nach ihm gesehen, bis dann diese Tussi vom Gesundheitsamt hier aufgetaucht ist."

Ich erklärte ihr, was man mit Oswald vorhatte. Aufgebracht stürmte sie aus dem Badezimmer und stellte Edina zur Rede, die sie zu beruhigen versuchte:

„Wenn er eine orthopädische Fußentlastung bekommt und gleichzeitig Schmerzmittel nimmt, kann er für zwei Stunden auftreten. Da nichts gebrochen ist, hat das keine negativen Auswirkungen. Mit dem Spezialschuh wird sich die Zerrung nicht verschlimmern."

Edina zeigte auf Bäuerle:

„Er telefoniert gerade mit dem Besitzer des Sanitätshauses, ob er einen entsprechenden Stützschuh im Lager hat."

In dem Moment streckte Bäuerle seinen Daumen nach oben und beendete das Telefonat:

„Er hat seine Größe an Lager und bringt den Schuh gleich zur Messearena."

Die Amtsärztin sagte:

„Dann spritzen wir jetzt das Schmerzmittel."

Marion gab nicht auf:

„Oswald, willst du dich wirklich mit Medikamenten vollpumpen lassen, nur, um auf der Bühne zu stehen? Vor einer leeren Halle? Mach dich nicht lächerlich, du bist sechsundsechzig Jahre alt, so etwas hast du nicht nötig."

Oswald sah sie ebenso erstaunt an wie ich, Marions fürsorglicher Tonfall war neu. Er deutete auf Bäuerle:

„Marion, dieser freundliche Herr hier besorgt mir Benzin! Ich kann es also noch einmal krachen lassen wie zu alten Zeiten, du weißt schon, Gitarren anzünden, soll ich mir das etwa entgehen lassen?"

Nun meldete ich mich zu Wort:

„Aber Oswald, willst du das deiner guten Gitarre wirklich antun?"

Daran schien er noch nicht gedacht zu haben, Bäuerle bewies erneut Geistesgegenwart.

„Kein Problem, ich habe bei mir zu Hause eine billige E-Gitarre herumliegen, es ist mir eine Ehre, sie von Herrn Straßburger abfackeln zu lassen."

Nun beugte er sich zu Oswald herunter und sah ihm direkt in die Augen:

„Damals in der Aula des Gymnasiums! Ich war Oberstufenschüler und stand ganz vorne an der Bühne. Vermutlich war ich der einzige drogenfreie Zuhörer, trotzdem haben Sie mich schwer beeindruckt."

Über Oswalds Gesicht glitt ein breites Grinsen. Er streckte Bäuerle seine Hand hin und sagte:

„Ich heiße Oswald."

„Und ich bin der Manfred."

Marion verdrehte ihre Augen:

„Der Beginn einer wunderbaren Freundschaft ..."

In dem Augenblick läutete mein Telefon. Krökel wollte wissen, wie weit Oswalds Instandsetzung sei, das Konzert beginne in fünfundvierzig Minuten und Tobias bestehe darauf, die Stücke kurz anzuspielen, da er sich an kein einziges mehr erinnere. Ich sagte Krökel, dass wir gerade am Aufbrechen seien. Bäuerle gab unterdessen telefonische Anweisungen zur Lieferung seiner Gitarre in die Messearea. Dann setzte die Ärztin Oswald eine Spritze. Wir sahen ihr alle dabei zu. Oswald wurde plötzlich leichenblass und drohte aus dem Rollstuhl zu kippen, doch Sara hielt ihn mit beiden Händen fest. Die Ärztin verpasste ihm eine leichte Ohrfeige und sagte:

„Alles in Ordnung, junger Mann, nun stellen Sie sich mal nicht so an."

Marion wollte protestieren, doch die Ärztin brachte sie mit einem scharfen Blick zum Schweigen. Allmählich kehrte wieder Farbe in sein Gesicht zurück und er sah uns benommen an. Die Ärztin attestierte Transportfähigkeit, so verließen wir das Zimmer und marschierten zu sechst zuzüglich Oswald im Rollstuhl durch die Hotellobby nach draußen.

Am Künstlereingang der Messearena stand bereits ein Auto des Sanitätshauses. Mir schien, als sei halb Landsheim unterwegs, nur um Oswald halbwegs fit auf die Füße zu bringen. Hinter der Bühne wurde ihm der orthopädische Stiefel angelegt, über seinen anderen Schuh stülpte man eine Absatzerhöhung, damit er gerade stehen konnte. Dann bewegte die Amtsärztin Oswalds Fuß hin- und her, was er ohne Klagen geschehen ließ. Die Schmerzmittel wirkten demnach, so dass sie ihm befahl aufzustehen. Er kam tatsächlich hoch, noch etwas wacklig, aber er stand und zeigte seinem Freund Bäuerle den hochgereckten Daumen. Dann lief er einige Schritte und grinste zufrieden. Da tauchte ein junger Mann mit einer Gitarre auf, den Bäuerle als seinen Sohn vorstellte. Oswald sah sich die Leihgabe kritisch an, spielte einige Töne darauf und verzog dabei sein Gesicht.

„Sorry Manfred, aber dieses Teil gehört wirklich am besten verbrannt."

Bäuerle signalisierte Zustimmung, während sein Sohn kopfschüttelnd wieder verschwand.

Unterdessen drängte Krökel auf eine Anspielprobe wegen des Repertoires. Die Ärztin verabschiedete sich und überließ Edina zwei weitere Spritzen mit dem Medikament.

Ich ging mit Sara nach draußen und wir setzten uns auf eine Bank in der Nähe des Haupteinganges. Sie legte mir ihren Arm um die Schulter und sagte:

„Egal, was heute Abend noch passiert, ich bin froh, hier zu sein."

„Und dieses Chaos hier?"

„Ich mag deinen Onkel."

„Aber dein erster Eindruck von ihm ist doch katastrophal! Die Prügelei, sein Jammern und überhaupt diese Rollstuhlnummer. Wie kann man so jemanden mögen?"

„Weil ich weiß, was er alles für dich getan hat."

Damit brachte es Sara auf den Punkt. Oswald hatte tatsächlich viel für mich getan, deshalb auch mein Einsatz während der letzten Monate. Ich war nervös, was noch kommen würde, denn die Sache mit Joe und Helene war keineswegs ausgestanden, auch wenn Oswald die Angelegenheit gegenüber Marion zu beschwichtigen versuchte. Keiner wusste, was zwischen ihm und Helene im Moment lief.

Auf einmal entdeckte ich Oswalds Zugehfrau, die Leichtle, wie sie neben einem Mann vor der Halle stand. Ich ließ Sara allein und ging hinüber, um sie zu begrüßen. Ich konnte es kaum glauben, wer neben ihr stand: der Ochsenwirt. Er kannte mich noch aus meiner Trudlhausener Zeit und sagte, dass er das Probekonzert im Hirschen damals mitverfolgt habe und nun gespannt sei. Frau Leichtle habe er mitgenommen, damit sie endlich erkenne, bei welch genialem Musiker sie putze. Sie sah ihn kritisch an, doch er lachte nur.

„Sie hat sich anfangs geweigert, doch ich habe so lange vor ihrer Wohnung gehupt, bis sie eingestiegen ist. Die ganze Fahrt hierher hat sie kein Wort mit mir gesprochen Mein Gott, sie ist so nachtragend!"

„Ich bewerte das als eine Entführung", bemerkte die Leichtle abfällig.

Der Ochsenwirt schüttelte den Kopf und sagte zu mir:

„Meine Frau ist vor drei Monaten über Nacht mit einem anderen durchgebrannt. Jetzt habe ich mich dazu durchgerungen, endlich mal wieder etwas zu unternehmen, da macht mir diese Frau die Hölle heiß."

Ich blickte zur Leichtle. Endlich war der Ochsenwirt wieder zu haben, was für sie und ihr Trauma hochbrisant sein musste, doch sie brütete vor sich hin, als wäre sie entschlossen, ihn für ihr jahrzehntelanges Leiden zu bestrafen. Ich zwinkerte ihr aufmunternd zu, was sie aber ignorierte. Dann ging ich zurück zu Sara.

In dem Moment fuhr ein Lieferwagen eines örtlichen Baumarktes vor und hielt am Haupteingang. Ein Mann mit einem Päckchen in der Hand stieg aus und sprach mit der Lehrerin Bainder. Diese zeigte in meine Richtung, woraufhin der Mann zu uns kam.

„Herr Straßburger?"

Ich bejahte und er überreichte mir das Päckchen. Jetzt sah ich, dass es für Oswald war. Trotzdem quittierte ich den Erhalt, ich würde es ihm nach der Probe überreichen.

„Dass Sie so spät noch liefern?", fragte ich den Mann.

„Für Geld macht unser Baumarkt alles", grinste er und fuhr wieder davon.

„Wahrscheinlich irgendein Tuningteil für seinen Rollstuhl", bemerkte ich mit Blick auf das Päckchen.

Sara lächelte nur.

Vor dem Haupteingang begann der Hausmeister, den Konferenztisch der beiden Damen abzuräumen und ihn in die Arena zurückzuschleppen. Gleichzeitig kam Ilse Hartmann mit einer neuen Flasche Wein und einem Tablett mit mehreren Gläsern auf uns zu:

„Unser Job ist beendet, wir haben alle sieben Unschlüssigen zum Bleiben überredet. Darf ich Sie nach getaner Arbeit auf ein Glas Wein einladen?"

„Aber gerne, ist sowieso meiner", sagte ich.

Nun kam auch die Bainder zusammen mit Kämmerer Müller, der trotz der Sommerhitze seinen neuen Anzug trug.

Ich sagte zu ihm:

„Frau Bainder hat Sie wirklich gut beraten, das Teil steht Ihnen hervorragend, Herr Müller, gratuliere."

„Danke, es gibt noch mehr, zu dem Sie uns gratulieren dürfen!"

Plötzlich stand mein Künstlerfreund Schorsch hinter mir und sagte:

„Daniel, stell dir vor, die beiden haben sich vorhin geküsst!"

„Schorsch, du bist indiskret!", rügte die Bainder ihn verschämt und drückte Müllers Hand.

„Mit Runkelbach wären wir komplett, wo ist er überhaupt", fragte Ilse Hartmann in die Runde.

„Er hat heimlich der TBC-Probe zugehört und warnt nun seine eingeladenen Naturschützer. Ich denke, von denen kommt keiner mehr", sagte Schorsch.

„Hört es sich so schlimm an?", fragte ich ihn.

„Für ihn anscheinend schon. Er steht doch eher auf naturbelassene *Unplugged*-Sachen."

Ilse Hartmann hatte mittlerweile eingeschenkt und wir stießen auf das bevorstehende Ereignis an. Ich dankte nochmals allen für ihren Einsatz und hob besonders Kämmerer Müller hervor, der seinen Beamtenkollegen Bäuerle ins Boot holen konnte, ohne dessen Einsatz der Abend wohl geplatzt wäre.

Schorsch schien ebenfalls beeindruckt von dem Mann, den er vorhin im Unterhaltungsausschuss miterlebt hatte:

„Ich sag's euch, hätte dieser Bäuerle es bis ins Kultusministerium geschafft, würden sämtliche Blaskapellensubventionen unbemerkt in die Rockmusikförderung fließen, was die gesamte Bierzeltszene revolutionieren ..."

„... und der Hörgeräteindustrie zu einem massiven Aufschwung verhelfen würde, so laut, wie die spielen", unterbrach ihn der hinzugestoßene Runkelbach und boxte Schorsch auf den Oberarm. Noch ehe dieser antworten konnte, verbeugte sich Runkelbach elegant vor Sara und gab ihr einen Handkuss.

„Schön, Sie wieder zu sehen. Ich hoffe, unser werter Daniel hat Sie inzwischen über unser wahres Tun aufgeklärt?"

Sara lachte ihn an:

„Ja, ich weiß inzwischen alles über Ihre gottlose Degustationsrunde."

Runkelbach fuhr fort:

„Wir sind, was den Umsatz bei Daniel angeht, systemrelevante Kunden, unser Ruf ist daher egal."

„Genau!", warf Kämmerer Müller ein, „ist die Leber einmal ruiniert, degustatiert sich's völlig ungeniert."

Die Bainder fing laut an zu lachen und Müller strahlte übers ganze Gesicht. Wir lachten höflich mit und schenkten dabei Wein nach. Nun neigte sich das Interesse der Truppe hin zu Sara. Enttäuscht mussten sie hinnehmen, dass Sara nicht nach Landsheim ziehen und dort als Frau des Chefs im Weinladen stehen würde. Schorsch beriet sich kurz mit den anderen und bot Sara dann eine Ehrenmitgliedschaft in ihrer Samstagsrunde an, was sie dankend annahm. Sie werde versuchen, möglichst oft zu kommen. Dabei sah sie mich mit strahlenden Augen an.

In dem Moment kam Schlagzeuger Krökel aus der Halle und brachte uns auf den neuesten Stand. Es habe sich bei der Probe herausgestellt, dass sie nur noch drei ihrer alten Stücke komplett spielen könnten, doch Oswald würde seine Soli einfach ausdehnen, so kämen sie auf eine knappe Stunde Musik.

Ich ging in die Halle und übergab Oswald das Baumarkt-Päckchen, woraufhin er mich lobte, die Abholung von Joes Instrumenten verhindert zu haben. Er klopfte mir anerkennend auf die Schulter und nannte mich einen Helden – keine Ahnung, was das schon wieder sollte, ich schrieb es den Nebenwirkungen des Schmerzmittels zu.

Kurz vor dem Auftritt blieb ich mit Sara noch hinter der Bühne. Es war alles vorbereitet, Bäuerles Benzin lag draußen in Oswalds Reichweite. Edina gab ihm eine weitere Spritze, die er diesmal besser vertrug.

Dann verließen sie zu dritt den Raum in Richtung Bühne. Ich wunderte mich noch, warum Bäuerles zur Verbrennung vorgesehene Gitarre noch hier lag. Hatte Oswald sie vergessen? Verzichtete er nun doch auf den Einsatz von Feuer?

Sara steckte sich ihren mitgebrachten Gehörschutz in die Ohren und wir gingen in die Halle, wo die verbliebenen zwanzig Zuhörer vor der riesigen Bühne standen und wie verloren wirkten. Der Ochsenwirt redete auf die Leichtle ein, doch die verzog keine Miene. Edina und Marion unterhielten sich, während Bäuerle zwei seiner städtischen Kollegen über das bevorstehende Feuerspektakel aufzuklären schien. Ich konnte mir nicht vorstellen, wie in dieser Leere Atmosphäre aufkommen sollte. Obwohl noch niemand klatschte, brandete plötzlich tosender Applaus auf, den der grinsende Mischpultmann über die Lautsprecher einspielte.

Die Gebläse der Trockeneismaschinen tauchten die Bühne in Nebel und ein gelber Scheinwerferstrahl verfolgte Krökel, der sich ans Schlagzeug setzte und einen rockigen Rhythmus zu spielen begann. Dazu tönte erneut tosender Applaus, woraufhin Tobias die Bühne betrat, in grünes Licht getaucht. Mit seiner Bassgitarre spielte er ein Riff zu Krökels Rhythmus.

Schließlich erschien Oswald, ein feuerroter Lichtspot war auf ihn gerichtet und der digitale Applaus, der mir allmählich auf die Nerven ging, verzehnfachte sich. Leicht wankend lief er mit umgehängter Gitarre zu seinem Verstärkerturm, im Gesicht eine schwarze Sonnenbrille und darüber sein Kopfverband, dem Marion mit einem Lippenstift das Emblem *TBC* verpasst hatte. Als er in die Saiten griff, wurde es derart laut, dass selbst Sara mit ihrem Gehörschutz zusammenzuckte. Es klang bombastisch und Oswald glänzte mit einem langen Solo. Er schien nichts verlernt zu haben und ließ seine Gitarre wimmern und jaulen, all die Sounds, die ich von Hendrix-Platten her kannte. So lebendig es auf der Bühne zur Sache ging, so wenig Stimmung kam davor auf, die Leere um uns herum störte alle außer Bäuerle, der, mit einer fiktiven Luftgitarre bestückt, auf Oswalds Spiel mit heftigen Zuckungen reagierte. Daneben standen die Leichtle und der Ochsenwirt und amüsierten sich. Marion und Edina warfen mir ratlose

Blicke zu. Nach dem Stück brandete wieder der Applaus auf und während der zweiten Nummer, die sich für mich exakt wie die erste anhörte, schienen auch Tobias und Krökel zu bemerken, dass vor der Bühne nicht viel los war, nur Oswald bekam nichts mit, er war voll in seinem Element.

Schließlich kündigte er die dritte und letzte Nummer an, die den Titel *Burning down the stage* trage, was von Bäuerle begeistert bejubelt wurde. Dessen Kollegen platzierten ihre Handfeuerlöscher nun direkt vor der Bühne. Alle Scheinwerfer gingen aus und das Stück begann mit einem langen Schlagzeugsolo, zu dem das einsetzende Blitzgewitter eines Stroboskops Krökels Armbewegungen seltsam verlangsamt wirken ließ, obwohl er wie wild auf sein Drumset einschlug. Irgendwann setzten Tobias und Oswald mit ein und das letzte Stück begann. Während er seine Gitarre noch umhängen hatte, ergriff Oswald irgendwann die Flasche mit dem Leichtbenzin und überschüttete damit die Keyboards von Joe. Noch ehe es jemand verhindern konnte, legte er an mehreren Stellen Feuer und zog dann aus seiner Hosentasche ein kleines Fläschchen, dessen Inhalt er in die Flammen schüttete. Plötzlich explodierte ein riesiger Feuerball über Joes Instrumenten, wir Zuschauer wichen nach hinten zurück, Krökel und Tobias brachten sich am Bühnenrand in Sicherheit, während die Brandschützer hektisch die Bühne erklommen, um den Flammenherd mit einer dicken Schicht Löschschaum zu überziehen, und dem Chaos ein

Ende setzten. Totenstille machte sich breit, die tristen Neonröhren der Saalbeleuchtung gingen an und alle starrten auf die Verwüstung der rechten Bühnenhälfte, während sich der Gestank nach verbranntem Kunststoff breitmachte. Jedem stand der Schreck ins Gesicht geschrieben, ausgenommen Oswald, der triumphierte. Seine Rache an Joe war eiskalt geplant und ich Idiot hatte diesen Wahnsinn durch meine Weigerung, die Instrumente abtransportieren zu lassen, erst ermöglicht. Oswald grinste, während er seine Gitarre zur Seite stellte und das leere Brennspiritus-Fläschchen aus dem Baumarkt wieder in seine Hosentasche steckte. Selbst Bäuerle, der das Spektakel reaktionsschnell mit seinem Handy gefilmt hatte, stand ratlos herum und sprach von einem tragischen Irrtum bezüglich des abzufackelnden Instruments.

Nun ertönte Krökels Stimme über die Anlage:

„Leute, das war's. Neben *Divinity* ist nun auch *TBC* endgültig am Arsch. Das habt ihr den Idioten Joe und Oswald zu verdanken."

Da riss Tobias das Mikrofon an sich und brüllte den Helfern zu:

„Jungs, wir bauen heute noch alles ab und fahren nach Hause. Nichts wie raus aus diesem Irrsinn."

Der Mann am Mischpult und die beiden Lichttechniker signalisierten Zustimmung und begannen mit dem Abbau.

Während Bäuerle und seine Männer den Schaden begutachteten, schien Oswald sich zu wundern, dass ihm niemand zu seinem Triumph gratulierte. Schließlich verschwand er hinter die Bühne, Sara und ich folgten ihm. Er hatte seine Sonnenbrille abgenommen, mied meinen Blick und lächelte stattdessen Sara an, die ihn jedoch tadelte:

„Das war wirklich nicht nötig, Oswald."

„Doch, das war es", sagte er trotzig.

In dem Moment betrat Bäuerle das Künstlerzimmer.

„Oswald, was hast du angerichtet? Ihr habt riesiges Glück gehabt, dass es kein Desaster mit dem Strom gab. Die Keyboards sind hinüber, die haben vielleicht noch das Feuer, aber nicht mehr den Löschschaum überlebt."

„Joe soll froh sein, dass er selbst überlebt hat", giftete Oswald.

Sara reagierte ungewohnt laut:

„Oswald, lass bitte solche Sprüche. Das macht alles nur noch schlimmer."

„Entschuldigung", brummte er leise in ihre Richtung.

„Du hattest doch meine Gitarre zum Abfackeln, also wirklich", bedauerte Bäuerle, schien aus seiner Sicht aber nun genug Anteilnahme gezeigt zu haben:

„Trotzdem war es eine sagenhafte Steigerung zur Schulaula damals. Ich zeig es dir."

Er zog sein Handy hervor und beide sahen sich begeistert die Videoaufnahme an. Inzwischen waren auch Marion und Edina dazugekommen. Marion stellte sich vor Oswald und donnerte:

„Du Vollidiot! Sei froh, dass du einen neuen Freund gefunden hast. Du wirst ihn nämlich brauchen, deinen Manfred, denn mit allen anderen hast du es endgültig versaut."
Oswald starrte weiter auf Bäuerles Handy und versuchte, sich nichts anmerken zu lassen, doch Bäuerle stoppte das Video und sagte zu ihm:

„Ich glaube, die Dame spricht mit dir."

Oswald blickte mit seinem gesunden Auge zu ihr auf und sagte:

„Ich brauche niemanden."

Alle schwiegen und Bäuerle fiel allmählich auf, dass es hier um mehr ging. Er klopfte Oswald auf die Schulter, gab ihm zu verstehen, dass er draußen auf ihn warte und verließ den Raum.

Noch immer sprach keiner ein Wort. Oswald stierte regungslos auf seinen orthopädischen Stiefel.

Da fragte Sara.

„Oswald, darf ich ehrlich sein?"

Er nickte unmerklich.

„Du hast Mist gebaut und solltest jetzt dazu stehen."

„Solange du noch stehen kannst", fügte Marion hinzu.

„Ich hätte noch eine Spritze übrig", entfuhr es der gut gelaunten Edina. Oswald blickte sie an und lächelte, bis er irgendwann sagte:

„Einverstanden, wenn ihr alle darauf besteht, dann habe ich halt Mist gebaut. Aber es tut mir kein bisschen leid."

„Das ist doch schon mal was", bemerkte Marion, „und wenn du jetzt noch damit rausrückst, was heute Nachmittag mit Helene lief, wird sich das strafmildernd auswirken."

Sara warf ein:

„Das geht aber nicht alle hier etwas an."

„Warum denn nicht?", entgegnete Marion, „wir sind doch die Letzten, die noch mit ihm reden."

Sara gab Edina ein Zeichen und sie verließen den Raum. Somit waren wir zu dritt.

„Also, raus mit der Sprache!", drängte Marion.

„Ich habe dir doch schon alles erzählt."

„Aber das war nicht alles, lüg mich kein zweites Mal an!"

Wütend stand Oswald auf, doch da schoss ihm heftiger Schmerz in den Fuß und er setzte sich wieder.

„Schmerzmittel gibt es erst, wenn ich alles weiß", stellte Marion klar.

„Das ist Erpressung."

„Was ist mit dieser Helene?", schrie Marion.

„Ich weiß es nicht! Sie sprach kein Wort, als ich bei ihr war, sie hat immer nur gelächelt."

„Klar!", warf ich ein, „sie hält dich warm, Oswald, vielleicht kann sie dich ja irgendwann wieder brauchen."

„Du hast keine Ahnung!"

„Oh doch, ich habe mehrmals mit ihr gesprochen. Sie ist egoistisch und selbstverliebt, man kann ihr kein bisschen trauen."

„Oho, unser Daniel ist plötzlich der große Frauenversteher!"

Marion fuhr laut dazwischen:

„So wie du diese Frau verteidigst, willst du sie wohl haben. Alles klar, dann weiß ich Bescheid, damit kannst du mich ab sofort aus deinem Leben streichen."

Damit stürmte sie aus dem Raum.

Ich sagte leise:

„Das war ziemlich bescheuert von dir."

„Was sollte ich tun? Marion kann man nicht anlügen, die merkt alles."

„Vielleicht solltest du entscheiden, wer von den beiden dir wichtiger ist."

„Woher soll ich das wissen, wenn Helene nichts sagt."

„Ach, ein Wort von Helene und du liegst ihr zu Füßen? Wenn das so ist, dann solltest du noch etwas wissen, es wäre nämlich unfair von mir, dies zu verschweigen."

Er sah mich gespannt an. Ich berichtete ihm von Helenes Telefonat mit Joe und von ihrer Drohung, sich zu trennen, wenn er das Konzert nicht spiele.

„Joe meinte, dieses Angebot nicht ausschlagen zu können, es sei *seine* Chance, Helene loszuwerden. Er überlasse sie gerne dir, wofür du ihm dankbar sein solltest."

„Dieses arrogante Arschloch."

„Das stimmt. Dann betonte er noch, dass Helene teuer sei, denn sie habe all die Jahre ausschließlich von seinem Geld gelebt, so eine Frau könne sich nicht jeder leisten.

Du selbst hast sie mal als verwöhnte Prinzessin beschrieben!"

Er starrte vor sich hin.

„Oswald!", fuhr ich fort, „Helene wird nicht lange zögern: Du hast Geld und willst sie haben, ein perfekter Deal für finanzschwache Diven. Da kannst du Marion sorglos in die Wüste schicken."

Damit verließ auch ich den Raum. Es kostete mich Kraft, so mit ihm zu reden, doch ich schuldete ihm diese Ehrlichkeit, ähnlich drastisch hatte er mich einst vor meiner Ehefrau gewarnt. Nun war es an mir, dies zu tun, und ich konnte nur hoffen, dass es nicht genauso vergeblich sein würde wie damals bei mir.

Draußen unterhielten sich Sara und Edina angeregt und Bäuerle nickte mir zu, bevor er wieder zu Oswald ging. Von Marion war nichts mehr zu sehen.

In der Halle wurde inzwischen abgebaut. Wie es aussah, war außer Joes Instrumenten nichts weiter in Mitleidenschaft gezogen worden, Bäuerles Männer hatten gute Arbeit geleistet.

Nun rief ich Joe auf dessen neuer Nummer an. Er ging gleich ran.

„Hallo Daniel. Wie läuft es bei euch?"

„Ich habe eine schlechte Nachricht für dich."

„Helene? Hat Oswald etwa die Annahme verweigert?"

Er lachte laut über seine Bemerkung.

„Joe, es betrifft deine Instrumente.“

„Was ist damit?“

„Oswald hat sie angezündet, sie sind hinüber.“

„Was hat er?“, schrie er ins Telefon.

„Du hast richtig gehört.“

Ich hörte ihn heftig atmen, einen so hohen Preis für Helenes Entsorgung hatte er offenbar nicht erwartet.

„Joe, damit das klar ist: Ich wusste nicht, was Oswald plant, den Abtransport verhinderte ich nur in der Hoffnung, dass du noch auftauchen würdest.“

„Ist schon o. k., Daniel, aber sind die Keyboards wirklich nicht mehr zu retten?“

„Du müsstest sie sehen, angesengt und voller Löschschaum, leider.“

Er stöhnte laut auf und sagte dann wütend:

„Oswald kann mich mal, sag ihm das.“

Damit legte er einmal mehr grußlos auf, dieses Mal konnte ich es ihm sogar nachsehen.

Ich ging zurück hinter die Bühne, wo Edina inzwischen alleine wartete.

„Sara redet mit Oswald. Du sollst sie auf keinen Fall stören.“

Sie wirkte aufgedreht:

„Dieser Tumult war ganz nach meinem Geschmack. Du hast einen klasse Onkel, wenn er nur zwanzig Jahre jünger wäre …“

„…Edina, hör auf, er ist verrückter, als du denkst. Mit ihm hättest du nichts als Ärger."

„Er würde mir wenigstens nicht aus dem Bett flüchten."

„Wie auch, als Rollstuhlfahrer", entfuhr es mir.

„Danke für dieses Kompliment."

Ich errötete.

„Daniel, besonders aufbauend war deine Flucht wirklich nicht für mich, aber ich bin darüber hinweg, sonst wäre ich nicht hier. Und wenn ich mir Sara ansehe, kann ich dich sogar verstehen. So eine Frau betrügt man nicht mal im Vorhinein."

Blitzschnell drückte sie mir einen Kuss auf die Lippen. Da öffnete sich die Tür und Sara erschien mit Oswald im Rollstuhl. Er wirkte erschöpft.

„Er will ins Hotel. Daniel, können wir ihn fahren?"

„Könnt ihr mich mitnehmen?", fragte Edina.

Als wir weit nach Mitternacht in meiner Wohnung ankamen, fragte ich Sara, was sie mit Oswald besprochen hätte. Sie schüttelte vielsagend ihren Kopf und verschwand im Bad. Wir waren beide todmüde, doch nicht nur die Hitze in der Wohnung hinderte uns am Einschlafen. Es wurde spät.

Nachlese

Der Sonntag begann mit einem kleinen Wunder: Sara war vor mir aufgestanden und in der Wohnung roch es bereits nach Kaffee.

Ich schlich zur Küche, wo sie wegen der Hitze lediglich mit einem Slip bekleidet am Tisch saß, in dem Buchmanuskript von Oswald las und gelegentlich an ihrer Kaffeetasse nippte. Ich weiß nicht, wie lange ich sie betrachtete, es war die pure Demut, die ich bei ihrem Anblick empfand.

Nun bemerkte sie mich, schenkte mir lächelnd Kaffee ein und meinte, sie lese gerade den Abschnitt über das Feuerspektakel in einer Schulaula und stelle sich Oswald dabei als jähzornigen jungen Mann vor. Im Grunde sei er das für sie geblieben, vielleicht habe es für ihn nie einen Grund gegeben, wirklich erwachsen zu werden. Oswald sei unabhängig, habe keinerlei Verpflichtungen und könne es sich leisten, ausschließlich seinen Träumen nachzuhängen, egal, ob das die Musik oder aber verflossene Frauen seien.

Ich nahm einen Schluck vom Kaffee und erwiderte:

„Man erlebt ihn trotzdem nur selten glücklich. Er ist ein Eremit und will nichts als Ruhe."

„Das ist aber nur eine Seite von ihm. Neben seiner Ruhe will er schließlich auch Marion und außerdem diese Helene."

„Das ist eine zu viel, um Ruhe zu haben."

„Gibt es nicht immer *zu viel* oder *zu wenig*, weswegen man meint, nicht glücklich sein zu können?"

„In unserem Falle war es ein Brief *zu viel*. Und ein Anruf *zu wenig*."

„Ach Daniel, hör auf, wir haben es doch wunderschön jetzt."

Sie strich mir dabei mit der Hand über die Wange. Dann fuhr sie fort:

„Ich habe gestern Abend lange mit Oswald geredet. Er meinte, Helene habe etwas, von dem er nicht loskomme. Selbst wenn sie aus purer Geldnot bei ihm bleiben würde, könne er sie nicht wegschicken. Marion sei sein Dorfglück, Helene jedoch sein Lebensglück."

Sie sah mich an:

„Ich konnte ihm mit dem Lebensglück nicht widersprechen. Weil es mir mit *dir* genauso ergeht."

„Das hast du schön gesagt."

„Dann sei nachsichtig mit ihm."

Ich versprach es ihr.

Gegen Mittag lud ich mit Hilfe von Schorsch die Anlage von Oswald in dessen Auto und informierte den Hausmeister der Messearena, dass sich wegen Entsorgung der verbrannten Instrumente montags ein Herr Bäuerle bei ihm melden würde. Am Vorabend hatte dieser noch angeboten, sich darum zu kümmern.

Ich stellte Oswalds voll beladenes Auto in meine Garage und ging zurück in die Wohnung. Sara berichtete, dass

Marion und Edina während meiner Abwesenheit aufgetaucht seien, um sich zu verabschieden, sie solle mich von beiden grüßen. Edina habe uns alles Glück dieser Welt gewünscht und sie dann innig umarmt. Marion hingegen habe übermüdet gewirkt, sie habe wohl eine üble Nacht hinter sich gehabt und deshalb Edinas Angebot angenommen, einige Tage bei ihr zu wohnen, um wieder auf andere Gedanken zu kommen.

„Schade, dass ich die beiden verpasst habe. Arme Marion, zum Glück kümmert sich Edina um sie."

Sara nickte mir zu und fragte dann, ob ich schon etwas von Oswald gehört hätte.

„Nein. Keine Ahnung, was er gerade macht."

„Ich muss an ihn denken, wie er in seinem Rollstuhl alleine im Hotel sitzt."

„Mir kommen gleich die Tränen. Aber wenn es dich beruhigt, dann lass uns doch zu ihm fahren."

Wir liefen eben zum Hoteleingang, als mein Handy klingelte. Es war Helene. Sie habe eben die Hotelrechnung bezahlen wollen, als man ihr mitteilte, dass ihre Bankkarten gesperrt seien.

„Da war Joe aber schnell", rutschte es mir heraus.

Sie fragte erstaunt, warum Joe das tun sollte. Da begriff ich, dass sie noch nichts von Joes Entscheidung, sie zu verlassen, wusste.

„Was soll die Kartensperrung mit Joe zu tun haben?!“, fragte sie erneut. Sara sah mich fragend an, und ich signalisierte ihr, mit wem ich sprach.

„Helene, es gibt ungute Neuigkeiten, auch wenn es ziemlich schräg ist, dass Sie es von mir erfahren. Aber Joe scheint zu kneifen.“

Dann erklärte ich ihr, dass Joe ihre gestrige Drohung am Telefon als Chance aufgefasst habe und ihre Beziehung als beendet ansehe, so jedenfalls seine Erklärung mir gegenüber. Mit der Sperrung der Karten scheine Joe seinen Beschluss besiegelt zu haben.

Sie schwieg und es brauchte lange, bis sie ungläubig fragte:

„Stimmt das wirklich?“

„Ich meine es ernst.“

Helene holte tief Luft, bedankte sie sich für meine Offenheit und legte auf.

„Joe hat ihre Karten sperren lassen?“, fragte Sara.

„Ja, Helene steht an der Rezeption und kann nicht bezahlen. Kein feiner Zug von Joe.“

„Dieser Typ ist unmöglich. Da sind sie zwanzig Jahre zusammen und dann so ein Ende.“

„Joe geht davon aus, dass Oswald ihr hilft.“

„Ich wäre zu stolz, in dieser Situation um Geld zu betteln.“

„Gehen wir zu Oswald hoch, vielleicht telefoniert sie ja bereits mit ihm.“

Wir mussten mehrmals klopfen, bis er uns, im Rollstuhl sitzend, die Tür öffnete. Im Zimmer roch es nach Rauch und Alkohol, er sah übernächtigt aus und hatte offensichtlich in seiner Bühnenkleidung geschlafen, nur der orthopädische Schuh lag in einer Ecke. Sein Blick war vernebelt, aber nicht unzufrieden. Ich musste lächeln:

„Oswald, der exzentrische Rockstar! Hast du auch schon den Fernseher aus dem Hotelfenster geworfen?"

Er grinste:

„Klar, zusammen mit der Minibar, gleich nachdem die Groupies gegangen sind."

Sara sah ihn streng an:

„Du siehst aus wie ein Penner und riechst auch so. Du solltest duschen."

Er blickte sie gut gelaunt an und erwiderte:

„Schwierig mit dem Rollstuhl, kannst du mir helfen?"

„Du wirst übermütig! Das soll Daniel machen."

Ich schob ihn ins Bad, half ihm beim Ausziehen und stülpte vorsichtshalber alle verfügbaren Duschhauben über seinen Kopfverband. Dann setzte ich ihn in die Duschkabine und suchte in seinem Koffer nach frischer Kleidung, die ich ihm ins Bad legte, während er sich dort einseifte und dabei einen alten Hit grölte.

Derweil half ich Sara, das Hotelzimmer in Ordnung zu bringen. Im Aschenbecher entdeckten wir abgerauchte Joints und neben dem Schrank eine leere Weinflasche. Sara warf alles in den Papierkorb, richtete das Bett, und als Oswald aus dem Bad rollte, war das Zimmer wieder bewohnbar. Lediglich sein Kopfverband, auf dem das mit Marions Lippenstift geschriebene *TBC*-Emblem verschmiert aussah, erinnerte noch an den gestrigen Abend. Sara lief zur Rezeption, um eine Mullbinde zu holen, und erneuerte damit den Verband.

Unterdessen fragte ich Oswald, ob er schon etwas von Helene gehört habe. Er schüttelte den Kopf. Sara warf mir einen warnenden Blick zu, den ich gleich verstand. Von mir würde Oswald nicht erfahren, welches Problem Helene im Moment hatte.

„Übrigens, deine Anlage ist im Auto, es steht in meiner Garage. Wenn du willst, kann ich dich morgen früh nach Trudlhausen fahren und nehme dann den Zug zurück."

„Danke für das Angebot, aber ich habe beschlossen, Helene zu fragen, ob sie mich fährt. Wo soll sie schon hin, bei Joe kann sie sich ja nicht mehr sehen zu lassen. Ich kann ihr Unterschlupf gewähren."

„Das wird sie freuen", sagte Sara, „du solltest dir aber nicht gleich Hoffnung machen."

„Zuerst muss sie mir als Rollstuhlfahrer behilflich sein, es wird sicher noch eine Woche dauern, bis ich wieder auf den Füßen bin. Für ihre hauswirtschaftliche Unterstützung biete ich ihr Geld an, und wenn sie das annimmt, weiß ich wenigstens Bescheid."

Sara sah mich an, wir dachten wohl beide das Gleiche.

„Willst du sie etwa testen?", fragte ich ihn.

Er zuckte mit den Schultern und sah mich an:

„Ich habe eine Nacht lang Zeit gehabt nachzudenken und dabei nicht vergessen, was du mir gesagt hast. Vielleicht ist auch dir die Parallele aufgefallen: Du hast vor langer Zeit meine Warnungen ignoriert, verblendet und jung wie du warst. Ich mag jetzt vielleicht genauso verblendet sein, aber ich habe vierzig Jahre mehr Lebenserfahrung als du damals, deshalb nehme ich deine Bedenken ernst. Und jetzt lasst mich alleine, ich muss Helene anrufen. Danke fürs Duschen und Aufräumen. Wollt ihr Geld dafür?"

Er grinste uns an, ließ sich von Sara auf die frischrasierten Wangen küssen und winkte uns zum Abschied zu.

Auf dem Weg zum Auto sagte ich:

„Er scheint wieder zur Vernunft gekommen zu sein. Fast schade, eigentlich."

„Was sagst du da? Er hat dich mit seiner Verrücktheit wochenlang auf Trab gehalten. Sei froh, dass wieder Ruhe einkehrt. So haben wir mehr Zeit für uns."

Ich küsste sie für ihren letzten Satz und sagte:

„Wenn Marion zurückkehrt und erfährt, dass Helene bei ihm wohnt, wird es Ärger geben. Diese beiden Frauen in dem kleinen Dorf, das kann nicht gut gehen."

Wir stiegen ins Auto und fuhren los.

„Schade, dass das mit Marions Umzug nach Italien nicht geklappt hat. Ich habe nie verstanden, was sie eigentlich in diesem Kaff hält. Sie meinte, es habe immer der Anlass für einen Aufbruch gefehlt. Das Auftauchen von Lucia wäre genau das gewesen, leider ging es schief."

„Vielleicht ist es nun das Auftauchen von Helene."

„Das hieße für Marion, sich von dieser Frau aus dem Dorf vertreiben zu lassen. Dazu ist sie viel zu stolz. Ähnlich wie bei der Leichtle, Oswalds Putzfrau. Die klagt seit zwanzig Jahren über den Trudlhauser Ochsenwirt, der ihre Hochzeit vor zwanzig Jahren abgesagt hat. Doch auch sie blieb im Dorf, anstatt woanders ihr Glück zu suchen. Doch die beiden waren gestern gemeinsam da, wer weiß, was sich da noch tut."

„Trudlhausen ist ein seltsamer Ort."

„Ja, eine Welt für sich. Andererseits hätte ich dort Karriere als Dorftrompeter in der Blaskapelle machen können, Trudlhausen bietet durchaus Chancen."

„Dann hätte ich dich wahrscheinlich nie wieder getroffen."

„Das hättest du auch nicht gewollt: Blasmusik statt Jazz, Stammtisch statt Degustation."

In der Wohnung legten wir uns ins Bett und holten nach, zu was wir am Samstag nicht gekommen waren. Es war unverändert heiß, so lagen wir nackt und glücklich auf der Matratze und hatten einen Nachmittag ohne Verpflichtungen vor uns. Später unternahmen wir einen Spaziergang am Fluss, mein Handy blieb nach all den Hiobsbotschaften der letzten Tage die ganzen Stunden über still, nur Sara erhielt die üblichen Kurznachrichten von ihrer

Tochter. Ich erzählte ihr von meinem Plan, im Schlafzimmer einen Schrank für sie aufzustellen, worin sie im Laufe der Zeit einen eigenen Kleiderbestand verstauen könne. Außerdem erwog ich, die Abstellkammer in einen begehbaren Schuhschrank umzuwandeln, eine Art Kontrollverlustraum zur Pflege ihrer Macke. Sie ließ bei ihrem Aufbruch am frühen Abend bereits die ersten Sachen bei mir, so dass ihr Trolley nahezu leer war, als ich sie zum Bahnhof brachte.

„An diese Abschiede werden wir uns gewöhnen müssen", bemerkte Sara betrübt.

„Dafür haben wir begeisterte Wiedersehen", versuchte ich sie aufzumuntern.

Wir küssten uns, und als der Zug abfuhr, winkte ich noch lange hinterher, obwohl sie mich schon lange nicht mehr sehen konnte.

Ich ging zurück in meine Wohnung, die mir ohne Sara leer und verlassen vorkam. Erschwerend kam dieses verrückte Wochenende hinzu, in dem so viel geschehen war wie sonst in einem Jahr. In meiner Küche saßen gestern noch Sara, Edina und Marion und die von mir befürchtete Katastrophe des Aufeinandertreffens dieser Frauen war ausgeblieben. Überhaupt hatte mein Leben einen rasanten Bogen ins Hoffnungsvolle genommen. Und nicht nur das, erstmals würde ich neben einer Weinhandlung endlich auch ein Liebesleben führen, das diesen Namen verdient. Ich ging ins Schlafzimmer und bettete meinen Kopf auf

Saras Kopfkissen, an dem ihr Duft noch deutlich wahrzunehmen war. Er würde bleiben, dieser Duft, regelmäßig aufgefrischt durch unsere gemeinsamen Nächte. Irgendwann holte ich einen Meterstab und nahm Maß für Saras Schrank, den ich das nächste Mal mit ihr zusammen kaufen würde. Das Gleiche tat ich in der Diele. Überraschend überkam mich die Lust, die ganze Wohnung neu einzurichten, doch ich hielt inne und nahm Saras T-Shirt, in dem sie geschlafen hatte, legte mich aufs Sofa und bedeckte damit mein Gesicht. So duftete das Paradies.

Am Abend rief mich Oswald an und bat, ihm sein Auto am nächsten Vormittag zum Hotel zu fahren, da Helene auf sein Angebot eingegangen sei, ihn nach Trudlhausen zu begleiten, sie komme gegen zehn Uhr zu ihm. Kurz darauf meldete sich Sara. Sie war gut angekommen und meinte, schon lange kein so erlebnisreiches Wochenende mehr gehabt zu haben, sie brauche so etwas aber nicht ständig. Außerdem solle ich nicht vergessen, zum Arzt zu gehen, was ich ihr hoch und heilig versprach. Wir telefonierten bis spät in die Nacht und bestätigten uns immer wieder, wie gut es uns ging.

Am Montag um Punkt zehn Uhr parkte ich Oswalds Auto beim Hotel und ging auf sein Zimmer, wo bereits Helene mit ihrem Koffer saß und mitgenommen aussah.

„Hat alles geklappt im Hotel?", fragte ich sie spöttisch.

„Kein Problem, alles erledigt", sagte sie ebenso unfreundlich.

„Was habt ihr für einen Ton drauf?", fragte Oswald.

Helene warf mir einen warnenden Blick zu.

„Ach nichts", sagte ich, „unsere letzten Gespräche waren eher angespannt."

„Das ging uns genauso, nicht Helene?"

Sie lächelte ihn an und ich sah, wie unangenehm ihr meine Anwesenheit war. Ich reichte ihr Oswalds Autoschlüssel und verabschiedete mich.

„Danke nochmal für alles, Daniel", rief mir Oswald hinterher.

Ich nickte ihm zu und verließ das Zimmer. Entweder verschwieg Oswald, dass er ihre Hotelrechnung bezahlt hatte, oder Helene hatte eine andere Lösung gefunden. Mir konnte es gleichgültig sein, Oswald musste selbst wissen, was er tat, jetzt zählte wieder anderes für mich, zum Beispiel Sara, an die ich nun dachte, während ich vom Hotel zu meinem Laden lief. Wie auch immer es sich gestalten würde, im Grunde stand uns der Himmel offen.

Sollten sich die Befürchtungen meiner Musikerfreunde bewahrheiten und mein Trompetenspiel künftig seinen Weltschmerz verlieren, dann würde ich das als Letzter beklagen. Glück hat seinen Preis, der in meinem Fall gering ausfiel, denn unser Jazzquartett würde auch mit schmerzfreien Trompetensoli bestehen bleiben, ebenso wie jene Schreibkurse in Italien weitergehen würden, trotz meiner

Aktion dort, von welcher der Schriftsteller aber sowieso nie erfahren würde. Da fiel mir ein, meinem alten Studienfreund endlich für seinen Hinweis zu danken, dank dem ich auf Saras Spur gestoßen war. Ohne seine Mail wäre es weder zu meinem Undercover-Einsatz als Schriftsteller noch zu all den Geschehnissen danach gekommen, deren glücklichen Ausgang ich nun mit Sara erleben durfte. Genau das würde ich ihm schreiben und eine Kiste mit edlem Wein dazu schicken, mit dem er auf uns anstoßen konnte.

Epilog

Ein knappes Jahr nach dem desaströsen Konzertwochenende geriet ganz Trudlhausen in Aufruhr. Die Nachricht verbreitete sich wie ein Lauffeuer und schaffte es drei Wochen hintereinander auf die Titelseite des *Trudlhauser Boten*, welche Oswald mir per Mail zukommen ließ.

Die Angelegenheit hatte sich im Verborgenen und unbemerkt vom ganzen Dorf angebahnt, es gab keinerlei Hinweise noch Mutmaßungen, die sonst so verlässlichen Quellen des Dorftratsches hatten versagt. Ich selbst wusste davon, seit mich ein Brief mit der Anfrage erreichte, ob ich als Trauzeuge zur Verfügung stünde, woraufhin ich sofort zusagte.

Der Tag des großen Ereignisses, ein Samstag im Mai, hätte idealer nicht sein können. Der Himmel über Trudlhausen zeigte sich tiefblau und wolkenlos, es gab frühsommerliche Temperaturen und ausnahmslos alle, mit denen das Brautpaar seine späte Hochzeit feiern wollte, waren gekommen.

Sara war seit letztem Sommer mehrmals in Trudlhausen gewesen, doch für gewöhnlich verbrachten wir unsere gemeinsamen Wochenenden bei mir in Landsheim. Es ging uns gut, die Distanz hielt unsere Beziehung lebendig, selbst Sara konnte inzwischen die Vorzüge dieser Lebensform befürworten. Auch meine Besuche bei ihr waren problemlos verlaufen, ihre Tochter Marie zeigte sich mir gegenüber höflich, während ich darauf achtete, mich weder zu ernst noch zu kumpelhaft zu geben. Ich hatte keinerlei Praxis im Umgang mit einem pubertierenden Mädchen und der Umstand, dass ich mit deren Mutter schlief, machte nichts einfacher. Wahrscheinlich hatte Sara ihre Tochter bezüglich der Marotten kinderloser Männer vorgewarnt, jedenfalls klappte es mit Marie und mir. Wir sahen uns wohl auch zu selten, um ernsthaft aneinanderzugeraten.

Als unser Quartett ein zweites Mal in dem Jazzkeller in Saras Stadt auftrat, brachte sie Marie mit. Unsere Musik gefiel ihr nicht besonders, aber Marie fand sie zumindest weniger langweilig als das Klassikgedudel ihrer Mutter. Sara bedauerte lächelnd, dass Maries fehlende Musikalität wohl den Genen des Vaters geschuldet sei, für den Mozart eine Marzipankugel und Bach der Geburtsort geräucherter Forellen sei. Sogar Marie, die ihren Vater sonst verteidigte, musste über den Witz lachen.

Als Sara und ich nun an jenem sonnigen Tag im Mai in Trudlhausen eintrafen, beendete Oswald gerade die letzten Vorbereitungen für das große Ereignis. Sein Haar war inzwischen noch grauer geworden, was sicher von den zermürbenden Ereignissen nach Helenes Einzug bei ihm herrührte. Die Situation war damals binnen Tagen eskaliert, da sich Helenes Fähigkeiten zur Führung eines Rollstuhlfahrerhaushalts als unzureichend erwiesen, was sie am ersten Donnerstag ihres Aufenthalts von der Leichtle unverblümt an den Kopf geworfen bekam. Helene, von Joes Finca an folgsame Hausangestellte gewöhnt, wollte sie daraufhin des Hauses verweisen, was die Leichtle aber ignorierte. Oswald, von Helenes Geschrei alarmiert, rollte zum Ort des Tumults und versuchte zu vermitteln, wo es für Helene jedoch nichts mehr zu vermitteln gab. Für sie galt das Herr-Knecht-Prinzip, unwissend, mit wem sie es bei der Leichtle zu tun hatte. Oswalds Bemühungen, ihr die gewachsenen Strukturen im Hause zu erklären, stießen auf blankes Entsetzen, Helenes Weltbild schien noch kolonialistisch geprägt. Wie mir Oswald später berichtete, habe die Leichtle daraufhin Marion gebeten, sofort zu kommen. In der Putzkammer sei dann eine Verschwörung ausgeheckt worden, von der er lediglich die Auswirkungen zu spüren bekam, während Marion und die Leichtle alle Details mit ins Grab nehmen würden, wie sie es ausdrückten.

Helene hatte Trudlhausen seit ihrem ersten Besuch – damals noch als Ehefrau von Geiger – verabscheut, eine Einstellung, die sie hätte revidieren müssen, was ihr aber nicht gelang. Die Fronten verhärteten sich und Oswald, noch humpelnd, aber mittlerweile wieder zu Fuß unterwegs, musste mehr oder weniger hilflos mit anschauen, wie seine große Liebe Helene erstmals in ihrem Leben herben Gegenwind erfuhr und dabei keine gute Figur abgab. Sie war zweifellos eine Prinzessin geblieben, die nach acht Tagen, vom Marion-Leichtle-Pakt zermürbt, aber erhobenen Hauptes und, ohne einen Cent von Oswald in Anspruch genommen zu haben, Trudlhausen wieder verließ. Oswald schätzte diesen Stolz an ihr, der auch ihren aufrührerischen Gesichtszug, den er von Beginn an so liebte, zur Geltung brachte, doch dieser Charakterzug war den Trudlhauser Verhältnissen nicht gewachsen.

Bald schon meldete Marion sich bei mir, um ihren Triumph über Helene zu verkünden, gegenüber Oswald musste sie sich in dieser Hinsicht natürlich zurückhalten. Es war ein schmaler Grat, auf dem sie sich zu dieser Zeit in Gegenwart von Oswald bewegte. Ihn wegen Helenes Abreise zu bedauern, verbot der Umstand, dass sie ja maßgeblich daran mitgewirkt hatte und er dies wusste. So war sie einfach für ihn da, kochte und tröstete ihn betont selbstlos, was er hinnahm, ohne dass sie genau erfassen konnte, was in seinem Kopf dabei vorging.

Nach zwei Monaten rief Oswald mich eines Abends an und meinte:

„In Sachen Helene mache ich nichts mehr."

Es sei, als ob er aus einem bösen Traum erwacht sei. Er fühle sich zwar noch unglücklich, aber befreit. Die Vertrautheit zwischen ihm und Marion kehrte zurück, doch etwas war hinzugekommen: Er telefonierte alle paar Tage mit Sara, so dass Marion neidlos eingestand, dass ihn das umgänglicher machte. Als ich es irgendwann wagte, Marion auf ihre Heiratspläne anzusprechen, lachte sie laut ins

Telefon und meinte, ich solle nicht so ungeduldig sein, sie endgültig loszuwerden.

Das Trauzimmer im Standesamt, in dem man werktags auch Pässe verlängern oder Bauanträge stellen konnte, machte einen trostlosen Eindruck. Ein riesiger Eichenholzschreibtisch und mehrere abgenutzte Aktenschränke verbreiteten den trostlosen Mief einer Gemeindeverwaltung. Hinter dem Schreibtisch hing ein vergilbtes Foto von Franz-Josef Strauß, daneben ein Ölgemälde, das – je nach Lesart – eine missglückte Trudlhauser Dorfansicht oder eine abstrakt gemalte Sondermülldeponie darstellte. An den Seitenwänden hingen historische Urkunden, deren Inhalt ich aber von meinem Platz aus nicht entziffern konnte, zumal nun der Standesbeamte den Raum betrat. Von Marion wusste ich, dass die wenigen Rathausbediensteten von Trudlhausen jeweils mehrere Tätigkeiten ausübten. Der Standesbeamte war neben den Trauungen noch für die Friedhofsverwaltung, das Veterinärwesen und den amtsinternen Brandschutz zuständig. Trotz dieser wenig inspirierenden Vielfalt fand er passende Worte und traute das Paar ohne größere Fehltritte. Dann unterschrieben Braut und Bräutigam sowie wir Trauzeugen das Ehedokument, um zügig das Zimmer zu verlassen, da das zweite Paar des Tages schon vor der Türe stand. Als wir zu viert aus dem Rathaus traten, wartete bereits die versammelte Hochzeitsgesellschaft. Man jubelte, warf Reis, öffnete

Sektflaschen, die Dorfkapelle stimmte den Hochzeits-
marsch an und alle gratulierten dem frischvermählten
Brautpaar: Die Stammtische aus dem Goldenen Ochsen
und dem Hirschen, die freiwillige Feuerwehr, der Schüt-
zenverein und natürlich Marions gesamter Clan, kurz:
ganz Trudlhausen war anwesend.

Die Braut strahlte über das ganze Gesicht und zum ersten Mal, seit ich sie kannte, und das waren inzwischen fast
zwei Jahrzehnte, sah sie endlich so jung aus, wie sie tatsächlich war. Da stand sie, ganz in Weiß, mit ihrem
Brautstrauß und strahlenden Augen, wie man sie noch nie
an ihr gesehen hatte: die Leichtle – und daneben ihr jahrelang in die Hölle gewünschte Traummann, der sie gegen
ihren Willen in die Landsheimer Messearena entführt und
danach monatelang um sie geworben hatte, und auf den
sie so lange warten musste: der Ochsenwirt.

**

Noch so eine Rückholaktion, von der zu erzählen man
im Grunde gar nicht erst anzufangen braucht, da einem so
etwas sowieso kein Mensch glaubt.

www.norbert-buechler.de

Weitere Romane
des Autors:

Inselfluchten

Der Maler und Bildhauer Paul Baumann lebt zurückgezogen auf einer Kykladeninsel und hat seit langem ein Verhältnis mit seiner Schwägerin Judith. Als deren Sohn ihn auf der Insel besucht und dabei die junge Halbgriechin Anna kennenlernt, löst dies eine Reihe von familiären Turbulenzen aus, in deren Verlauf lange gehütete Geheimnisse ans Tageslicht kommen. Zudem führt das Zusammentreffen von Paul Baumann mit Annas Vater, einem Musiker, für beide zu einem folgenreichen Aufbruch nicht nur in künstlerischer Hinsicht.

Ein Roman über die Liebe, die Kunst und das vergebliche Flüchten vor der Vergangenheit.

Roman (2009), 320 S., ISBN 978-3-7368-2765-7

Bilder einer Ausstellung

Während der Tournee eines Orchesters erkranken nach einer Feier ein Drittel der Mitglieder und es müssen Ersatzmusiker einspringen, darunter der Geiger Frank Beckmann. Nach dem Abschlusskonzert gibt der Dirigent ein Fest auf seinem Anwesen, wo Frank Beckmann in dessen Privatgalerie ein Gemälde entdeckt, das er zu kennen glaubt. Neugierig geworden, findet er im Nachlass seiner Eltern seltsame Unterlagen, die auf einen jüdischen Kunsthändler und dessen verschwundene Bilder einer Ausstellung im Jahre 1936 hinweisen.

Inmitten des Orchesteralltags beginnt eine spannende Spurensuche, die von Florenz über den Genfer See bis zur Amalfiküste führt.

Roman (2014), 200 S., ISBN 978-3-7322-7891-6